担当

本书编写组◎编

DAN DANG

新华出版社

图书在版编目（CIP）数据

担当 /《担当》编写组编. —— 北京 : 新华出版社, 2023.11（2025.2重印）

ISBN 978-7-5166-6487-2

Ⅰ. ①担… Ⅱ. ①担… Ⅲ. ①新闻报道－作品集－中国－当代

Ⅳ. ①I253

中国版本图书馆CIP数据核字（2022）第189102号

担　　当

编　　写：《担当》编写组

出 版 人：匡乐成		**出版统筹**：许　新
责任编辑：胡卓妮　唐波勇		**封面设计**：刘宝龙

出版发行：新华出版社

地　　址：北京石景山区京原路8号　　　**邮　　编**：100040

网　　址：http://www.xinhuapub.com

经　　销：新华书店、新华出版社天猫旗舰店、京东旗舰店及各大网店

购书热线：010－63077122　　　**中国新闻书店购书热线**：010－63072012

照　　排：六合方圆

印　　刷：大厂回族自治县众邦印务有限公司

成品尺寸：170mm×240mm　1/16

印　　张：19.5　　　　　　　　　　**字　　数**：270千字

版　　次：2024年1月第一版　　　　**印　　次**：2025年2月第二次印刷

书　　号：ISBN 978-7-5166-6487-2

定　　价：49.80元

目 录
CONTENTS

第一章 坚定不移全面从严治党体现对党的责任担当

1

目 录　CONTENTS

第四章　一系列重大的风险决策之中体现历史担当

目 录　CONTENTS ················

第五章　推动构建人类命运共同体体现对人类社会发展进步的责任担当

第一章

坚定不移全面从严治党体现对党的责任担当

扫码观看微视频《第二个答案》

担当

中国共产党历史展览馆

MUSEUM OF
THE COMMUNIST PARTY OF CHINA

跳出历史周期率的新时代答案

——习近平总书记引领百年大党推进自我革命纪实

"我们党历史这么长、规模这么大、执政这么久，如何跳出治乱兴衰的历史周期率？"

党的十九届六中全会第二次全体会议上，习近平总书记作出响亮回答——

"毛泽东同志在延安的窑洞里给出了第一个答案，这就是'只有让人民来监督政府，政府才不敢松懈'。经过百年奋斗特别是党的十八大以来新的实践，我们党又给出了第二个答案，这就是自我革命。"

党的十八大以来，以习近平同志为核心的党中央以巨大的政治勇气、强烈的责任担当，引领党不断加强革命性锻造，开辟了百年大党自我革命新境界。

今天，一个立志于"始终走在时代前列、人民衷心拥护、勇于自我革命、经得起各种风浪考验、朝气蓬勃的马克思主义执政党"，正带领亿万中华儿女奋进在伟大复兴的征程上。

清醒的历史自觉——"勇于自我革命，是我们党最鲜明的品格，也是我们党最大的优势"

2021 年 9 月，建党百年之际，习近平总书记来到陕北黄土高原。

300 多年前，明末农民起义在这里爆发，先胜后败。70 多年前，毛泽东同志将反思这段历史的《甲申三百年祭》作为延安整风运动文件，要求全党干部阅读并引以为戒。

回顾党的百年历史，习近平总书记感慨万千："从井冈山走到陕北，从陕北到西柏坡，再走到北京，一路上赶考""中国革命必然胜利在这里就能找到答案"。

常怀"赶考"之心，勇于自我革命，这是百年大党不懈奋斗淬就的鲜明品格。

"我经常讲到历史周期率问题，这的确是我国历史上封建王朝摆脱不了的宿命。"

在学习贯彻党的十九大精神研讨班开班式上，从历代封建王朝盛极而衰，到历次农民起义先胜后败，再到苏联解体、苏共垮台、东欧剧变，习近平总书记剖析古今中外治乱兴衰留下的命题，深刻指出其根本原因在于"解决不了自己的问题"。

以史为鉴，可以知兴替。

为解决自身问题、跳出历史周期率，中国共产党始终把党的建设作为一项伟大工程来推进，不断进行自我革命。

当民族复兴伟业进入关键阶段，世界百年变局加速演进，"四大考验"严峻复杂，"四种危险"尖锐深刻，党和国家事业又面临着关乎兴衰成败的重要关口。

常怀远虑，居安思危。对如何跳出历史周期率的思考，始终萦绕在习近平总书记心头。

2015年5月，在中央统战工作会议上，习近平总书记掷地有声地指出："当年'窑洞对'的问题已经彻底解决了吗？恐怕还没有。一些领导干部怕监督、不愿意被监督，觉得老是有人监督不自在、干事不方便。"

习近平总书记语气坚定："在新时代把党的自我革命推向深入。"

从明确勇于自我革命"是我们党最鲜明的品格"，到提出新时代党的建设要"以加强党的长期执政能力建设、先进性和纯洁性建设为主线"；从提出"以伟大自我革命引领伟大社会革命"的"两个革命"重要论述，到突出强调党的建设新的伟大工程在"四个伟大"中的决定性作用……

习近平总书记提出一系列重要理论、作出一系列重大部署，不断深化对建设什么样的长期执政的马克思主义政党、怎样建设长期执政的马克思主义政党的规律性认识。

深刻的历史自觉，继之以坚定的历史主动。

新时代的中国共产党人用"十年磨一剑"的精神练就自我净化的"绝世武功"，消除了党、国家、军队内部存在的严重隐患，赢得了保持同人民群众的血肉联系、人民衷心拥护的历史主动，赢得了全党高度团结统一、走在时代前列、带领人民实现中华民族伟大复兴的历史主动。

2022年2月4日，北京冬奥会开幕式当天，阿根廷总统费尔南德斯专程到中国共产党历史展览馆参观。

两天后，在同习近平总书记会晤时，费尔南德斯谈及参观感受："我向中国共产党为中国人民所做的一切和取得的伟大成就表示崇高敬意。"

习近平总书记回应："为人民服务，我们没有自己的利益。"

作为一个植根于中华文明沃土、以科学理论武装的无产阶级政党，没有自己利益是敢于自我革命的底气所在，坚定理想信念是自觉自我革命的红色基因，科学理论武装是善于自我革命的思想指引，一切为了人民是勇于自我革命的动力之源，肩负复兴伟业是接续自我革命的使命担当。

在十九届中央纪委六次全会上，习近平总书记的话语充满自信：

"一百年来，党外靠发展人民民主、接受人民监督，内靠全面从严治党、推进自我革命，勇于坚持真理、修正错误，勇于刀刃向内、刮骨疗毒，保证了党长盛不衰、不断发展壮大。"

彻底的革命精神——"不断增强党自我净化、自我完善、自我革新、自我提高的能力"

西柏坡，"两个务必"的发源地，"进京赶考"的出发地。

2013 年 7 月，党的群众路线教育实践活动开始不久，习近平总书记来到这里，在当年召开九月会议的一间简陋土坯房里同基层干部、老党员和群众代表围坐谈心。

当地一名干部提出："百姓生活在逐渐提高，为什么感觉和我们的距离反而有点远了？"

听了大家的发言，总书记指出："60 多年过去了……但我们面临的挑战和问题依然严峻复杂，应该说，党面临的'赶考'远未结束。"

深刻把握作风问题的关键性、基础性，习近平总书记将作风建设摆到"关系民心向背，决定着党的群众基础"的高度，以上率下，激浊扬清。

从公款吃喝等具体问题抓起，从月饼、粽子等"小事"查起，违纪必查，遏制"舌尖上的浪费"，整治"车轮上的腐败"，纠正"会所里的歪风"……落实中央八项规定精神、以严明纪律整饬作风，丰富了自我革命有效途径。

"四风"涤荡而去，新风扑面而来。

党旗高高飘扬在脱贫攻坚一线、抗击疫情战线、抗震救灾火线……老百姓高兴地说："苏区干部的好作风回来了！"

作风关系着党的形象，腐败侵蚀着党的肌体。

2012 年 11 月 15 日，人民大会堂东大厅。面对中外记者，谈及党内存在的腐败问题，刚刚当选中共中央总书记的习近平态度鲜明："全党必须警醒起来。"

短短 20 余天后，当选十八届中央候补委员还未满月的四川省委副书记李春城被查，成为党的十八大后落马的"首虎"。一场力度空前的反腐败斗争拉开序幕。

腐败最容易颠覆政权，反腐败需要最彻底的自我革命。

查处周永康、薄熙来、孙政才、令计划等一批"大老虎"，铲除"蝇贪""鼠害""蛀虫"……"老虎""苍蝇"一起打，谁也没有免罪的"丹书铁券"，谁也不是"铁帽子王"。

从"形势依然严峻",到"依然严峻复杂",再到"压倒性态势正在形成",及至"取得压倒性胜利",党风廉政建设和反腐败斗争笃定前行。

风雨不动安如山,赖有砥柱立中流。

面对反腐败这一"输不起也决不能输的重大政治斗争",习近平总书记主动担起历史重任,以明知山有虎,偏向虎山行的勇毅决绝,赢得了党心军心民心。

2017年10月,党的十九大通过的十八届中央纪委工作报告中明确指出:"党的纪律检查工作取得的成绩,归其根本得益于以习近平同志为核心的党中央旗帜鲜明、立场坚定、意志品质顽强、领导坚强有力。"

也正是在这次大会上,"坚定维护以习近平同志为核心的党中央权威和集中统一领导"写入党章。

全党有核心,中央有权威。"两个确立"为自我革命提供了坚强的政治保障。

秦岭,我国重要生态安全屏障。针对秦岭北麓不断出现违建别墅,习近平总书记4年多时间里6次作出重要指示批示,一些官员却"阳奉阴违",致使违建屡禁不止。

对此,习近平总书记要求"首先从政治纪律查起",终于有效抑制了这股歪风邪气。

一个自然生态问题,暴露出的却是政治生态问题。

关键时刻站不出来,重要岗位顶不上去,党员混同于一般群众;在党不言党,在党不爱党,甚至羞于提及党员身份;党内"讲政治"讲得少了,政治生活被轻视、忽视……

习近平总书记深刻洞察党内存在的所有问题本质上都是政治问题,要求全面从严治党首先要从政治上看,推动管党治党从"宽松软"走向"严紧硬"。

党中央每年听取"五大班子"的工作汇报和中央书记处工作报告,习近平总书记亲自担任中央一系列顶层机构负责人,全面加强党对深化改革、依法治国、经济等重大工作的领导……党中央成为坐镇中军帐的"帅",车马炮各展其长，一盘棋大局分明。

2017 年 8 月 30 日，十八届中央巡视圆满收官，标志着党的历史上首次实现一届任期内中央巡视全覆盖。

全覆盖，体现了动真碰硬的态度，更体现了制度治党的智慧。

每轮巡视结束，习近平总书记都详细审阅巡视报告，对巡视中发现的问题作出评判，推动巡视工作不断深化。

继十八届中央巡视探索开展专项巡视、试点开展"机动式"巡视、首次开展"回头看"后，十九届中央巡视紧盯"一把手"和关键少数、紧盯人民群众反映强烈的突出问题，不断释放利剑高悬、震慑常在的鲜明信号。

包括巡视监督在内的"四个全覆盖"权力监督格局逐步形成，党的纪律检查和国家监察体制改革不断深化，党内法规制度体系更加健全……从制度层面夯实了推进伟大自我革命的"四梁八柱"。

自我革命，既要靠制度保障，又要靠思想建设。

党的十九大闭幕不久，习近平总书记带领新一届中央政治局常委瞻仰中共一大会址和嘉兴南湖红船，在梦想起航地向全党发出"不忘初心、牢记使命、永远奋斗"的伟大号召。

建党百年前夕，习近平总书记来到中国共产党历史展览馆红色大厅，面向鲜红的中国共产党党旗，举起右拳，带领党员领导同志重温入党誓词。

时空变幻、穿越百年，初心如磐、使命如炬。

从延安宝塔山下的革命旧址，到太行深处的革命根据地；从于都河畔的红军长征集结出发地，到大别山中的鄂豫皖苏区首府革命博物馆……习近平总书记"沿着中国革命的征程砥砺初心"，为全党点燃理想之火、信仰之光。

在习近平总书记亲自谋划、亲自部署、亲自推动下，一次次党内集中教育为广大党员干部补钙壮骨，把思想建设作为党的基础性建设，淬炼自我革命锐利思想武器。

正风肃纪、建章立制、固本培元，党的十八大以来，以习近平同志为核心的党中央打出一套全面从严治党"组合拳",成就了新时代党的自我革命的伟大实践。

不变的"赶考"姿态——"以'赶考'的清醒和坚定答好新时代的答卷"

2021 年最后一天,北京中南海。

辞旧迎新之际,回望百年大党峥嵘岁月,展望崭新铺就的壮阔大道,习近平总书记在新年贺词中发出号召:"我们只有勇于自我革命才能赢得历史主动。"

就在一个多月前,党的第三个历史决议将"坚持自我革命"作为百年奋斗的 10 条历史经验之一,要求"必须倍加珍惜、长期坚持,并在新时代实践中不断丰富和发展"。

"赶考"永无止境,自我革命永远在路上。

放眼全球,在世纪疫情下,世界发展进入新的动荡变革期。如何在更加不稳定不确定的外部环境中掌舵"中国号"巨轮劈波斩浪、行稳致远?

纵观国内,面对需求收缩、供给冲击、预期转弱三重压力,如何引领中国经济爬坡过坎、稳中求进?新冠肺炎疫情跌宕反复,需要拿出怎样的新招实招硬招?创造了减贫奇迹后,如何共绘乡村振兴新画卷?

审视自身,党内存在的思想不纯、政治不纯、组织不纯、作风不纯等突出问题尚未得到根本解决,"政治微生物"还在潜滋暗长,消极腐败和不良作风会不会卷土重来?

新的"赶考"路上,习近平总书记为全党指明方向:"只要我们党始终站在时代潮流最前列、站在攻坚克难最前沿、站在最广大人民之中,就必将永远立于不败之地!"

在历史前进的逻辑中前进,在时代发展的潮流中发展,这是中国共产党不断从胜利走向胜利的成功秘诀。

"我们如果闭目塞听 3 个月,恐怕会落后世界一大截。"在一次同教育文化卫生体育领域专家代表座谈中，习近平总书记殷殷叮咛。

先进的马克思主义政党不是天生的，而是在不断自我革命中淬炼而成的。过去先进不意味着今天先进，今天先进也不意味着永远先进。

烽火年代里，访问延安后的黄炎培感慨："我认为中共朋友最可宝贵的精神，倒是不断地要好，不断地求进步，这种精神充分发挥出来，前途希望是无限的。"

"我们面临的风险考验只会越来越复杂，甚至会遇到难以想象的惊涛骇浪。我们面临的各种斗争不是短期的而是长期的，将伴随实现第二个百年奋斗目标全过程""任务越繁重，风险考验越大，越要发扬自我革命精神"，习近平总书记对漫漫前路有着十分清醒的认知。

新征程上，面对各种艰难险阻、激流险滩，全党上下要发扬彻底的自我革命精神，不断增强创造力、凝聚力、战斗力，才能有能力啃最硬的骨头、挑最重的担子、理最复杂的线头，在危机中育新机、于变局中开新局。

唯有继续把"两个维护"作为党的最高政治原则和根本政治规矩，坚持以党的政治建设为统领，始终紧密团结在以习近平同志为核心的党中央周围，才能进一步团结起全党全国力量，凝聚成民族复兴的磅礴伟力。

一个政党，最难的就是历经沧桑而初心不改、饱经风霜而本色依旧。

2022 年全国两会期间，来自江苏镇江的全国人大代表聂永平接通了一个特别的电话。

电话那头是 80 多岁的老人崔荣海："你是我们镇江的代表，我想托你给总书记带句话——您是全国人民的福星。这些年，咱们共产党在人民群众中的威信又回来了。"

人们清晰记得，2014 年 12 月 13 日，习近平总书记在镇江考察时，崔荣海挤到人群前，紧紧握着总书记的手说："您是腐败分子的克星，全国人民的福星！"

老人的由衷赞叹，代表了亿万中国人民的衷心拥戴。

"时代是出卷人，我们是答卷人，人民是阅卷人。"一个党能不能长久执政，主要看与人民群众的联系，人民群众拥不拥护、满不满意。

牢记着"人民群众最痛恨腐败，我们必须顺应民心"，就必须"打虎""拍蝇""猎狐"不停步；践行着"人民群众反对什么、痛恨什么，我们就要坚决防范和打击"，就必须剑指一切引起人民反感、危害人民利益的行为作风……

正如习近平总书记所指出的，"党员、干部初心变没变、使命记得牢不牢，要由群众来评价、由实践来检验。我们不能关起门来搞自我革命"。

从孕育于陕北窑洞中的"人民监督"，到立足长期执政提出的"自我革命"，跳出历史周期率的两个答案相互辉映，映照着同一个真理——"人心向背关系党的生死存亡"！

只要我们"为人民的利益坚持好的，为人民的利益改正错的"，我们党的事业就一定会更加兴旺，永远发达。

横空出世莽昆仑，砥柱人间是此峰。

在以习近平同志为核心的党中央坚强领导下，中国共产党始终同人民想在一起、干在一起，坚持以伟大自我革命引领伟大社会革命、以伟大社会革命促进伟大自我革命，必将团结带领亿万中国人民，在新时代新征程上赢得更加伟大的胜利和荣光。（新华社北京 2022 年 6 月 28 日电，记者张晓松、朱基钗、丁小溪、黄玥、高蕾、孙少龙、张研）

以党的自我革命引领社会革命

——党的二十大代表谈坚持全面从严治党综述

勇于自我革命，是我们党最鲜明的品格，也是我们党最大的优势。

党的二十大代表在审议十九届中央纪委工作报告时表示，10年来，以习近平同志为核心的党中央坚持以伟大自我革命引领伟大社会革命、以伟大社会革命促进伟大自我革命，全面从严治党取得了历史性、开创性成就，产生了全方位、深层次影响。经过不懈努力，党找到了自我革命这一跳出治乱兴衰历史周期率的第二个答案，确保党永远不变质、不变色、不变味。

开辟百年大党自我革命新境界

餐饮住宿节俭朴素，会议安排紧凑高效，讨论发言简洁务实……二十大朴实的会风、严明的会纪，令许多代表印象深刻。

"会风折射作风，作风事关党风。"党的十八大以来，作风建设从中央八项规定破题，持之以恒正风肃纪，让上海市黄浦区卢湾一中心小学校长吴蓉瑾代表由衷"点赞"。

"扭住加强作风建设的关键节点不放、寸步不让，曾经困扰家长和教师的节日送礼现象得到整治，学校聚精会神办学、教师安安心心育人。"吴蓉瑾说。

从遏制"舌尖上的浪费"、刹住"车轮上的腐败"、整治"会所里的歪风"，到多措并举遏制"天价月饼""天价烟酒"，再到厉行节约、反对浪费……

二十大报告指出，以钉钉子精神纠治"四风"，刹住了一些长期没有刹住的歪风，纠治了一些多年未除的顽瘴痼疾。

"以'严'的主基调持续纠'四风'、树新风，管出习惯、化风成俗。"吉林化纤集团有限责任公司董事长宋德武代表深有感触，"十年来，着力构建亲清新型政商关系，我们切身感受到政府和企业沟通更高效了，为企业专注创新发展创造了良好环境。"

作风关系党的形象，腐败侵蚀党的肌体。

党的十八大以来，反腐败斗争取得压倒性胜利并全面巩固。正如二十大报告鲜明指出："开展了史无前例的反腐败斗争，以'得罪千百人、不负十四亿'的使命担当祛疴治乱。"

中央纪委副书记、国家监委副主任肖培 2022 年 10 月 17 日在二十大新闻中心记者招待会上介绍，党的十八大以来，全国纪检监察机关共立案 464.8 万余件，其中，立案审查调查中管干部 553 人，处分厅局级干部 2.5 万多人、县处级干部 18.2 万多人。

"通过权力换来的钱，害人害己。作为一名共产党员，不管身份职务如何变化，初心和使命不能变。"西藏高争建材股份有限公司副总经理旦增顿珠代表说，"党风廉政建设和反腐败斗争深入推进，揪出了群众身边的'蝇贪''鼠害''蛀虫'，极大增强了人民群众获得感、幸福感、安全感，厚植党的执政基础和群众基础。"

代表们一致认为，全面从严治党是新时代党的自我革命的伟大实践，开辟了百年大党自我革命的新境界。全党坚定理想信念、严密组织体系、严明纪律规矩，党在革命性锻造中更加坚强有力，必将在前进道路上不断创造令人刮目相看的伟大奇迹。

以党的政治建设统领党的建设各项工作

政治建设是党的根本性建设，决定党的建设方向和效果。

严明政治纪律和政治规矩；提高各级党组织和党员干部政治判断力、政治领悟力、政治执行力……二十大报告中，党的政治建设纲举目张，为党的建设锚定方向。

"政治方向是第一位的问题，政治方向出现偏差，就可能差之毫厘、谬以千里。"南京航空航天大学马克思主义学院党委书记徐川代表说，"前进道路上，必须深刻领悟'两个确立'的决定性意义，不断增强'四个意识'、坚定'四个自信'、做到'两个维护'，不断提高政治判断力、政治领悟力、政治执行力，筑牢全面从严治党的政治基础、思想基础、组织基础。"

习近平总书记在二十大报告中指出，"增强党组织政治功能和组织功能"，"抓住'关键少数'以上率下"。

村里修了路、有了产业，年轻人在家门口有了工作，老百姓的日子越过越红火……这些年水乡儿女生活的巨大变化，让贵州省三都水族自治县九阡镇"90后"党委副书记韦子涵代表深刻认识到，一个坚强有力的党组织、一支作风过硬的党员干部队伍的重要性。

"要突出抓好'关键少数'，高标准做到知敬畏、存戒惧、守底线，切实做到挺纪在前、警钟长鸣。"韦子涵说，"作为青年干部，要坚守初心本色，以先进党员为榜样要求自己，扣好廉洁从政的'第一粒扣子'，自觉接受党组织的教育管理监督，树立正确的世界观、人生观、价值观。"

强有力的政治监督，是确保党中央重大决策部署贯彻落实到位的重要保障。

"全面从严治党首先要从政治上看、从政治上想、从政治上办。"宁夏回族自治区纪委副书记、自治区监察委员会副主任马文娟代表说，"纪检监察机关作为党内监督和国家监察专责机关，更应自觉担起'两个维护'的特殊使命和重大责任，坚持党中央重大决策部署到哪里，监督检查就跟进到哪里。"

代表们认为，要把旗帜鲜明讲政治体现在坚决贯彻党中央决策部署的行动上，体现在履职尽责、做好本职工作的实效上，做到对"国之大者"了然于胸，深刻领悟党中央重大决策部署的精神实质和政治内涵，做到知责于心、担责于身、履责于行。

时刻保持解决大党独有难题的清醒和坚定

二十大报告鲜明指出，我们党作为世界上最大的马克思主义执政党，要始终赢得人民拥护、巩固长期执政地位，必须时刻保持解决大党独有难题的清醒和坚定。

"正如习近平总书记在二十大报告中指出，只要存在腐败问题产生的土壤和条件，反腐败斗争就一刻不能停。"仔细审议中纪委工作报告的各项部署，辽宁省沈阳市苏家屯区解放街道党工委副书记、办事处主任吴书香代表感触颇深。

吴书香说："近年来基层存在的一些作风问题得到大力整治，已经取得了明显效果，但这不是一劳永逸的。我们要完善群众参与的评价体系，畅通群众投诉建议渠道，以零容忍态度反腐惩恶。"

治党务必从严，从严必依法度。

进入新时代，党内法规制定力度之大、出台数量之多、制度权威之高、治理效能之好都前所未有，党的制度建设取得历史性成就。

"从中央八项规定、《关于新形势下党内政治生活的若干准则》，到近期出台的《推进领导干部能上能下规定》，制度建设持续推进，不断深化系统施治、标本兼治的综合效应。"上海市第二中级人民法院立案庭副庭长乔蓓华代表说。

乔蓓华表示，制度的生命力在于执行，要把党内法规制度执行摆在更加突出的位置，坚决纠正有令不行、有禁不止行为，从而充分发挥党内法规的作用，真正彰显党内法规的治理效能。

从作风建设十年如一日，一个毛病一个毛病地纠治、一个问题一个问题地突破；到重拳出击，不敢腐、不能腐、不想腐一体推进，"打虎""拍蝇""猎狐"多管齐下……

"二十大报告提出持续深化纠治'四风'，重点纠治形式主义、官僚主义，坚决破除特权思想和特权行为，为我们继续狠抓作风建设指明了方向。"广西南宁百会药业集团有限公司党委副书记、纪委书记李华代表说，"我们将在经营管理中持续强化监督和廉政风险防控，推进企业廉洁文化建设纵深发展，建设忠诚干净担当的干部队伍。"

代表们表示，踏上新征程、迎接新挑战，必须永葆"赶考"的清醒和坚定，落实新时代党的建设总要求，健全全面从严治党体系，全面推进党的自我净化、自我完善、自我革新、自我提高，使我们党坚守初心使命，始终成为中国特色社会主义事业的坚强领导核心。（新华社记者北京 2022 年 10 月 21 日电，罗沙、孙少龙、熊丰、白阳、姜琳、兰天鸣）

确保党始终成为坚强领导核心

——党的十八大以来毫不动摇坚持和加强党的全面领导述评

党的第三个历史决议总结新时代党和国家事业取得的历史性成就、发生的历史性变革，其中"坚持党的全面领导"居于首位。

万山磅礴，必有主峰。

党的十八大以来，以习近平同志为核心的党中央旗帜鲜明坚持和加强党的全面领导，将其作为开创事业新局面的重中之重，为新时代党和国家事业发展提供根本保证。

"党的领导是党和国家事业不断发展的'定海神针'"

"没有中国共产党，就没有新中国，就没有中华民族伟大复兴。"

庆祝中国共产党成立 100 周年大会上，习近平总书记的话语响彻神州大地。那句诞生于战火纷飞年代的话语在新时代得到了新的扩展，成为亿万人民的一致共识。

"必须加强和改善党的领导，充分发挥党总揽全局、协调各方的领导核心作用。"2012 年 11 月 17 日，刚刚当选中共中央总书记的习近平在主持十八届中央政治局第一次集体学习时，就对坚持党的领导提出明确要求。随后，总书记不断深化这一重大论述——

"中国最大的国情就是中国共产党的领导"；

"党政军民学，东西南北中，党是领导一切的"；

"中国共产党领导是中国特色社会主义最本质的特征，是中国特色社会主义制度的最大优势"；

"坚持党的全面领导是坚持和发展中国特色社会主义的必由之路"；

……

习近平总书记以一系列重要论述深刻阐述了坚持党的全面领导的极端重要性和科学内涵，为统一全党全国人民思想提供了理论指南。

党的十八大以来，从尽锐出战、打赢人类历史上规模最大的脱贫攻坚战，到践行大国之诺，如期举办北京冬奥会、冬残奥会；从不畏艰难，众志成城抗震灾、斗洪水，到举全党全国全社会之力抗击新冠肺炎疫情……事实雄辩证明，"中国共产党所具有的无比坚强的领导力，是风雨来袭时中国人民最可靠的主心骨"。

全党有核心，党中央才有权威，党才有力量。

2021年11月，党的十九届六中全会作出重大政治论断：

"党确立习近平同志党中央的核心、全党的核心地位，确立习近平新时代中国特色社会主义思想的指导地位，反映了全党全军全国各族人民共同心愿，对新时代党和国家事业发展、对推进中华民族伟大复兴历史进程具有决定性意义。"

"两个确立"是党在新时代取得的最重大的政治成果、最重要的历史经验，是实现新时代新征程各项目标任务的根本保证。

"加强党对一切工作的领导，这一要求不是空洞的、抽象的，要在各方面各环节落实和体现"

2022年7月13日，北京市中小学校党组织领导的校长负责制改革工作部署会举行，来自各区的教育工委书记、学校党委书记、校长们围绕建立中小学校党组织领导的校长负责制展开研讨，努力把改革各项政策措施落到实处，加强党对基础教育工作的全面领导。

这是近年来，党的领导落实到国家治理各领域各方面各环节的一个细节。

在国家制度和国家治理体系中，党是决定整个系统运行的关键。

2019年10月，党的十九届四中全会系统描绘了中国特色社会主义制度图谱，将党的领导制度明确为我国根本领导制度。会议同时强调要坚决维护党中央权威，健全总揽全局、协调各方的党的领导制度体系。

严格执行向党中央请示报告制度。中央书记处和中央纪律检查委员会、全国人大常委会党组、国务院党组、全国政协党组、最高人民法院党组、最高人民检察院党组每年向中央政治局常委会、中央政治局报告工作；中央政治局委员、书记处书记，全国人大常委会、国务院、全国政协党组成员，最高人民法院、最高人民检察院党组书记每年向党中央和习近平总书记书面述职；

强化党中央决策议事协调机构职能作用。成立中央全面深化改革委员会、中央国家安全委员会、中央网络安全和信息化委员会、中央财经委员会、中央全面依法治国委员会等；

深化党和国家机构改革。从机构职能上把加强党的领导落实到各个领域、各个方面、各个环节；

强化基层党组织地位作用。规定国有企业党委（党组）发挥领导作用，在高等学校实行党委领导下的校长负责制，在公立中小学、医院、科研院所逐步实行党组织领导下的校（院、所）长负责制；

……

"党中央是坐镇中军帐的'帅'，车马炮各展其长，一盘棋大局分明。"横向到边、纵向到底，坚持党的全面领导制度体系更加成熟、更加定型，为推进新时代中国特色社会主义各项事业提供坚强保证。

制度体系不断完善，领导方式更加科学。

2022年7月25日，北京中南海。

中共中央召开党外人士座谈会，就当前经济形势和下半年经济工作听取各民主党派中央、全国工商联负责人和无党派人士代表的意见和建议。

习近平总书记充分肯定相关意见建议有很强的针对性和建设性，表示"我们将认真研究、积极吸纳"。

在"十四五"规划建议等重大政策文件出台前，召开多场专题座谈会，听取方方面面声音；就党的二十大相关工作开展网络征求意见活动……

党的领导方式和执政方式不断完善，党的政治领导力、思想引领力、群众组织力、社会号召力显著增强，党把方向、谋大局、定政策、促改革的能力和定力明显提高，党的领导更加适应实践、时代、人民的要求。

"在党的旗帜下团结成'一块坚硬的钢铁'，步调一致向前进"

走过"千山万水"，仍需"跋山涉水"。

今天，中国比历史上任何时期都更接近、更有信心和能力实现中华民族伟大复兴的目标。越是接近目标，越是形势复杂，越是任务艰巨，越要以坚持党的全面领导汇聚各方智慧和力量。

这是更为坚实的思想基础——

2022年盛夏，山西太原市迎泽区委党校迎泽街道分校教室里，数十名街道、社区干部围绕最新出版的《习近平谈治国理政》第四卷展开学习。

作为集中展现马克思主义中国化时代化最新成果的权威著作，《习近平谈治国理政》已成为广大党员干部群众的案头卷、必读书。

各类深入浅出的理论读物纷纷涌现，各类鲜活生动的宣讲活动如火如荼，以百姓视角、百姓话语、百姓情怀推动理论与社会"零距离""面对面"，党的创新理论走到群众身边，走进百姓心间……

理论创新每前进一步，理论武装就要跟进一步。

广大党员干部群众自觉运用习近平新时代中国特色社会主义思想的世界观和方法论指导实践，将学习成效转化为新征程上的工作实效。

这是更为团结的政治力量——

2022 年 5 月 5 日，在重庆市九龙坡区铁路小学四年级二班的课堂上，数学老师牛俊懿通过讲述数学家华罗庚的故事开展党史教育活动。新华社记者 刘潺 摄

"不善于从政治上观察和处理问题""学习和贯彻落实间的'温差'仍然存在"……建党百年之际，一场场党史学习教育专题民主生活会动真碰硬、辣味十足，让不少党员干部红了脸、出了汗。

党的团结统一首先是政治上的团结统一，坚持党的全面领导必须以政治建设为统领。

严肃党内政治生活，广大党员干部在党内生活的"大熔炉"中百炼成钢；强化政治监督，深化政治巡视，旗帜鲜明整治"七个有之"，坚决清除对党阳奉阴违的两面人，确保党的先进性、纯洁性。

广大党员干部不断提高政治判断力、政治领悟力、政治执行力，胸怀"国之大者"，对党忠诚、听党指挥、为党尽责。

这是更为一致的行动担当——

实现碳达峰、碳中和，是以习近平同志为核心的党中央统筹国内国际两个大局作出的重大战略决策。为实现这一目标，从政策体系的顶层设计，到各地各部门的积极贯彻落实，一场广泛而深刻的变革正在全国上下蹄疾步稳推进。

如此强大的国家能力离不开我们党强大的领导力、组织力、执行力。

贯彻"共抓大保护、不搞大开发"理念，母亲河长江焕发新的生机；按照"建设雄安新区是千年大计"要求，"未来之城"壮美画卷徐徐展开；落实"逐步探索、稳步推进中国特色自由贸易港建设"部署，海南自贸港奋楫扬帆。

各地各部门心往一处想，劲往一处使，以实际行动把党的大政方针和党中央决策部署落实到位。

在以习近平同志为核心的党中央坚强领导下，毫不动摇坚持和加强党的全面领导，亿万人民团结一心、踔厉奋进，在全面建设社会主义现代化国家新征程上谱写更加光辉的篇章。（新华社记者北京 2023 年 2 月 7 日电，高蕾、张研、董博婷）

激荡清风正气　凝聚党心民心

——党的十八大以来深入推进党风廉政建设和反腐败斗争述评

党风廉政建设和反腐败斗争，是党的建设的重大任务。

党的十八大以来，以习近平同志为核心的党中央从制定执行中央八项规定切入整饬作风，以雷霆万钧之势推进反腐败斗争，激荡清风正气、凝聚党心民心，为党和国家各项事业发展提供了坚强保障。

作风建设永远在路上

"查处违反中央八项规定精神问题5434起，批评教育帮助和处理8185人……"

2022年8月，中央纪委国家监委公布了上月全国查处违反中央八项规定精神问题汇总情况，这已是该数据连续第107个月公布。

八项规定，深刻改变中国。

2012年12月4日，习近平总书记主持中央政治局会议，审议通过中央政治局关于改进工作作风、密切联系群众的八项规定。

在这次会议上，习近平总书记强调："党风廉政建设，要从领导干部做起，领导干部首先要从中央领导做起。正所谓己不正，焉能正人。"

每年召开的中央全会、中央纪委全会等重要会议，习近平总书记都对作风建设提出明确要求；

每年年底的中央政治局民主生活会，都对照检查执行中央八项规定的情况，开展批评和自我批评；

接续开展的党内集中教育，都把贯彻落实中央八项规定精神、加强作风建设作为重要内容……

2017年10月27日，党的十九大闭幕后第3天，习近平总书记主持召开十九届中央政治局第一次会议，审议通过《中共中央政治局贯彻落实中央八项规定实施细则》，对贯彻执行中央八项规定、推进作风建设作出细化完善、提出更高要求。

十年来，从遏制"舌尖上的浪费"，到刹住"车轮上的腐败"，再到整治"会所里的歪风"；从多措并举遏制"天价月饼""天价烟酒"，到厉行节约、反对浪费成为社会新风尚，再到婚事新办、丧事简办被越来越多人接受……党风政风引领社风民风，人民群众成为了作风建设的参与者和受益者。

2021年6月，习近平总书记来到中国共产党历史展览馆。

这是2021年6月22日在北京拍摄的中国共产党历史展览馆外景。新华社记者 鞠焕宗 摄

在中央八项规定展板前，习近平总书记停下脚步："现在这里面的 8 条，精简会议活动、改进警卫工作、改进新闻报道、厉行勤俭节约，做得都不错，还是要反复讲、反复抓……"

"八项规定要一以贯之。"总书记坚定地说。

得罪千百人，不负十四亿

"工业和信息化部党组书记、部长肖亚庆同志涉嫌违纪违法，目前正在接受中央纪委国家监委审查调查。"

2022 年 7 月 28 日，中央纪委国家监委网站发布的"一句话新闻"，引起广泛关注。

2022 年以来，该网站已公开发布 25 名中管干部"落马"的消息，释放出反腐败斗争一刻不停歇的鲜明信号。

2012 年 11 月 15 日，人民大会堂东大厅。

刚刚当选中共中央总书记的习近平面对 500 多名中外记者，坚定地指出："新形势下，我们党面临着许多严峻挑战，党内存在着许多亟待解决的问题。尤其是一些党员干部中发生的贪污腐败、脱离群众、形式主义、官僚主义等问题，必须下大气力解决。全党必须警醒起来。打铁还需自身硬。"

短短 20 余天后，当选十八届中央候补委员还未满月的四川省委副书记李春城被查，成为党的十八大后落马的"首虎"。一场中国共产党历史上力度空前的反腐败斗争拉开序幕。

"我们党作为执政党，面临的最大威胁就是腐败""反腐败没有选择，必须知难而进"……在这场没有硝烟的斗争中，习近平总书记以旗帜鲜明的立场和勇毅决绝的意志掌舵领航。

从周永康、薄熙来、孙政才、令计划等一批"大老虎"被查，到铲除"蝇贪""鼠害""蛀虫"，再到深入开展国际追逃追赃……反腐败斗争不断向纵深推进。

2019年1月15日，浙江省长兴县虹星桥镇港口村党总支委员（右二）向村民介绍2018年度村干部述职述廉情况，接受村民监督。新华社记者 徐昱 摄

2018年12月13日，中央政治局会议对我国反腐败斗争形势作出重大判断——"反腐败斗争取得压倒性胜利"。

从"形势依然严峻"，到"依然严峻复杂"，到"压倒性态势正在形成"，再到"取得压倒性胜利"，党的十八大以来，在以习近平同志为核心的党中央坚强领导下，党风廉政建设和反腐败斗争真正做到了"抓铁有痕、踏石留印"。

据统计，党的十八大以来，截至2022年4月底，全国纪检监察机关共立案审查调查438.8万件、470.9万人。

2022年1月，党的百年华诞后首次中央纪委全会上，习近平总书记话语铿锵：

"只要存在腐败问题产生的土壤和条件，腐败现象就不会根除，我们的反腐败斗争也就不可能停歇。"

让群众更多感受到反腐倡廉的实际成果

对 15 名相关人员立案审查调查，对 8 名公职人员采取留置措施，初步查出违纪违法及涉嫌滥用职权、徇私枉法、行贿、受贿等职务犯罪问题……

2022 年 8 月 29 日，河北省纪委监委发布关于严肃查处"唐山烧烤店打人事件"中陈某志等涉嫌恶势力组织背后的腐败和"保护伞"问题的通报，释放出严惩恶势力、严查"保护伞"的强烈信号。

2013 年 1 月 22 日，在十八届中央纪委二次全会上，习近平总书记对新时代反腐败斗争作出明确指示：

"坚持'老虎''苍蝇'一起打，既坚决查处领导干部违纪违法案件，又切实解决发生在群众身边的不正之风和腐败问题。"

2021 年 12 月 16 日，在广西鹿寨县鹿寨镇波井村政务服务中心，村民学习使用"廉情驿站"。广西鹿寨县纪委监委打造集廉政知识宣传、廉情信息收集、全天候网上监督等功能为一体的"廉情驿站"，村民通过手机就能对村内事务进行 24 小时"云监督"。新华社记者 黄孝邦 摄

2016 年 1 月，在十八届中央纪委六次全会上，习近平总书记着重提出"推动全面从严治党向基层延伸"的要求，明确强调"对基层贪腐以及执法不公

等问题，要认真纠正和严肃查处，维护群众切身利益，让群众更多感受到反腐倡廉的实际成果"。

在随后发布的十八届中央纪委六次全会公报中，"坚决整治和查处侵害群众利益的不正之风和腐败问题"被单列为当年的7项重点工作之一。

抓住群众普遍关注、反映强烈和反复出现的问题，持续纠治教育医疗、养老社保、扶贫环保等领域腐败和不正之风，坚决惩处涉黑涉恶"保护伞"，坚决斩断伸向群众利益的"黑手"……

党的十九大以来，到2022年4月底，全国共查处民生领域腐败和作风问题49.6万个，给予党纪政务处分45.6万人。一个个案件、一次次整治，让人民群众切实感受到公平正义就在身边。

国家统计局2020年年底调查显示，95.8%的群众对全面从严治党、遏制腐败充满信心。

为政清廉才能取信于民，秉公用权才能赢得人心。

在以习近平同志为核心的党中央坚强领导下，下大气力改进作风，依纪依法严惩腐败，让人民群众看到实实在在的成效和变化，不断将党风廉政建设和反腐败斗争向纵深推进，必将以全党的强大正能量在全社会凝聚起推动中国发展进步的磅礴力量。（新华社北京2023年1月3日电，记者孙少龙）

咬定青山不放松

——党的十九大以来以习近平同志为核心的党中央贯彻执行中央八项规定、推进作风建设综述

八项规定，深刻改变中国。

2022 年 9 月 9 日，中共中央政治局召开会议。会议的一项重要议程，即是审议《十九届中央政治局贯彻执行中央八项规定情况报告》。

党的十九大以来，以习近平同志为核心的党中央对持之以恒正风肃纪作出新部署、提出新要求，修订完善中央八项规定实施细则，推进全党作风建设不松劲、不停步、再出发。经过坚持不懈努力，刹住了一些长期没有刹住的歪风邪气，解决了一些长期没能解决的顽瘴痼疾，党风政风焕然一新，社风民风持续向好。

八项规定，已成为作风建设的代名词、新时代共产党人的一张"金色名片"。

一以贯之 推动作风建设走深走实

2022 年 8 月 16 日，正在辽宁锦州考察的习近平总书记来到辽沈战役纪念馆。

英烈馆内，悬挂着一面"仁义之师"锦旗。锦旗背后的故事，习近平总书记十分熟悉——

那是辽沈战役期间，锦州乡间的苹果已经熟了，行军路过的解放军战士

虽然饥渴难耐，却一个都没有摘。共产党领导的人民军队用铁的纪律赢得了民心。

"毛主席说'不吃是很高尚的，而吃了是很卑鄙的，因为这是人民的苹果'。这样的苹果，我们现在也不能吃。"总书记的话语意味深长。

时间回到 2017 年 10 月 27 日，党的十九大闭幕第三天，习近平总书记主持召开新一届中央政治局第一次会议。

会议的一项重要议程，即是审议《中共中央政治局贯彻落实中央八项规定实施细则》，对贯彻执行中央八项规定、推进作风建设作出细化完善、提出更高要求。

这样的安排绝非巧合——

从十八届中央政治局一开始就为作风建设立下规矩，到十九届中央政治局第一次会议研究同样的内容并进一步深化细化，充分体现了中央政治局从自身做起、以上率下的坚强决心，释放出一以贯之将作风建设进行到底的鲜明信号。

作风建设无小事。习近平总书记始终从关乎党的兴衰存亡、巩固党的执政地位、实现党的执政使命的政治高度，严肃对待作风问题，一以贯之推进作风建设。

每年召开的中央全会、中央纪委全会和中央政治局民主生活会等重要会议，都对贯彻执行中央八项规定、加强作风建设作出专门部署、提出明确要求；

十九届中央政治局常委会会议有 99 次、中央政治局会议有 19 次、中央政治局集体学习有 9 次涉及作风建设；

在全党开展的"不忘初心、牢记使命"主题教育、党史学习教育都将改进工作作风、密切联系群众作为重要内容，并出台相关党内法规，完善党的作风建设制度机制；

……

作风建设既是攻坚战，又是持久战、攻心战。

面对会不会"变风转向"的观望、面对反弹回潮的压力，习近平总书记从推进党的自我革命、确保党始终成为中国特色社会主义事业的坚强领导核心的政治和战略高度出发，就持之以恒落实中央八项规定精神、深化作风建设作出一系列重要论述，赋予作风建设新的时代内涵，深化了作风建设规律性认识。

——论述作风建设的重大意义，强调"党的作风和形象关系党的创造力、凝聚力、战斗力，决定党和国家事业成败"，"我们党是世界上最大的马克思主义执政党，要巩固长期执政地位、始终赢得人民衷心拥护，必须永葆'赶考'的清醒和坚定"；

——指出作风建设的根本关键，强调"加强作风建设必须紧扣保持党同人民群众血肉联系这个关键"，"唯有踔厉奋发、笃行不怠，方能不负历史、不负时代、不负人民"；

——明确作风建设的重点任务，强调"要继续在常和长、严和实、深和细上下功夫，密切关注享乐主义、奢靡之风新动向新表现，坚决防止回潮复燃"，"要把力戒形式主义、官僚主义作为重要任务"；

——丰富作风建设的方法途径，强调"以系统施治、标本兼治的理念正风肃纪反腐，不断增强党自我净化、自我完善、自我革新、自我提高能力"，"通过加强思想淬炼、政治历练、实践锻炼、专业训练，推动广大干部严格按照制度履行职责、行使权力、开展工作"；

——严抓作风建设的责任落实，强调"各级领导干部要带头转变作风，身体力行，以上率下，形成'头雁效应'"，"领导干部特别是高级干部要管好自身，还要管好家人亲戚、管好身边人身边事、管好主管分管领域风气"；

……

2021年6月，建党百年前夕，习近平总书记来到中国共产党历史展览馆。

在中央八项规定展板前，习近平总书记停下脚步、仔细察看："现在这里面的8条，精简会议活动、改进警卫工作、改进新闻报道、厉行勤俭节约，做得都不错，还是要反复讲、反复抓……"

"八项规定要一以贯之。"总书记坚定地说。

以身作则 为全党立标杆做榜样

"来吧，咱们一块儿坐坐，都介绍介绍自己。"

2022 年 4 月，正在海南考察的习近平总书记来到五指山脚下的水满乡毛纳村，在村寨凉亭内同基层干部、村民代表等围坐在一起，亲切交流、热情攀谈，尽显人民领袖对百姓的真挚情谊。

以行动作号令，以身教作榜样。

每次考察调研都对安排方案亲自把关，不搞刻意设计，考察调研尽量安排紧凑，交流范围和人数适当扩大，确保调研深入、务实高效；

每到一处考察，都扑下身子深入群众，嘘寒问暖、体察入微，带去党中央的关怀和温暖……

党的十九大以来，习近平总书记深入地方考察调研 50 余次，走过沟壑纵横的高原路，走过坡急沟深的盘山路，走过滚滚麦浪的乡间路……总书记奔波的身影留在祖国大江南北、内陆边疆。

深入脱贫攻坚一线，面对面同基层干部和群众聊家常、算细账，要求全面小康"一个都不能少""不获全胜决不收兵"；

赴地方调研指导开展"不忘初心、牢记使命"主题教育，强调要把群众观点和群众路线落实到各个工作环节和具体行动中，让群众办事更方便、更踏实；

在疫情防控斗争的关键时刻飞赴武汉，强调"坚决打赢湖北保卫战、武汉保卫战"，坚定了广大干部群众必胜信心；

……

一言一行，体现带头贯彻执行中央八项规定的鲜明态度；点滴之间，彰显人民领袖亲近人民的深厚情怀。

热线电话，跨越浩渺大洋，联通中国与世界。

2021年5月6日晚，北京中南海，习近平总书记同联合国秘书长古特雷斯通电话。当天，总书记还分别同土库曼斯坦、古巴领导人通电话；第二天，又同塞拉利昂、刚果（金）领导人和国际奥委会主席通电话……频密的"电话外交"，尽显大国领袖"无我"的工作状态。

党的十九大以来，习近平总书记出访、出席重要国际会议、主持主场外交活动等近400次，并多次开展视频外交活动，与有关国家领导人和国际组织负责人通电话。特别是新冠肺炎疫情发生后，密集开展"云外交"，促进国际社会携手应对挑战，推动构建人类命运共同体，以元首外交引领新时代中国特色大国外交不断开创新局面。

李克强、栗战书、汪洋、王沪宁、赵乐际、韩正同志和中央政治局其他同志认真贯彻党中央有关决策部署和习近平总书记相关重要指示批示，严格执行中央八项规定及其实施细则，并切实抓好分管领域、所在地方的贯彻落实。

在改进调查研究方面，中央政治局同志围绕贯彻落实党中央重大决策部署和有关重大问题开展调研。调研中求真务实，轻车简从，力戒形式主义，不给基层增加负担。

在精简会议活动方面，加强重大会议活动统筹协调，从源头控制总量，严控会议活动规模规格，推动提质增效。除每年按惯例安排的中央重要会议外，其他中央重要会议会期一般不超过1天半。全国两会会期调整为1周。一些会议以电视电话或视频形式召开，使党中央决策部署原汁原味直达基层一线。

在精简文件简报方面，加强中央发文统筹，严控文件数量、篇幅和规格，可发可不发的文件一律不发，由部门发文或部门联合发文能够解决的不再由党中央、国务院印发或转发文件，报送党中央、国务院简报数量进一步压减。除中央统一安排外，中央政治局同志个人没有公开出版著作、讲话单行本以及发贺信、贺电、题词、题字、作序等情况。

在规范出访活动方面，围绕党和国家工作大局，统筹安排中央领导同志外事活动。在出访活动中严控团组规模，合理制定日程，做到能省则省、能简尽简。接受外方授予勋章和荣誉称号，严格按要求事前报党中央批准。新冠肺炎疫情发生后，党和国家领导人外事活动以视频、电话"云外交"方式为主。

在改进新闻报道方面，严控全国性会议新闻报道次数，减少一般性会议活动报道，进一步规范新媒体报道。中央主要新闻单位刊发中央政治局委员新闻报道严格执行篇幅字数、版面安排、时段时长等规定，更加注重突出党和国家大事要事、国际国内形势、人民群众生产生活的新闻报道，不断增强吸引力、感染力、亲和力。

在改进警卫工作方面，坚持密切联系群众，把改进警卫形式与疫情防控统筹谋划，尽可能缩小警戒控制范围，认真落实不腾道、不封路、不清场、不闭馆要求，努力实现安全效果、政治效果、社会效果有机统一。

在厉行勤俭节约方面，认真落实过紧日子要求，中央本级和各地区"三公"经费预算持续压减。中央有关会议筹备服务工作严控会议经费开支、坚决制止餐饮浪费，庆祝新中国成立70周年活动、庆祝中国共产党成立100周年活动务实节俭。自觉加强政德建设，注重家教家风，管好配偶、子女和身边工作人员。

坚守共产党人政治本色，注重从自身做起，坚持问题导向，坚持依规依纪。以习近平同志为核心的党中央认真贯彻执行中央八项规定及其实施细则，不打折扣、不做变通，以实际行动为全党立起标杆、做好榜样。

成效卓著 为新征程提供坚强保障

2022年，八项规定迎来制定出台的第十个年头。

十年来，以习近平同志为核心的党中央从中央八项规定破题，以上率下抓作风建设，推进全党作风建设不松劲、不停步、再出发，使党风政风民风焕然一新，党心军心民心高度凝聚，为新时代伟大变革提供了坚强作风保障。

——转作风改作风的思想政治根基不断巩固，全党思想上更加统一、政治上更加团结、行动上更加一致。

"听汇报多、下基层少，工作作风还存在明显问题""深入调查研究不够，走'固定路线'情况依然存在"……

建党百年之际，一场场党史学习教育专题民主生活会动真碰硬、"辣味"十足，让不少党员干部红了脸、出了汗。

通过经常性思想政治教育和党内集中教育等一次又一次的思想洗礼，广大党员、干部在思想上政治上进行检视、剖析、反思，对作风问题进行对照、查摆、整治，不断去杂质、除病毒、防污染，党性更加坚强。

各地区各部门坚持把政治标准和政治要求贯穿作风建设始终，建立党中央重大决策部署和习近平总书记重要指示批示精神抓落实机制，从政治高度狠抓作风建设，以严实作风推进工作落实，保障了党中央政令畅通、令行禁止。

党员、干部普遍反映，经过全面深刻的政治教育、思想淬炼、作风锤炼，全党上下贯通、执行有力。

——群众立场、群众观念、群众感情不断强化，党的执政根基更加坚实。

"没想到这么快就办好了。"

2022 年 6 月 20 日，在黑龙江省双鸭山市集贤县政务服务中心，居民李广玉只提供了一次材料，就拿到了开办超市的手续。"以前办业务比较麻烦，得跑好几个部门，现在方便多了。"李广玉说。

这是广大党员、干部把作风建设要求转化成为民造福实际行动的一个缩影。五年来，各地区各部门把深入基层、走进群众作为开展工作的基础要求，"面对面"倾听民情民意，"点对点"解决急难愁盼问题，人民群众成为作风建设的参与者和受益者。

与此同时，各地区各部门着力整治群众身边的腐败和作风问题，排查治理民生领域"微腐败"、妨碍惠民政策落实的"绊脚石"，对侵害群众利益问题"零容忍"。

2022 年 3 月 24 日在广西柳州市三江侗族自治县良口乡南寨村，纪检监察干部（右一、左一）在了解惠农政策落实情况。新华社记者 黄孝邦 摄

党的十九大以来，全国纪检监察机关共查处民生领域腐败和作风问题52.3 万个，批评教育帮助和处理 71.8 万人。

——"四风"惯性被有效扭转，干部清正、政府清廉、政治清明的政治生态更加纯净健康。

"查处违反中央八项规定精神问题 5434 起，批评教育帮助和处理 8185人……"

2022 年 8 月，中央纪委国家监委公布了上月全国查处违反中央八项规定精神问题汇总情况，这已是该数据连续第 107 个月公布。

五年来，各级党委（党组）把贯彻落实中央八项规定精神作为重点任务，坚持严的标准和严的氛围，查纠"四风"突出问题。

深入整治违规收送礼品礼金、违规吃喝等突出问题；深挖细查收送电子红包、私车公养等隐形变异问题；集中纠治做选择搞变通打折扣、表态多调门高、行动少落实差问题……一系列歪风积弊成了人人喊打的"过街老鼠"。

党的十九大以来,全国纪检监察机关共查处"四风"问题 56 万个,批评教育帮助和处理 81.2 万人。党员、干部普遍反映,中央八项规定成为实实在在的"铁八条",大大改善了党内政治生活和政治生态。

——党员、干部工作状态、精神状态更加积极向上,奋进新征程、建功新时代的精气神有力提振。

2022 年仲夏,新疆乌什县托万克麦盖提村种植的黑木耳迎来集中上市期。这几年,天山脚下这个小村庄,凭借木耳产业让乡亲们摆脱了贫困,成了远近闻名的致富村。

繁荣背后,是新疆"访惠聚"驻村帮扶工作的丰硕成果。自 2014 年这项工作开展以来,新疆全区共选派 50 余万名党员干部深入到 1 万多个村队(社区),用心用情为各族群众干实事、办好事、解难事。

2022 年 6 月 7 日新疆维吾尔自治区党委组织部、老干部局驻托万克麦盖提村"访惠聚"工作队第一书记陈双萍(中)和工作队员来到生态园与技术员陈金生(右)查看培育的木耳。新华社记者 丁磊 摄

在脱贫攻坚第一线、在疫情防控最前沿、在抗洪救灾的波涛中……广大基层党组织有力组织、守土尽责，广大党员、干部挺身而出、英勇奋战，凝聚起众志成城、坚不可摧的强大力量。

惟其艰难，方显勇毅。

一面面鲜红的党旗飘扬在基层一线，一个个醒目的"党员先锋岗"标识在工作岗位，党员、干部引领在前、冲锋在前、战斗在前的劲头十足，以过硬作风展示了共产党人的良好形象。

——党风政风引领民风社风持续向善向上，全社会新风正气不断充盈。

正值客流高峰期，走进成都美食一条街里的一家串串店，店长罗坤正在引导客人："您好，我们店里有小碗菜，串串也可以按照个人需求拿，主食也可以先点半份。如果不够，后续还可以再加。"

一句温暖的提醒，正是"厉行节约、反对浪费"理念深入人心的最好见证。通过遏制餐饮浪费行为，讲排场、比阔气等不良风气和不理性、不文明消费习俗被逐步破除，"管够不浪费""吃好不奢侈"逐渐成为时尚。

推进新时代廉洁文化建设，规范领导干部配偶、子女及其配偶经商办企业行为，把过紧日子作为常态化要求，不断压减"三公"经费支出……

党的十九大以来，各级党组织把加强作风建设与培育践行社会主义核心价值观、家庭家教家风建设、新时代公民道德建设等结合起来，党员领导干部带头践行新风正气，带动全社会敦风化俗，让新风吹遍每个角落。

数据无言，却最有说服力。

2022年国家统计局社情民意电话调查结果显示，对党中央带头贯彻执行中央八项规定精神情况表示满意、总体成效表示肯定的，分别为98.2%、95.7%。

激荡清风正气，凝聚党心民心。

2020 年 11 月 2 日在河北省邯郸市邯山区开展的"听爷爷奶奶讲家风"主题活动中,宣讲员向孩子们讲家风家训故事。新华社记者 王晓 摄

　　在以习近平同志为核心的党中央坚强领导下,全党上下抓铁有痕、踏石留印,驰而不息将作风建设引向深入,定能以优良作风凝聚起团结奋进的磅礴力量,向实现第二个百年奋斗目标继续阔步前进。(新华社北京 2022 年 10 月 8 日电,记者孙少龙、黄玥、张研)

延伸阅读

二十大报告，习近平总书记强调"三个务必"

2022年10月16日上午，党的二十大开幕，习近平总书记代表第十九届中央委员会向大会作报告，举世关注。

习近平总书记在报告中强调，全党同志务必不忘初心、牢记使命，务必谦虚谨慎、艰苦奋斗，务必敢于斗争、善于斗争，坚定历史自信，增强历史主动，谱写新时代中国特色社会主义更加绚丽的华章。

这"三个务必"，十分醒目。从"三个务必"，很容易联想到毛泽东同志提出的"两个务必"。

1949年3月，毛泽东在党的七届二中全会上向全党提出，务必使同志们继续地保持谦虚、谨慎、不骄、不躁的作风，务必使同志们继续地保持艰苦奋斗的作风。这"两个务必"充分预见到我们党在成为执政党后所面临的新挑战。

党的十八大后，习近平总书记调研指导党的群众路线教育实践活动时就曾来到西柏坡，强调坚持"两个务必"的重要性。

习近平总书记在报告中强调"三个务必"，体现了强烈的使命担当、忧患意识和斗争精神。

党的初心和使命是党的性质宗旨、理想信念、奋斗目标的集中体现。"不忘初心、牢记使命"，党才能始终成为中国特色社会主义事业的坚强领导核心。

党的作风是党的形象，是观察党群干群关系、人心向背的晴雨表。"谦虚谨慎、艰苦奋斗"，党才能始终同人民同呼吸、共命运、心连心。

中华民族伟大复兴不是轻轻松松、敲锣打鼓就能实现的。"敢于斗争、善于斗争"，党才能团结带领全国各族人民不断打开事业发展新天地。

1949 年 3 月 23 日，党中央从西柏坡动身前往北京时，毛泽东说："今天是进京赶考的日子。"现在，中国共产党团结带领中国人民又踏上了实现第二个百年奋斗目标新的赶考之路。

全面建设社会主义现代化国家，是一项伟大而艰巨的事业，前途光明，任重道远。

做到"三个务必"，坚定历史自信，增强历史主动，中国共产党人必将在新征程上谱写出新时代中国特色社会主义更加绚丽的华章。（新华网记者王子晖）

第二章

坚定推进全面深化改革体现对事业的责任担当

扫码观看大型政论片《我们的新时代》
之《发展之变》

用好决定中国命运的"关键一招"

——党的十八大以来全面深化改革持续推进述评

"新时代坚持和发展中国特色社会主义,根本动力仍然是全面深化改革。"

党的十八大以来,以习近平同志为核心的党中央不断推动全面深化改革向广度和深度进军,中国特色社会主义制度更加成熟更加定型,国家治理体系和治理能力现代化水平不断提高,党和国家事业焕发出新的生机活力。

"改革只有进行时,没有结束时"

2012 年 11 月 15 日,北京人民大会堂。

面对中外记者,刚刚当选中共中央总书记的习近平语气坚定,宣示"继续解放思想,坚持改革开放,不断解放和发展社会生产力"。

时隔不到一个月,习近平总书记第一次赴地方考察调研,就直奔改革开放前沿——广东。

在广东之行中,习近平总书记深刻指出:"改革开放是决定当代中国命运的关键一招,也是决定实现'两个一百年'奋斗目标、实现中华民族伟大复兴的关键一招。"

2013 年 11 月,党的十八届三中全会胜利召开,由习近平总书记亲自主持起草的《中共中央关于全面深化改革若干重大问题的决定》通过。全会确定全面深化改革的总目标、战略重点、优先顺序、主攻方向、工作机制、推进方式和时间表、路线图。

党的十八届三中全会是划时代的，实现了改革由局部探索、破冰突围到系统集成、全面深化的转变，开创了我国改革开放新局面。

习近平总书记在一次次深入基层的考察调研中，不断谋划改革全局、推动改革实践。在中央全面深化改革委员会（领导小组）会议上，习近平总书记针对改革推进情况，讲方法、明路径、指方向。

在习近平总书记擘画下，各方面改革蹄疾步稳推进——

经济体制改革不断完善，政治体制改革稳步推进，文化体制改革创新发展，社会体制改革全面推进，生态文明体制改革加快推进，党的建设制度改革扎实推进，纪律检查体制改革取得重要阶段性成果，国防和军队改革取得历史性突破……

在以习近平同志为核心的党中央领航下，我们党对全面深化改革的认识不断升华——

党的十九大将"全面深化改革"列入新时代坚持和发展中国特色社会主义的基本方略，明确为习近平新时代中国特色社会主义思想的重要内容；

党的十九届四中全会专门研究坚持和完善中国特色社会主义制度、推进国家治理体系和治理能力现代化并作出决定，描绘中国特色社会主义的制度图谱；

党的十九届六中全会通过的《中共中央关于党的百年奋斗重大成就和历史经验的决议》，用"十个明确"概括习近平新时代中国特色社会主义思想的核心内涵，其中之一即"明确全面深化改革总目标是完善和发展中国特色社会主义制度、推进国家治理体系和治理能力现代化"。

全面发力、多点突破、蹄疾步稳、纵深推进。

党的十八大以来，全面深化改革从夯基垒台、立柱架梁到全面推进、积厚成势，再到系统集成、协同高效，各领域基础性制度框架基本确立，许多领域实现历史性变革、系统性重塑、整体性重构。

"敢于啃硬骨头，敢于涉险滩"

"改革关头勇者胜，我们将以敢于啃硬骨头、敢于涉险滩的决心，义无反顾推进改革。"当改革进入攻坚期和深水区，习近平总书记这样明确表示。

2018年6月30日，作为全国33个农村土地制度改革试点地区之一的浙江德清县，率先颁发了首批宅基地"三权分置"证书。来自4个村的农民代表、民宿业主代表、集体土地所有权代表签订三方流转合同，获颁了第一批真正意义的农村宅基地"三权分置"不动产证。

新时代的农村土地改革以盘活土地资源，激活农村潜力为落脚点，农村承包地"三权分置"改革，农村土地征收、集体经营性建设用地入市、宅基地制度改革试点等一系列重大制度创新接续推进，催生出乡村振兴的巨大内生动力。

哪里有瓶颈制约，哪里就是改革的主攻方向。

如何破除案件审理"审者不判、判者不审"的顽疾？司法体制改革给出答案。2017年7月3日，最高人民法院举行首批员额法官宣誓仪式，这标志着法官员额制改革在全国法院全面落实。员额制改革让司法力量集中到办案一线，有效提升办案质效，推动司法责任制改革实现"让审理者裁判、由裁判者负责"。

问题所指，改革所向。党的十八大以来，司法机关通过深化体制机制改革，提高司法能力和公信力，使制约司法能力、影响司法公正的深层次、体制性问题逐步得到解决。

生态文明体制改革顶层设计引导改革超越既有利益格局，环保督察、河湖长制、国家公园等创新举措陆续面世，美丽中国加快建设；加快实施创新驱动发展战略，完善科技创新体制机制，创新活力竞相迸发；重塑重构军队领导指挥体制、现代军事力量体系、军事政策制度，推动军民融合深度发展，人民军队体制一新、结构一新、格局一新、面貌一新……全面深化改革始终坚持问题导向，聚焦党和国家事业发展的中心任务，推动体制机制改革，促进制度建设和治理效能更好转化融合。

2020 年 12 月 1 日武夷山国家公园武夷断裂带峡谷内云雾缭绕，村庄若隐若现（无人机照片）。新华社记者 姜克红 摄

新时代全面深化改革，对改革的系统性、整体性、协同性要求更强。

深化党和国家机构改革，是一次全面深化改革的战略性战役，是推进国家治理体系和治理能力现代化的一次集中行动：仅在中央和国家机关层面就涉及 180 多万人，新组建党中央决策议事协调机构 3 个、更名 4 个，组建和重新组建部级机构 25 个，调整优化领导管理体制和职责部级机构 31 个……

避免"碎片化"，善打"组合拳"。

全面深化改革注重厘清重大改革的逻辑关系，既抓方案协同，也抓落实协同、效果协同，在国企改革、科技体制改革、农村土地制度改革、生态文明体制改革、司法体制改革、党的建设制度改革、构建开放型经济新体制等方面集中攻坚，改革充分衔接、相互耦合。

改革不停顿，开放不止步。

金秋送爽，华灯璀璨。2022 年 8 月 31 日晚，位于北京中轴线上的国家会议中心，迎来 2022 年中国国际服务贸易交易会。

2022年9月1日观众在国家会议中心参观2022年中国国际服务贸易交易会中国服务贸易成就展专区。新华社记者 才扬 摄

习近平总书记的贺信发出坚定不移对外开放的强音："中国愿同世界各国一道，坚持真正的多边主义，坚持普惠包容、合作共赢，携手共促开放共享的服务经济，为世界经济复苏发展注入动力。"

在开放中创造机遇，在合作中破解难题：外商投资法和优化营商环境条例正式施行，取消外资逐案审批制；授权全国所有地级及以上城市开展外商投资企业注册登记，通关便利化水平进一步提升；构建广交会、进博会、服贸会等经贸盛会"矩阵"……中国以开放姿态拥抱世界，激活自身发展的澎湃春潮，为全球经济注入强大动能。

"让改革发展成果更多更公平惠及全体人民"

"我们党推进全面深化改革的根本目的，就是要促进社会公平正义，让改革发展成果更多更公平惠及全体人民。"

党的十八大以来，以习近平同志为核心的党中央坚持以人民为中心的发展思想，推动改革发展成果更多更公平惠及全体人民，凝聚起新时代全面深化改革开放的强大力量。

老百姓关心什么、期盼什么，改革就要抓住什么、推进什么。

社会救助体系基本建立，每年近5000万困难群众得到基本生活救助；改革完善住房制度，累计建设各类保障性住房和棚改安置住房8000多万套；持续开展"减证便民"，各地方各部门清理证明事项2.1万多项……一项项改革，聚焦群众"急难愁盼"，强了信心、暖了人心、聚了民心。

2020年9月5日安徽省合肥市包河区同安街道甘棠苑小区回迁居民在小区内散步。新华社记者 刘军喜 摄

一批改革硬招实招击中要害，将促进社会公平正义、增进人民福祉的价值取向进行到底。

深化医药卫生体制改革，引导医疗卫生工作重心下移、资源下沉；深化教育教学改革创新，推进义务教育均衡发展和城乡一体化；加快建设养老服务体系，调整优化生育政策，促进人口长期均衡发展……

改革智慧来自亿万人的创造，改革成果由人民共享。

习近平总书记指出："正确的道路从哪里来？从群众中来。我们要眼睛向下，把顶层设计同问计于民统一起来。"

三明医改，这一来自基层的改革探索，全国闻名。如今，这里又有了新探索：乡村医生为村民看病抓药的时候，会一次开出"三张处方"——药品处方、生活运动处方、饮食处方。

"面对群众的新需求，我们要想方设法当好健康'守门人'。要在基层多做'防'的工作，多做精细化的健康管理。"当地的乡村医生说。

北京"街乡吹哨、部门报到"、浙江"最多跑一次"改革……全面深化改革激发人民首创精神，凝聚起团结奋进的共识。

2022年以来，习近平总书记已经四次主持召开中央全面深化改革委员会会议，审议建设世界一流企业、普惠金融高质量发展、数字政府建设、加强和改进行政区划工作等重大议题，推动全面深化改革向纵深推进。

惟改革者进，惟创新者强，惟改革创新者胜。

在以习近平同志为核心的党中央坚强领导下，以改革为先导、向改革要动力，亿万中华儿女必将在中华民族伟大复兴不可逆转的历史进程中创造新的发展奇迹！（新华社北京2022年9月8日电，记者杨维汉、白阳、王琦）

坚定不移走好高质量发展之路

——以习近平同志为核心的党中央引领中国经济行稳致远述评

驶过十年非凡历程的中国经济航船，来到了新的历史起点——

回望来路，成绩彪炳史册：新时代十年，我国经济实力实现历史性跃升，国内生产总值翻了一番，对世界经济增长的平均贡献率超过30%；发展平衡性、协调性、可持续性明显增强，迈上更高质量、更有效率、更加公平、更可持续、更为安全的发展之路。

展望前途，面对复杂严峻风险挑战和艰巨繁重任务，中国经济的韧性进一步凸显、潜力和活力持续释放，多方面优势和条件构筑有力支撑，长期向好的基本面不会改变。

稳字当头，稳中求进。

踏上全面建设社会主义现代化国家新征程，在以习近平同志为核心的党中央掌舵领航下，在习近平经济思想科学指引下，全党全国各族人民自信自立、迎难而上、团结奋斗，推动中国经济沿着高质量发展航道破浪前行，向着更加光明的未来行稳致远。

潮头掌舵破浪前行——中国经济航船驶过极不平凡航程，在攻坚克难中始终坚持稳中求进

2022年12月9日，一架搭载江苏苏州商务经贸团近190人的包机抵达法国巴黎戴高乐机场。他们不仅带去了江南茶礼、非遗苏绣等见面礼，还带着大包小包的生产样品，将赴欧洲多地开展订单洽谈和招商活动。

近期以来，随着我国新冠肺炎疫情防控措施不断优化调整，浙江、江苏、四川等多地"出海招商"，按下经济复苏"快进键"。

中国坚持更好统筹疫情防控和经济社会发展，着力推动经济运行整体好转，这将成为明年推动全球经济增长的最大动力。

2022 深圳全球招商大会爱尔兰分会场活动 11 月 23 日在爱尔兰首都都柏林举行，中爱两国近百名代表就中爱双向投资合作等进行经验分享和探讨。新华社发　刘晓明摄

近三年来，面对疫情跌宕反复，以习近平同志为核心的党中央高效统筹疫情防控和经济社会发展，带领中国交出世所瞩目的成绩单：2020 年成为全球率先实现经济正增长的主要经济体；2021 年经济规模突破 110 万亿元，两年平均增长 5.1%；2022 年经济顶住压力、稳中求进，持续巩固回升态势……

事非经过不知难，成如容易却艰辛。

这张成绩单，正是党的十八大以来，以习近平同志为核心的党中央团结带领亿万人民，经受重重考验，推动中国经济攻坚克难、勇毅前行的证明。

时间记录不凡——

2012 年 12 月，党的十八大后第一次中央经济工作会议上，习近平总书记发表重要讲话强调："发展是党执政兴国的第一要务，作为执政党，我们必须切实加强党对经济工作的领导，扎扎实实做好经济工作。"

潮头掌舵，十年来党领导经济工作的体制机制不断完善，护航中国经济迎难而上、行稳致远。

党的全国代表大会和中央全会谋定发展方向；中央经济工作会议对经济发展作出年度部署；中央政治局常委会、中央政治局定期研究分析经济形势，决策重大经济事项；中央财经委员会（领导小组）和中央全面深化改革委员会（领导小组）及时研究经济社会发展的重大问题和重大改革……

在重大历史关头、重大使命任务、重大时代课题面前，以习近平同志为核心的党中央清醒判断、科学决策、果敢行动，发挥了主心骨、定盘星的决定性作用。

洞察大势，党对经济发展规律的认识不断深入，引领中国经济从高速增长阶段转向高质量发展阶段。

从明确"五位一体"总体布局和"四个全面"战略布局，到揭示社会主要矛盾发生历史性变化，从提出不再简单以国内生产总值增长率论英雄到强调坚持稳中求进工作总基调，从创造性提出新发展理念到作出加快构建新发展格局的重大战略决策……

党的十八大以来，习近平总书记深刻总结我国经济发展的成功经验，从新的实际出发，提出一系列新理念新思想新战略，形成了习近平经济思想，成为新时代做好经济工作的根本遵循和行动指南，指引中国经济不断迈上新台阶。

十年间，我国国内生产总值从 54 万亿元增长到 114 万亿元；制造业规模、外汇储备稳居世界第一；在全球创新指数中的排名从 34 位升至 11 位。

十年间，经过接续奋斗，全面建成小康社会目标如期实现，近1亿农村贫困人口实现脱贫，历史性地解决了绝对贫困问题。

十年间，社会主义基本经济制度不断发展和完善，社会主义市场经济体制的生机活力不断释放；统筹发展和安全，粮食安全、能源安全得到有效保障。

这十年，我们经历了涉滩之险，爬坡之艰，闯关之难。应对中美经贸摩擦，始终站在历史正确的一边，重塑中美经贸关系，坚决捍卫国家和人民利益，坚决捍卫自由贸易和多边体制；应对世纪疫情，最大程度保护人民生命健康，也最大程度稳住了经济社会发展基本盘；应对需求收缩、供给冲击、预期转弱三重压力，坚持稳字当头、稳中求进，多措并举巩固经济恢复基础……

实践表明，中国共产党的领导是做好新时代经济工作的优势所在、关键所在、根本所在。

在《东方的复兴》一书中，约旦作家萨米尔·艾哈迈德写道："新时代的中国正进入前所未有的发展时期，这种发展并不是对西方的模仿或照搬其产业模式，而是致力于自己创新能力的跨越与进步……中国正在其民族复兴的征程上稳步前进。"

进入新发展阶段，我国发展内外环境发生深刻变化，习近平总书记敏锐洞察我国发展面临的一系列新的重大理论和实践问题，进行着深邃思考，作出科学判断：

正确认识和把握实现共同富裕的战略目标和实践途径，正确认识和把握资本的特性和行为规律，正确认识和把握初级产品供给保障，正确认识和把握防范化解重大风险，正确认识和把握碳达峰碳中和……

在中国特色社会主义宏阔实践中，不断丰富发展的习近平经济思想，指导中国号巨轮劈波斩浪、行稳致远。

当前，世界百年未有之大变局加速演进，世界之变、时代之变、历史之变的特征更加明显，我国发展面临新的战略机遇和风险挑战。

习近平总书记在党的二十大报告中为中国经济指明前进方向，作出战略谋划——

"加快构建新发展格局，着力推动高质量发展""构建高水平社会主义市场经济体制""建设现代化产业体系""全面推进乡村振兴""促进区域协调发展""推进高水平对外开放"……

"现在，中国经济韧性强、潜力足、回旋余地广，长期向好的基本面不会改变。"习近平总书记在二十届中共中央政治局常委同中外记者见面时向世界作出了坚定、自信的宣示。

深刻变革谱写新篇——完整、准确、全面贯彻新发展理念，努力实现质量变革、效率变革、动力变革

2022 年 10 月 16 日，人民大会堂。

"高质量发展是全面建设社会主义现代化国家的首要任务。"习近平总书记在党的二十大报告中为中国经济发展指明方向。

深刻的论断，源自非凡的实践。

2012 年 12 月。党的十八大后首次离京考察，习近平总书记来到广东，在广州主持召开一场经济工作座谈会，指出"加快推进经济结构战略性调整是大势所趋，刻不容缓"。

回京后不到一周，习近平总书记在中央经济工作会议上发表重要讲话，明确指出"不能不顾客观条件、违背规律盲目追求高速度"。

彼时，经过多年高速发展，中国经济面临一系列挑战：经济下行压力加大、资源环境约束日益强化、产业升级阻力重重、传统动能不断削弱，一些地方和部门仍片面追求速度规模、发展方式粗放……

观大势，谋全局，闯新路。

指出我国经济处于"三期叠加"时期，提出"新常态"重要论断，提出创新、协调、绿色、开放、共享的发展理念，推进供给侧结构性改革，提出加快构建新发展格局……以习近平同志为核心的党中央准确把握大局大势，科学分析机遇和挑战，引领中国经济迈上高质量发展道路。

贯彻新发展理念，开启关系我国发展全局的一场深刻变革——

2022 年 11 月 30 日清晨，神舟十五号航天员乘组入驻"天宫"，与神舟十四号航天员乘组相聚中国人的"太空家园"，开启中国空间站长期有人驻留时代。

"人类正处于航天业的繁荣时刻，中国已经向前迈出了一大步。"《西班牙人报》网站报道说。

2022 年 11 月 30 日在酒泉卫星发射中心拍摄的神舟十五号航天员乘组与神舟十四号航天员乘组太空合影的画面。新华社记者 郭中正 摄

"创新是引领发展的第一动力""把科技自立自强作为国家发展的战略支撑"……紧紧围绕创新这个牵动经济社会发展全局的"牛鼻子"，习近平总书记进行战略性、全局性谋划，提出一系列奠基之举、长远之策。

"九章"面世、"嫦娥"落月、"北斗"组网、"墨子号"发射成功、高铁自主技术体系初步建立……坚决打赢关键核心技术攻坚战，破解"卡脖子"

难题，努力实现高水平科技自立自强。

经济承压下，创新引擎为高质量发展持续加力：

1倍——这是今年1至11月我国新能源汽车产销量同比增幅，新能源汽车国内市场占有率连续攀升至25%。

2022年10月12日在位于芜湖市的奇瑞汽车股份有限公司新能源一期工厂拍摄的等待交付的新能源汽车（无人机照片）。新华社记者 周牧 摄

超60%——这是中国5G基站占全球的比例。截至10月底，国内5G基站总数达225万个。目前，"5G+工业互联网"全国在建项目超过4000个。数字经济在持续赋能实体经济、创造高品质生活主战场上加快裂变。

彭博社评论说，中国持续推动工业技术和制造业发展的努力，正在成为拉动经济的"魔力"。中国向制造更优质、更有价值的产品转变。

"教育、科技、人才是全面建设社会主义现代化国家的基础性、战略性支撑。"党的二十大报告首次把科教兴国、人才强国、创新驱动发展三大战略放在一起集中论述、系统部署，为开辟发展新领域新赛道、塑造发展新动能新优势提供强大支撑。

2020 年 5 月 21 日在海拔 6500 米的珠峰前进营地，中国移动工作人员在调试 5G 基站。
新华社记者 晋美多吉 摄

8 年多来几乎从未间断——2014 年 1 月初开始，河北石家庄摄影爱好者王汝春坚持每天在相对固定的时间、地点，用相机拍摄同一片天空，直观记录着石家庄市从雾霾严重到蓝天白云越来越多。

"天空写真"见证生态之变。更多更深远的变化，正在到来：

推动经济社会发展绿色化、低碳化，持续深入打好蓝天、碧水、净土保卫战，提升生态系统多样性、稳定性、持续性，积极稳妥推进碳达峰碳中和……站在人与自然和谐共生的高度谋划发展，中国以高质量发展提供解题思路。

"新时代新阶段的发展必须贯彻新发展理念，必须是高质量发展。"习近平总书记强调。

在创新发展中解决发展动力问题，在协调发展中解决发展不平衡问题，在绿色发展中解决人与自然和谐问题，在开放发展中解决发展内外联动问题，在共享发展中解决社会公平正义问题，新时代中国在生动的发展实践中展现勃勃生机。

拼版照片：上图为改革开放后中国的第一家个体饭馆——中国美术馆正门对面翠花胡同里的悦宾饭店；下图为顾客在悦宾饭店里就餐（2019年1月29日摄）。新华社记者　鞠焕宗　摄

持续深化改革，为贯彻新发展理念、推动高质量发展提供体制机制保障——

"将饭馆的经营者由父亲变更为我自己，实现了父女俩多年夙愿。"

11月1日，北京市东城区政务服务中心，成立于1980年的悦宾饭馆第三代经营者郭华，领取了《促进个体工商户发展条例》实施后全国首张直接变更经营者的个体工商户营业执照。

此次出台的《促进个体工商户发展条例》，有助于充分发挥个体工商户的重要作用，为社会主义市场经济发展注入新活力。

习近平总书记深刻指出："在社会主义条件下发展市场经济，是我们党的一个伟大创举。"

党的二十大报告中，"构建高水平社会主义市场经济体制"居于"加快构建新发展格局，着力推动高质量发展"专章首位。

建设高标准市场体系，深化要素市场化改革，完善产权保护、市场准入、公平竞争、社会信用等市场经济基础制度，优化营商环境……锚定高质量发展主题，新时代的共产党人将这一伟大创举不断推向更高水平。

放眼神州大地，一项项重大战略，一个个重大工程，为高质量发展注入持久动能——

深圳中国特色社会主义先行示范区加快建设，上海浦东探路社会主义现代化建设引领区，中国特色自由贸易港海南启航……改革开放的"排头兵"在更高起点上为全面建设社会主义现代化国家探路。

坚持把发展经济的着力点放在实体经济上，推进新型工业化，努力建设制造强国、质量强国、航天强国、交通强国、网络强国、数字中国……现代化产业体系加快构建。

全面推进乡村振兴和以人为核心的新型城镇化同频共振，京津冀、粤港澳大湾区、长三角高质量发展增长极加快崛起，长江、黄河两大母亲河生态优先、绿色发展扎实推进，雄安"未来之城"正在加快打造高质量发展的样板，南水北调、川藏铁路、东数西算等重大工程越天堑、跨山海。

宏阔格局、万千气象，书写高质量发展新的时代新篇。

牢牢把握发展主动——加快构建新发展格局，在应对风险挑战中统筹推进发展和安全

几个月前，跨国公司格兰富的商用建筑业务全球产品高级总监奥克森作出一个重要决定：举家从丹麦定居上海。

连续 5 年参加上海进博会，让这家跨国企业看到了中国市场的巨大空间。"来中国发展对企业和我个人而言，都是一个重大机遇。"奥克森说。

2018 年以来，习近平总书记亲自谋划、亲自提出、亲自部署、亲自推动的进博会年年如约而至，届届客商云集。

这是 2022 年 10 月 24 日拍摄的国家会展中心（上海）南广场。新华社记者 方喆 摄

"5 年前，我宣布举办进博会，就是要扩大开放，让中国大市场成为世界大机遇。现在，进博会已经成为中国构建新发展格局的窗口、推动高水平

开放的平台、全球共享的国际公共产品。"

2022 年 11 月 4 日晚，习近平总书记第五次在进博会上发表重要讲话，传递出中国坚定不移扩大开放的时代强音。

当今世界，国际环境日趋复杂，全球产业链供应链面临冲击，传统国际循环弱化。相比以前，我国大进大出的环境条件已经变化，只有立足自身，充分发挥国内超大规模市场优势，才能塑造我国参与国际合作和竞争新优势。

"构建以国内大循环为主体、国内国际双循环相互促进的新发展格局"。习近平总书记亲自部署、亲自推动，构建新发展格局扎实推进，高质量发展新图景加快绘就。

立足扩大内需，在畅通经济循环中激发活力——

在广西钦州市钦北区，西部陆海新通道骨干工程平陆运河青年枢纽施工现场热火朝天。

这是 2022 年 8 月 27 日拍摄的位于平陆运河出海口附近的北部湾港钦州港区大榄坪作业区（无人机照片）。新华社记者 曹祎铭 摄

"平陆运河马道枢纽、青年枢纽、企石枢纽等控制性工程一期工程已陆续开工，预计明年2月底前具备全线开工条件。"平陆运河集团有限公司有关负责人说。

多地加速推进重大项目开工建设，为扩大国内需求提供重要支撑；以产业链供应链升级推动优化商品服务供给；推出若干举措提振大宗消费重点消费；全面推进乡村振兴、持续推进以人为核心的城镇化……一系列政策举措瞄准堵点卡点，促进内需潜力释放。

习近平总书记在党的二十大报告中作出重要部署："把实施扩大内需战略同深化供给侧结构性改革有机结合起来，增强国内大循环内生动力和可靠性"。

高水平对外开放，在内外联动格局中重塑优势——

"澜沧号"动车组通过中老友谊隧道内的两国边界（2021年10月15日摄）。新华社发　曹安宁摄

日前，一列满载水果的列车驶离老挝磨丁口岸，穿过中老铁路友谊隧道，进入中国磨憨铁路口岸。

作为融入和服务"一带一路"建设的重要基础设施，中老铁路日前迎来开通运营满一年，交出客货齐旺"成绩单"：累计发送旅客850万人次，发送货物1120万吨。

习近平总书记提出"一带一路"重大倡议9年多来，已有150个国家、32个国际组织同中国签署200多份合作文件。"一带一路"这颗梦想的种子正成长为参天大树，为各国开创出一条通往共同繁荣的机遇之路。

"中国开放的大门只会越开越大。"中国是这样说的，也是这样做的：多部门宣布在全国增设29个国家进口贸易促进创新示范区；新版鼓励外商投资产业目录发布，进一步扩大鼓励外商投资范围；加快建设西部陆海新通道，拓展国际合作空间……

"历史反复证明，开放包容、合作共赢才是人间正道。"习近平总书记11月18日在亚太经合组织第二十九次领导人非正式会议上发表重要讲话指出。

在构建新发展格局中把握发展主动，在推进高水平开放中筑牢安全底线。

发展和安全，如一体之两翼、驱动之双轮。习近平总书记强调，"坚持统筹发展和安全，坚持发展和安全并重，实现高质量发展和高水平安全的良性互动"。

"对我们这样一个大国来说，保障好初级产品供给是一个重大的战略性问题。必须加强战略谋划，及早作出调整，确保供给安全。"2021年中央经济工作会议上，习近平总书记强调。

在党的二十大报告中，习近平总书记进一步提出"确保粮食、能源资源、重要产业链供应链安全"。

受新冠疫情和乌克兰危机影响，全球能源、粮食等大宗商品市场大幅波动，国内保供稳价压力增大。

中央财政提前下达 2023 年农业相关转移支付 2115 亿元，开展十大主要粮食和畜禽育种攻关，全力做好能源粮食等重点物资供需对接，坚决保障运输安全畅通；西气东输四线工程开工建设，中国海油勘探发现我国首个深水深层大气田，西南地区首个特高压交流工程国家电网川渝 1000 千伏特高压交流工程开工……各地各部门贯彻落实中央部署，千方百计保障粮食能源安全。

保障港口、站场等集疏运正常运行，及时打通堵点，维护产业链供应链稳定；加强监测调度和供需对接，稳定大宗商品、关键零部件价格；以有效投资加快产业链强基础、补短板……一系列政策措施次第出台，着力提升产业链供应链韧性和安全水平。

在危机中育先机、于变局中开新局。

面对更多逆风逆水的外部环境，打好化险为夷、化危为机的战略主动战，推进高质量发展不停步，维护高水平安全不放松，我们就能赢得优势、赢得主动、赢得未来。

持续增进民生福祉——让人民群众获得感、幸福感、安全感更加充实、更有保障、更可持续

2022 年 10 月 26 日，陕西延安市安塞区高桥镇南沟村。金秋时节，山上苹果园硕果累累，一片丰收景象。

前来考察调研的习近平总书记走进果园、村苹果洗选车间，了解今年苹果收成和产业发展情况。在车间外，他同老乡们拉起家常，回忆当年他在陕北的知青岁月。

"我在陕北生活了 7 年，当年看到老乡们生活很艰苦，心里就想着怎么样让大家生活好起来。这次来延安，看到一派硕果累累的丰收景象，交通条件大为改善，发生了翻天覆地的变化。"

温暖亲切的话语，道出总书记深厚的人民情怀。

2022 年 10 月 27 日陕西延安市安塞区高桥镇南沟村的果农在果园采摘苹果。新华社记者张博文 摄

回望中，历史性的时刻更显意味深长——2012 年 11 月 15 日，刚当选中共中央总书记的习近平庄严宣示："人民对美好生活的向往，就是我们的奋斗目标。"

十载砥砺奋进，以经济发展成就厚积物质基础，厚植民生福祉：

人均预期寿命增长到 78.2 岁；居民人均可支配收入从 16500 元增加到 35100 元；城镇新增就业年均 1300 万人以上；改造棚户区住房 4200 多万套，改造农村危房 2400 多万户……一组组数字背后，无数笑颜绽放。

"必须坚持在发展中保障和改善民生，鼓励共同奋斗创造美好生活，不断实现人民对美好生活的向往。"在党的二十大报告中，习近平总书记这样强调。

发展为了人民，是马克思主义政治经济学的根本立场。

着眼社会主要矛盾变化，将人民需要作为发展标尺，中国经济航船向着更多更公平惠及全体人民的方向不断前进。

聚焦民生所需，努力解决急难愁盼问题——

全面落实社保费缓缴、稳岗返还、留工培训补助、社会保险补贴等政策；探索组建区域劳务协作联盟，健全跨区域就业服务机制；大力实施以工代赈……

11月18日，人力资源社会保障部等五部门公布有关实施意见，明确促进农民工及脱贫人口就业创业的五方面政策措施。

同在11月，个人养老金制度在北京、上海、广州、西安、成都等36个先行城市或地区启动实施，在基本养老保险之上再增加一份积累，让老年生活更有保障。

"要统筹做好重要民生商品保供稳价和煤电油气运保障供应，关心困难群众生产生活，保障农民工工资发放"，12月6日召开的中共中央政治局会议作出新的部署安排。

一枝一叶总关情。"办好人民满意的教育""实施就业优先战略""健全社会保障体系""推进健康中国建设"……党的二十大报告中的一系列政策和举措正在扎实贯彻落实。

坚持制度创新，"人民有所呼、改革有所应"——

今年3月，3岁以下婴幼儿照护个人所得税专项附加扣除政策公布，"有宝家庭"迎来减税"红包"，我国个税专项附加扣除政策已覆盖子女教育经费、住房租金、大病医疗支出等。近年来，我国个税改革不断深化，为亿万家庭减下负担，提高税收负担分配的公平性。

建机制、扫障碍、破难题。食品安全监管、垃圾分类、清洁取暖、厕所革命……一桩桩"百姓事"，一次次成为改革大计，一步步提升民生温度。

习近平总书记指出："现代化最重要的指标还是人民健康，这是人民幸福生活的基础。"

推进国家组织药品和耗材集中带量采购，动态调整优化医保药品目录，深化医疗服务价格、医保支付方式改革……近年来一项项改革成果，加速破解群众看病难看病贵问题。

世纪疫情下，人民健康更加牵动人心。按照习近平总书记和党中央部署，疫情防控各项工作扎实推进。近三年来，我国先后印发九版防控方案和诊疗方案，出台二十条优化措施和进一步的优化措施"新十条"，拥有了有效的诊疗技术和药物，医疗救治、病原检测、流行病学调查等能力持续提升，疫苗研发和接种取得积极进展，全人群疫苗完全接种率超过90%，群众的健康意识和健康素养明显提升。

"这些都为今天的防控工作奠定了坚实的基础，也为进一步优化完善防控措施创造了条件。"国家卫生健康委相关负责人说。

把握新阶段新变化，把共同富裕摆在更加重要位置——

11个设区市低保标准首次全部突破1000元/月。12月1日起，浙江在全国率先实现低保标准市域同标。以"扩中""提低"为突破性抓手，浙江建设共同富裕示范区不断推进，着力构建以中等收入群体为主体的橄榄型社会结构。

提高基本公共服务均等化水平，拓展居民收入增长渠道，实施扩大中等收入群体行动计划……按照"十四五"规划和2035年远景目标纲要部署，一系列改革举措将使全体人民朝着共同富裕目标扎实迈进。

江山壮丽，人民幸福始终是最温暖底色。

翻开党的二十大报告擘画的发展蓝图，中国式现代化的美好前景令人向往。

新征程是充满光荣和梦想的远征。在以习近平同志为核心的党中央掌舵领航下，14亿多中国人民踔厉奋发、勇毅前行，必将推动中国号巨轮沿着高质量发展的航道，乘风破浪驶向更加美好的明天。（新华社北京2022年12月14日电，记者邹伟、韩洁、安蓓、申铖、魏玉坤、王雨萧、姜琳）

让全体中国人都过上更好的日子

——党的十八大以来加强保障和改善民生述评

"我们的目标很宏伟，但也很朴素，归根结底就是让全体中国人都过上更好的日子。"

党的十八大以来，以习近平同志为核心的党中央坚持以人民为中心的发展思想，高度重视保障和改善民生，以一系列重大政策举措惠民生、纾民困、解民忧，使人民获得感、幸福感、安全感更加充实、更有保障、更可持续。

"始终把人民群众安危冷暖放在心上"

9月，晋北已是初秋。宽敞整洁的小院里，68岁的白高山带着孙子满脸笑容："住上新房，儿子娶到媳妇，添了孙子，家门口就有养老中心和幼儿园，这样的日子以前想都不敢想。"

白高山居住的山西大同市云州区西坪镇坊城新村，是一个易地扶贫搬迁村。从2018年起，200多户村民从世代居住的坡梁薄地、盐碱地上的土窑洞陆续搬到这里，依靠发展黄花特色产业等实现全部脱贫，生活从此变了模样。

时间回拨到2012年11月，十八届中共中央政治局常委同中外记者见面时，新任中共中央总书记习近平的宣示朴素而坚定："人民对美好生活的向往，就是我们的奋斗目标。"

当时，中国农村尚有近1亿人口生活在扶贫标准线下。对人民的深情，化成庄严承诺和切实举措,波澜壮阔的反贫困斗争在中华大地进入了决战时刻。

这是 2021 年 2 月 20 日在贵州省毕节市黔西县新仁苗族乡拍摄的化屋村麻窝寨易地扶贫搬迁集中安置点。新华社记者 杨文斌 摄

习近平总书记亲自挂帅、亲自出征、亲自督战,走遍 14 个集中连片特困地区,考察调研了 20 多个贫困村。25.5 万个驻村工作队、300 多万名第一书记和驻村干部,同近 200 万名乡镇干部和数百万村干部一道奋战在扶贫一线。

现行标准下 9899 万农村贫困人口全部脱贫,832 个贫困县全部摘帽,12.8 万个贫困村全部出列……历时 8 年艰苦卓绝的携手奋斗,中国历史性地解决了绝对贫困问题,中国人自古追寻的小康梦想变成现实。

把人民冷暖放在心头,把人民生命安全摆在首位。

2022 年 9 月 5 日 12 时 52 分,四川甘孜藏族自治州泸定县发生 6.8 级地震。

消息传来,习近平总书记立即作出重要指示,要把抢救生命作为首要任务,全力救援受灾群众,最大限度减少人员伤亡。

一批批消防救援队伍、武警官兵、医护人员紧急出动,投入抢险救援一线。

"在保护人民生命安全面前，我们必须不惜一切代价，我们也能够做到不惜一切代价。"人民生命健康，在习近平总书记心中重若千钧。

2020 年初，新冠肺炎疫情来势汹汹。在以习近平同志为核心的党中央坚强领导下，亿万人民众志成城、万众一心，举全国之力实施规模空前的生命大救援，打响一场气壮山河的疫情防控阻击战。

从出生仅 30 多个小时的婴儿到 100 多岁的老人，从在华外国留学生到来华外国人员，每一个生命都得到全力护佑，人的生命、人的价值、人的尊严得到悉心呵护。

2022 年 3 月以来，具有强传染性的奥密克戎变异株迅速蔓延。习近平总书记亲自指挥，部署从严抓好疫情防控工作，强调："要始终坚持人民至上、生命至上，坚持科学精准、动态清零。"

启动多条技术路线疫苗研发，全民免费接种，在安全科学前提下不落下任何一个群体……截至 9 月 12 日，全国 31 个省区市和新疆生产建设兵团接种新冠病毒疫苗超过 34.34 亿剂次。

从严从细抓好疫情防控，筑牢疫情防控屏障。我国最大限度保护了人民生命安全和身体健康，统筹经济发展和疫情防控取得了世界上最好的成果。

"着力解决人民群众所需所急所盼"

"民之所忧，我必念之；民之所盼，我必行之。"

党的十八大以来，以习近平同志为核心的党中央坚持在发展中保障和改善民生，用心用情用力解决好群众"急难愁盼"问题，不断推动幼有所育、学有所教、劳有所得、病有所医、老有所养、住有所居、弱有所扶取得新进展。

"三级公立医院单颗常规种植牙医疗服务部分的总价原则上不超过 4500元。""各地坚持公益性原则，降低公立医疗机构种植体植入费、牙冠置入费、植骨手术费等价格。"

国家医保局 9 月 8 日发布的一则通知旨在有效破解民生"痛点"，引起社会广泛关注。

这 10 年，医药卫生体制改革持续深化，以药补医"顽疾"加速破解。已开展的 7 批集采中选药品平均降价超过了 50%，两批耗材集采平均降价超过 80%，累计降低百姓用药负担约 3000 亿元。

民生连着民心。习近平总书记鲜明提出："要从人民群众普遍关注、反映强烈、反复出现的问题出发，拿出更多改革创新举措，把就业、教育、医疗、社保、住房、养老、食品安全、生态环境、社会治安等问题一个一个解决好，努力让人民群众的获得感成色更足、幸福感更可持续、安全感更有保障。"

2022 年 6 月 21 日，老人们在福建省福州市晋安区岳峰镇桂溪社区的一家老年食堂用餐。新华社记者 姜克红 摄

建机制、扫障碍、破难题，户籍制度改革有序推进，每年超过千万的农村人口落户城镇；垃圾分类、清洁取暖、厕所革命、校外培训减负……一桩桩民生"小事"，摆上中南海的议事案头，一次次成为改革发力点，不断提

升民生温度。

就业是民生之本。党的十八大以来，党中央持续强化就业优先政策，近年来更是把就业摆在"六稳""六保"之首，推动就业工作取得历史性成就。10 年累计实现城镇新增就业 1.3 亿人，累计促进失业人员再就业 5501 万人。

2012 年至 2021 年，我国累计建设各类保障性住房和棚改安置住房 5900 多万套，年均保障低保人员 4000 万人以上；基本医疗、养老保险覆盖分别超过 13.6 亿人、10.4 亿人，建成世界上规模最大的社会保障体系……一项项覆盖面更广、针对性更强的举措，加快补齐民生短板。

人均基本公共卫生服务经费补助标准由 2012 年的 25 元提高至 2022 年的 84 元；全国各类养老服务机构床位数量较 2012 年翻了近一番；持续推进平安中国建设，全国社会治安形势处于历史最好水平；社会公平正义法治保障更加有力……千根针、万条线，一桩桩民生实事稳步推进，切实增进民生福祉。

"让改革发展成果惠及更多群众"

"保障和改善民生没有终点，只有连续不断的新起点。"

踏上新征程，进入新发展阶段，以习近平同志为核心的党中央持续加强保障和改善民生，推动改革发展成果更多更公平惠及全体人民。

每千人口拥有执业（助理）医师数达 3.2 人、拥有 3 岁以下婴幼儿托位数达 4.5 个，人均预期寿命提高 1 岁……"十四五"规划和 2035 年远景目标纲要对"十四五"时期经济社会发展设置的 20 项主要指标中，民生福祉类指标多达 7 项，占比为历次五年规划中最高。

"共产党就是给人民办事的，就是要让人民的生活一天天好起来，一年比一年过得好。"习近平总书记对民生的牵挂始终如一。

让人民过上更好日子，推动高质量发展是关键。

"白露到，竹竿摇，小小核桃满地跑。"9 月 7 日是白露节气，也是安徽歙县 10 余万亩山核桃开杆的日子。

绵延山峦间，竹竿轻摇，噼里啪啦的落果声不绝于耳。交易市场内，机器轰鸣，一堆堆脱蒲的山核桃很快被卖出。

歙县 2022 年不仅山核桃鲜果产量较 2021 年预计提高 20%，深加工成品产值也在增加。小小山核桃，成为乡村振兴的大产业，农民增收的"黄金果"。

按照党中央部署，我国全面推进乡村振兴，加快推动高质量发展，不断破解发展不平衡不充分问题，在更高水平上更好满足人民日益增长的美好生活需要。

让人民过上更好日子，必须不断丰富人民的精神生活。

建设国家公共文化云、智慧广电、智慧图书馆，"到人民中去""送欢乐下基层"等活动火热开展，更多公园免费开放……坚持以社会主义核心价值观引领文化建设，群众精神文化生活不断充盈。

2021年8月21日，读者在河北省石家庄市藁城区人民广场"24小时智慧图书馆"内阅读。新华社记者 骆学峰 摄

"让人民群众过上幸福生活，是我们党百年来的执着追求，我们要不忘初心、牢记使命，一代接着一代干。"2022年春节前夕，习近平总书记到山西看望慰问基层干部群众时，又一次宣示了共产党人的人民情怀。

让人民过上更好日子，必须将促进全体人民共同富裕摆在更加重要的位置。

全面建成小康社会、实现第一个百年奋斗目标之后，我们开启了全面建设社会主义现代化国家新征程。

习近平总书记明确要求："要在新起点上接续奋斗，推动全体人民共同富裕取得更为明显的实质性进展。"

为建设共同富裕示范区，浙江省以"扩中""提低"为突破性抓手，将技术工人、科研人员、高素质农民等9类群体作为"扩中"重点，优化分配机制，打通重点人员进入中等收入群体的通道。

提高基本公共服务均等化水平，拓展居民收入增长渠道，实施扩大中等收入群体行动计划……按照"十四五"规划和2035年远景目标纲要部署，一系列改革举措将使全体人民朝着共同富裕目标扎实迈进，中国式现代化道路越走越宽广。

江山就是人民，人民就是江山。

在以习近平同志为核心的党中央坚强领导下，百年大党必将不断实现人民对美好生活的向往，团结带领全体中华儿女在中华民族伟大复兴的新征程上再创新的辉煌。（新华社北京2023年1月7日电，记者姜琳、王优玲、周圆、陈弘毅）

迈出法治中国建设新步伐

——新时代推进全面依法治国述评

"全面推进依法治国是关系我们党执政兴国、关系人民幸福安康、关系党和国家长治久安的重大战略问题，是完善和发展中国特色社会主义制度、推进国家治理体系和治理能力现代化的重要方面。"

党的十八大以来，以习近平同志为核心的党中央明确提出全面依法治国，并将其纳入"四个全面"战略布局予以有力推进。我国社会主义法治建设发生历史性变革、取得历史性成就，党对全面依法治国的领导更加坚强有力，全面依法治国总体格局基本形成，全面依法治国实践取得重大进展。

谋篇布局 立柱架梁——党运用法治方式领导和治理国家的能力显著增强，开辟全面依法治国新境界

2012 年 12 月 4 日，北京人民大会堂。

习近平总书记出席首都各界纪念现行宪法公布施行 30 周年大会，明确提出"要更加注重发挥法治在国家治理和社会管理中的重要作用，全面推进依法治国，加快建设社会主义法治国家"。

奉法者强则国强。党的十八大以来，以习近平同志为核心的党中央从坚持和发展中国特色社会主义的全局和战略高度定位法治、布局法治、厉行法治。

这是我国社会主义法治建设史上具有里程碑意义的两个"首次"——

2014 年 10 月，党的十八届四中全会首次以中央全会形式专门研究全面依法治国，部署 180 多项重大改革举措，全面依法治国顶层设计和战略部署全面展现在世人眼前。

2020 年 11 月，党的历史上首次召开中央全面依法治国工作会议。会议强调，要认真学习领会习近平法治思想，吃透基本精神、把握核心要义、明确工作要求，切实把习近平法治思想贯彻落实到全面依法治国全过程。

宣示坚定不移走中国特色社会主义法治道路；阐明中国特色社会主义法治体系的科学内涵；明确全面依法治国的基本框架和总体布局；正确处理政治和法治、改革和法治、依法治国和以德治国、依法治国和依规治党的关系……党的十八大以来，全面依法治国顶层设计更加完善。

党的领导，是我国社会主义法治之魂。

组建中央全面依法治国委员会，加强党对全面依法治国的集中统一领导，统筹推进全面依法治国工作；制定出台《中国共产党政法工作条例》，把党长期以来领导政法工作的成功经验转化为制度成果；依法治省（市、县）委员会全面设立，加强各地法治建设的组织领导、统筹协调……党对全面依法治国的领导更加坚强有力。

《法治中国建设规划（2020–2025 年）》《法治政府建设实施纲要（2021–2025年）》《法治社会建设实施纲要（2020–2025 年）》构建起法治中国建设的"四梁八柱"。"一规划两纲要"，确立了"十四五"时期全面依法治国总蓝图、路线图、施工图，标志着新时代全面依法治国的总体格局基本形成。

保障善治 促进发展——中国特色社会主义法治体系不断完善，推进国家治理体系和治理能力现代化

习近平总书记指出，我们要坚持走中国特色社会主义法治道路，加快构建中国特色社会主义法治体系，建设社会主义法治国家。

2018 年 3 月，十三届全国人大一次会议表决通过的宪法修正案中，"健全社会主义法制"改为"健全社会主义法治"。

从"制"到"治"一字之变，反映法治建设从法律体系向囊括立法、执法、司法、守法各环节的法治体系全面提升。

良法是善治之前提。十年来，通过宪法修正案，制定民法典、外商投资法、国家安全法、监察法等法律，修改立法法、国防法、环境保护法等法律，加强重点领域、新兴领域、涉外领域立法……以宪法为核心的中国特色社会主义法律体系更加完善。

"徒法不能以自行。"全面推进依法治国，必须坚持公正司法。

"100-1=0"——"一个错案的负面影响足以摧毁九十九个公正裁判积累起来的良好形象。执法司法中万分之一的失误，对当事人就是百分之百的伤害。"习近平总书记的话语振聋发聩。

2014年11月15日，国家博物馆工作人员搬走天津滨海新区109枚封存审批公章。新华社发 付文超 摄

让人民群众在每一个司法案件中都感受到公平正义。呼格吉勒图案、聂树斌案、张文中案等一批冤错案被依法纠正，以审判为中心的刑事诉讼制度改革守住防范冤错案底线；司法责任制改革"让审理者裁判、由裁判者负责"；出台规定防止领导干部干预司法"批条子""打招呼"……一系列举措环环相扣，维护社会公平正义的根基不断夯实。

以法为纲，崇法善治。

加快形成完备的法律规范体系、高效的法治实施体系、严密的法治监督体系、有力的法治保障体系，形成完善的党内法规体系……十年来，中国特色社会主义法治体系不断健全，法治中国建设迈出坚实步伐，法治固根本、稳预期、利长远的保障作用进一步发挥。

国家博物馆有一件特殊收藏品——109枚来自天津滨海新区的红色公章。简政放权改革以来，天津滨海新区将分散在18个单位的216项审批职责归至一个部门，实现"一颗印章管审批"，原有109枚公章就此封存。

从"109"变成"1"背后，是以法治方式营造良好营商环境，促进高质量发展。

制定"权力清单"和"责任清单"，厘清政府权力边界；加强产权司法保护，营造风清气正的法治化营商环境……政府行为全面纳入法治轨道，激活了市场主体活力，激发了经济社会发展动能。

2021年9月17日在重庆市江津区蔡家镇文昌村塘口村民小组，基层法官们在巡回法庭审理案件。新华社记者 黄伟 摄

加强海南全面深化改革开放、京津冀协同发展、粤港澳大湾区建设等法治保障；健全防范化解重大金融风险法律制度，加强生态环境保护立法执法，制定实施乡村振兴促进法……支持重大改革，护航国家发展，一系列国家重大决策部署的实施推进都有法治的保障。

全面依法治国是一项长期而重大的历史任务，也是一场深刻的社会变革。十年间，加快建设中国特色社会主义法治体系和社会主义法治国家，推动法治中国建设迈向良法善治的更高境界。

为了人民 依靠人民——坚持法治建设以人民为中心，让亿万人民有更多获得感幸福感安全感

习近平总书记指出："全面依法治国最广泛、最深厚的基础是人民，必须坚持为了人民、依靠人民。要把体现人民利益、反映人民愿望、维护人民权益、增进人民福祉落实到全面依法治国各领域全过程。"

"现在庭审开始！"2020年2月4日，北京市第一中级人民法院。法官借助视频庭审平台"北京云法庭"，完成对一起民间借贷纠纷案件的法庭询问程序，而其中一方代理律师正身处宁夏。

"微法院""云办案""指尖诉讼"……新冠肺炎疫情防控期间，司法机关案件办理从线下到线上，保障公平正义"不打烊"，更好满足人民群众司法需求。

十年来，法治中国建设始终聚焦群众所急所需所盼，以法治之力保障人民美好生活。

曾经的"立案难"变成"有案必立、有诉必理"，曾经办事"跑断腿"变成"异地可办、一网通办"，行政诉讼渠道更加通畅，法律服务更加方便快捷……党的十八大以来，法治中国建设步履铿锵，让人民群众切实感受到社会主义法治的温暖与便利。

2021年12月的一天，辽宁本溪市民陈宇收获了一个"小惊喜"。

在本溪北地派出所民警引导下，他通过自助体检机完成了机动车驾驶人检测项目。"以前做检测要跑去郊区的车管所，现在下楼就能办，真是太方便了。"陈宇高兴地说。

发生在群众身边的"小变化"，源自法治政府建设的"大实效"。

从深入推进"放管服"改革，非行政许可审批事项全部取消；到持续开展"减证便民"，推动各地区各部门清理证明事项 2.1 万多项；再到深化综合行政执法改革，全面推行行政执法"三项制度"……法治政府建设让人民群众有了更多更实在的获得感。

法治的真谛，在于全体人民的共同信仰。

"领导干部要做尊法的表率，带头尊崇法治、敬畏法律……"2021 年 12 月 3 日，山东滨州市滨城区法治文化公园广场上，滨州市委全面依法治市办有关负责人宣读倡议，全体人员向宪法宣誓。

自 2018 年以来，我国已连续 4 年举办"宪法宣传周"活动，推动宪法法律精神走进基层、走向生活。

全面实行"谁执法谁普法"普法责任制，推动村民小组"法律明白人"全覆盖，"板凳法庭"将矛盾纠纷化解在百姓家门口，阳光议事厅助推社区"微治理"……尊法学法守法用法的社会氛围愈加浓厚，汇聚起法治中国建设的澎湃力量。

新征程上，在习近平法治思想的科学指引下，不断推进全面依法治国，必将为全面建设社会主义现代化国家、实现中华民族伟大复兴的中国梦提供有力法治保障。（新华社北京 2022 年 8 月 31 日电，记者熊丰、白阳）

中国特色强军之路的时代答卷

——新时代推进国防和军队建设述评

党的十八大以来，中国特色社会主义进入新时代，国防和军队建设也进入新时代。

人民军队这十年，是浴火重生的十年，是强军兴军的十年，是阔步迈向世界一流的十年。

进入新时代，习近平主席站在统筹"两个大局"的战略高度，鲜明提出党在新时代的强军目标，确立新时代军事战略方针，制定到 2027 年实现建军一百年奋斗目标、到 2035 年基本实现国防和军队现代化、到本世纪中叶全面建成世界一流军队的国防和军队现代化新"三步走"战略，引领人民军队在中国特色强军之路上阔步前行，为实现中华民族伟大复兴提供了坚强有力的战略支撑。

听党指挥，信仰弥坚——坚持党对军队绝对领导的根本原则和制度更加牢固

人民军队之所以不断发展壮大，关键在于始终坚持先进军事理论的指导。

党的十八大以来，在波澜壮阔的强军实践中，以习近平同志为核心的党中央带领全军深入进行理论探索和实践创造，形成了习近平强军思想这一党的军事指导理论最新成果，为走中国特色强军之路提供了科学指南和行动纲领。

强国必须强军，军强才能国安。

2013 年 3 月，在十二届全国人大一次会议解放军代表团全体会议上，习主席郑重宣告："建设一支听党指挥、能打胜仗、作风优良的人民军队，是党在新形势下的强军目标。"

2017 年金秋，党的十九大把习近平强军思想写入党章，确立习近平强军思想在国防和军队建设中的指导地位。

党的十九大报告、党的十九届六中全会审议通过的决议，系统概括习近平新时代中国特色社会主义思想的核心内容，其中一条是"明确党在新时代的强军目标是建设一支听党指挥、能打胜仗、作风优良的人民军队，把人民军队建设成为世界一流军队"。

强军目标，谋的是民族复兴伟业，布的是强军兴军大局，立的是安全发展之基。

其中，听党指挥是灵魂，决定军队建设的政治方向。

古田，是我们党确立思想建党、政治建军原则的地方。1929 年，我军政治工作在这里奠基，新型人民军队在这里定型。

2014 年金秋，习主席亲自决策、亲自领导召开古田全军政治工作会议，对新时代政治建军作出部署，强调"坚持党对军队绝对领导是强军之魂，铸牢军魂是我军政治工作的核心任务，任何时候都不能动摇"。

从古田再出发，政治建军掀开新的时代篇章，坚持党对军队的绝对领导这一强军之魂不断巩固加强——

党的十九大把"坚持党对人民军队的绝对领导"确定为新时代坚持和发展中国特色社会主义的一条基本方略。

党的十九大通过的党章，增写中央军事委员会实行主席负责制的内容，把这一党对军队绝对领导的根本制度和根本实现形式在党章中确立下来。2018 年 8 月，中央军委党的建设会议召开，对全面加强新时代我军党的领导和党的建设工作作出全面部署。

中央军委先后印发《关于贯彻落实军委主席负责制建立和完善相关工作机制的意见》《关于全面深入贯彻军委主席负责制的意见》，作出一系列部署安排。

凝聚在党的旗帜下，"听习主席指挥、对习主席负责、让习主席放心"，成为全军官兵的自觉行动，确保绝对忠诚、绝对纯洁、绝对可靠。

真理之光，引领强军征程；信仰之光，昭示前行方向。

习主席着眼设计和塑造我军未来，提出改革强军战略，领导开展新中国成立以来最为广泛、最为深刻的国防和军队改革，亲自决策将这轮改革纳入全面深化改革总盘子，深刻阐明一系列带根本性方向性全局性的重要问题。

深化国防和军队改革，着眼于贯彻新时代政治建军的要求，一系列体制设计和制度安排，把党对军队绝对领导的根本原则和制度进一步固化下来并加以完善。

一引其纲，万目皆张。重构人民军队领导指挥体制、现代军事力量体系、军事政策制度，裁减现役员额30万，形成军委管总、战区主战、军种主建新格局，打造以精锐作战力量为主体的军事力量体系，形成中国特色社会主义军事政策制度体系基本框架，人民军队体制一新、结构一新、格局一新、面貌一新。

重整行装再出发，人民军队初心如磐，信仰弥坚。

备战打仗，担当使命——捍卫国家主权、安全、发展利益更加坚强有力

"我想的最多的就是，在党和人民需要的时候，我们这支军队能不能始终坚持住党的绝对领导，能不能拉得上去、打胜仗，各级指挥员能不能带兵打仗、指挥打仗。"

统帅发出的"胜战之问"，振聋发聩。一场"战斗力标准大讨论"如同头脑风暴席卷全军。

全军部队听令景从、动若风发，紧紧扭住战斗力这个唯一的根本的标准，把工作重心归正到备战打仗上来。

2017年11月3日，习主席一身戎装来到军委联指中心大楼，鲜明指出"到军委联指中心来，就是要亮明态度，从我做起，从军委做起，强化备战打仗导向"。

实战必先实训。

2018年新年伊始，中央军委隆重举行开训动员大会，习主席一身戎装、冒着严寒向全军发布训令。这是中央军委首次统一组织全军开训动员。至2022年，习主席连续五年向全军发布开训动员令。

能打胜仗是核心，反映军队的根本职能和军队建设的根本指向。深化国防和军队改革，必须扭住能打仗、打胜仗这个强军之要。

2016年1月，新调整组建的军委机关15个职能部门亮相。其中，中央军委科学技术委员会的诞生引人注目，被认为宣告了中国军队"创新驱动时代的到来"。

强军征程上，习主席作出科技是核心战斗力的重大论断，发出建设创新型人民军队的时代号令，明确要求把创新摆在我军建设发展全局的核心位置。

强军之道，要在得人。

习主席领导人民军队实施新时代人才强军战略，坚持人才工作正确政治方向，聚焦备战打仗培养人才，加强军事人员现代化建设布局，深化军事人力资源政策制度改革，推动人才领域开放融合，取得历史性成就。

党的十八大以来，人民军队紧紧扭住战斗力这个唯一的根本的标准，扭住能打仗、打胜仗这个根本指向，壮大战略力量和新域新质作战力量，加强联合作战指挥体系和能力建设，大力推进战训耦合，大力推进体系练兵，大力推进科技练兵，全面推进军事训练转型升级，狠抓军事斗争准备，深化战斗精神培育，推动现代后勤高质量发展，武器装备建设实现跨越式发展、取得历史性成就，我军威慑和实战能力显著提升。

"全面提高捍卫国家主权、安全、发展利益的战略能力，更好履行新时代人民军队使命任务。"2020年10月23日，习主席在纪念中国人民志愿军抗美援朝出国作战 70 周年大会上的讲话掷地有声。

和平需要维护，能战方能止战。

党的十八大以来，人民军队坚决履行新时代使命任务，建设强大稳固的现代边海空防，坚定灵活开展军事斗争，有效应对外部军事挑衅，震慑"台独"分裂行径，遂行边防斗争、海上维权、反恐维稳、抢险救灾、抗击疫情、维和护航、人道主义救援和国际军事合作等重大任务，以顽强斗争精神和实际行动捍卫了国家主权、安全、发展利益，以大国军队责任担当为维护世界和地区和平稳定作出重大贡献。

作风优良，永葆本色——人民军队的鲜明特色和政治优势更加巩固

"作风优良才能塑造英雄部队，作风松散可以搞垮常胜之师。"习主席谆谆告诫。

凝聚在党的旗帜下，人民军队把党的宗旨作为自己的根本宗旨，在长期的战斗和建设实践中，培育和形成了一整套光荣传统和优良作风。这是我军的鲜明特色和政治优势，是构成战斗力的重要因素和克敌制胜的法宝。

作风优良是保证，关系军队的性质、宗旨、本色。

"我军要强起来，作风必须过硬，否则就容易垮掉。"党的十八大以来，党中央和习主席将作风建设作为一项基础性长期性工作紧抓不放。

针对党的十八大之前一个时期我军面临的严重政治风险，习主席力挽狂澜、扶危定倾，扭住全面从严治党、全面从严治军不放松，挽救了人民军队。

习主席领导召开古田全军政治工作会议，对新时代政治建军作出部署，恢复和发扬我党我军光荣传统和优良作风，以整风精神推进政治整训，深入推进军队党风廉政建设和反腐败斗争，持之以恒纠治"四风"，严肃查处郭伯雄、徐才厚、房峰辉、张阳等严重违纪违法案件并彻底肃清其流毒影响，推动人民军队政治生态根本好转。

"要把改进作风工作引向深入，贯彻到军队建设和管理每个环节，真正在求实、务实、落实上下功夫，夯实依法治军、从严治军这个强军之基……"对加强作风建设、保持人民军队长期形成的良好形象，习主席念兹在兹。

党的十八大以来，依法治军、从严治军这个强军之基不断强化。

2014年金秋，经习主席提议，党的十八届四中全会把依法治军、从严治军写入全会决定，纳入依法治国总体布局。中国特色军事法治体系建设步入"快车道"。

习主席深刻指出依法治军、从严治军是强军之基，是我们党建军治军的基本方略，领导人民军队贯彻依法治军战略，构建中国特色军事法治体系，加快治军方式根本性转变，强化全军法治信仰和法治思维，着力推进全面从严治军，推动我军正规化建设向更高水平发展。

新时代强军征程，波澜壮阔，气吞山河。

党的十八大以来，国防和军队建设取得历史性成就、发生历史性变革，最根本的在于以习近平同志为核心的党中央的坚强领导，在于习近平新时代中国特色社会主义思想特别是习近平强军思想的科学指引。

今天，我们比历史上任何时期都更接近中华民族伟大复兴的目标，比历史上任何时期都更需要建设一支强大的人民军队。

新的征程上，人民军队将更加紧密地团结在以习近平同志为核心的党中央周围，深入学习贯彻习近平新时代中国特色社会主义思想特别是习近平强军思想，加强国防和军队现代化，全面提高捍卫国家主权、安全、发展利益的战略能力，为实现党在新时代的强军目标、把人民军队全面建成世界一流军队，为实现第二个百年奋斗目标、实现中华民族伟大复兴的中国梦而不懈奋斗。（新华社北京2022年9月19日电，记者黄明）

延伸阅读

岗位建功担使命　接续奋斗向未来

——来自基层蹲点现场的报道

黄海日出，景色如画。开山岛上，守岛30多年的民兵哨所名誉所长、"人民楷模"王继才同志的妻子王仕花早早就做好了准备工作，跟随岛上值守的民兵一起升国旗，然后大家一起准时坐在电视机前收看党的二十大开幕会直播。

2022年10月16日，在江苏省连云港市灌云县开山岛，王仕花（前）、轮值民兵和江苏电力开山岛党员服务队队员在岛上巡逻。新华社记者 李博 摄

"新时代的伟大成就是党和人民一道拼出来、干出来、奋斗出来的！"习近平总书记铿锵的话语，从人民大会堂传遍神州大地。

喜庆盛会，接续奋斗——连日来，从黄海之滨到雪域高原，从白山黑水到南海岛礁，在祖国各地基层一线，充盈着奋发的精神状态、饱满的工作热情、昂扬的精神风貌，平凡的岗位刻录下奋斗者的身影。

岗位建功，用实干践行初心

"习近平总书记在二十大报告中指出，在全社会弘扬劳动精神、奋斗精神、奉献精神、创造精神、勤俭节约精神，这给了我莫大的鼓舞。"王仕花说，"守岛就是守家，国安才能家宁。我要坚守在这里，踏着继才的脚印，一直把岛守下去"。

当清晨的阳光刚刚扫过迎客松的树梢，安徽黄山守松人胡晓春已来到树下，检查迎客松是否健康。

2022年10月16日，安徽黄山守松人胡晓春用放大镜检查迎客松的树皮和纹理。
新华社发 蔡季安 摄

"拿着放大镜检查树干的树皮，再爬上脚手架查看树的冠顶和冠幅是我每天的工作，别人也许会认为这很枯燥，但是我为自己能够参与并见证祖国天更蓝、山更绿、水更清的转变而自豪。"胡晓春说，"总书记在二十大报告中提出'尊重自然、顺应自然、保护自然'，我要落实到行动上，为建设美丽中国贡献自己的力量。"

把家国放在心头，把责任扛在肩上。在平凡岗位上，一个个普通劳动者用责任和敬业之心做好每一份工作，用奋斗和奉献精神为新时代书写最美的注脚。

自动化桥吊不间断抓箱、放箱，自动导引车穿梭在堆场与桥吊之间——山东港口青岛港全自动化集装箱码头一片繁忙景象。码头总经理助理李波说："二十大报告强调'坚决打赢关键核心技术攻坚战'，让我们干劲倍增。目前，我们正向着更多关键核心技术的自主可控奋力攻关，努力打造世界一流海港'中国样本'。"

2022年10月16日 作业中的山东港口青岛港全自动化集装箱码头。新华社记者 李紫恒摄

确保粮食安全是重大战略性根本问题，中国人的饭碗要牢牢端在自己手中。

广袤的黑土地上，颗粒饱满的玉米金灿灿的。吉林省梨树县梨树镇八里庙村一家农机农民专业合作社负责人马云秋正带领社员们忙着在地里抢收玉米。"国家政策好，农民种粮积极性越来越高。习近平总书记在二十大报告中指出，'全方位夯实粮食安全根基，牢牢守住十八亿亩耕地红线'，让我们更有信心、更有底气为中国碗装上更多、更好的中国粮。"马云秋说。

千里之外，广西北部湾畔。西部陆海新通道的重要站点——钦州港站的到发线上，广西沿海铁路公司防城港车辆运用段检车工长林江波正一步一锤，对站内的货物班列进行技术状态抽查和列车故障处置。

"总书记在报告中让我们牢记空谈误国、实干兴邦，我印象深刻。"林江波表示，"货物列车检修事关西部陆海新通道运输安全，每个作业环节都不能有丝毫松懈，我将苦练业务技能，精检细修，全力保障路网枢纽畅通。"

坚定信念，用传承诠释担当

浙江嘉兴，南湖畔、红船旁。碧波秀水轻轻拍打着船身，蓝天白云映照下的烟雨楼前，游客纷纷驻足拍摄。

"习近平总书记在二十大报告中指出，'弘扬以伟大建党精神为源头的中国共产党人精神谱系'。红船是精神的象征，作为一名讲解员，我感到责任重大。"南湖革命纪念馆讲解员张一说，"我们将更新梳理讲解词、红船'微党课'等内容，宣讲好红色故事。"

秋日暖阳里，湖北省宜昌市夷陵区太平溪镇许家冲村，一场现场办公会正在村民谢玲玲家门前的庭院举行。20余名党员群众争相发言，就村容村貌综合整治等议题建言献策。

"党的二十大报告提出'全面推进乡村振兴''坚持农业农村优先发展'，让我们倍感振奋。作为基层党员干部，我们要为群众当好领头羊、做好服务生，带领乡亲们全力奔跑在乡村振兴的大路上。"许家冲村党支部书记望作战兴奋地说。

"踏着铁人脚步走""铁人队伍永向前"……位于黑龙江大庆油田的一处井场，标语格外醒目。1205钻井队员工正操作着新型钻机，打向数千米深的地下。

1205钻井队是铁人王进喜带过的队伍，是铁人精神的发源地。"总书记在二十大报告中强调，'确保粮食、能源资源、重要产业链供应链安全'，让我们更坚定信心，继续发扬铁人精神，把油田产量放在心上，为端牢'能源饭碗'作出新贡献。"1205钻井队青年员工葛依凡说。

"唯有矢志不渝、笃行不怠，方能不负时代、不负人民。"湖南大学岳麓书院中国史专业博士生宗尧说，"第一时间聆听了习近平总书记所作的二十大报告，让我们感到重任在肩，要打好专业基础、筑牢信仰根基，以高度的责任感和使命感传承优秀传统文化，不负青春、不负韶华、不负时代。"

开拓进取，以奋斗创造未来

山西太原，中国宝武山西太钢不锈钢精密带钢有限公司车间，生产线上机器轰鸣，一卷卷薄如蝉翼、光滑如镜的钢材经过压延、清洗、包装等步骤自动化制成。

这种特殊的不锈钢精密箔材可以轻易用手撕开，俗称"手撕钢"，技术工艺难度高，曾长期被国外垄断。经过2年多奋战，山西太钢终于攻克难题，研发的"手撕钢"处于国际领先水平。

"听到总书记在二十大报告中强调'加快实施创新驱动发展战略'，大家备受鼓舞，我们的努力方向是契合国家发展战略需求的。"公司党委书记、总经理王天翔说，"我们正加大研发力度，努力解决更多'卡脖子'材料的生产问题。"

习近平总书记在二十大报告中指出："优化重大生产力布局，构建优势互补、高质量发展的区域经济布局和国土空间体系。"这让中国电信智慧城市产业园高级工程经理孙晓新印象深刻。

2022 年 10 月 16 日，河北雄安新区中国电信智慧城市产业园工作人员展示数字道路运营系统。新华社记者 朱旭东 摄

"我们已经完成雄安新区 153 公里数字道路建设，布设了近万根智慧灯杆，具备照明、无线覆盖、红绿灯监控、车路协同等多种功能，雄安正朝着'妙不可言''心向往之'的典范城市阔步迈进。"孙晓新说。

宁夏银川市永宁县委常委、闽宁镇党委书记周德强对党的二十大报告中"打赢了人类历史上规模最大的脱贫攻坚战"这句话感触颇深。"闽宁镇这个昔日尘土飞扬的'干沙滩'已换装为绿树成荫、良田万顷的'金沙滩'，我们将乘势而上，接续奋斗，描绘闽宁镇更加精彩的新画卷。"周德强说。

伟大成就鼓舞人心，宏伟蓝图催人奋进。

"回顾走过的路，不忘来时的路，才能走好前行的路。"聆听党的二十大报告后，延安革命纪念馆党委书记、馆长茆梅芳说，"我们要踔厉奋发、勇毅前行，为实现中华民族伟大复兴的中国梦不懈奋斗。"

第三章

严格保护生态环境体现对人民和民族利益的责任担当

扫码观看大型政论片《我们的新时代》
之《绿色之美》

书写美丽中国新画卷

——习近平总书记引领生态文明建设的故事

2023 年 8 月 15 日，是首个全国生态日。

18 年前，习近平同志在浙江工作期间，2005 年 8 月 15 日考察湖州市安吉县，首次提出"绿水青山就是金山银山"科学论断。这是习近平生态文明思想的核心理念。

2022 年 10 月 18 日在山东黄河三角洲国家级自然保护区拍摄的白枕鹤。新华社发 杨斌 摄

为了祖国天更蓝、地更绿、水更清。党的十八大以来，习近平总书记推动生态文明建设的足迹遍及神州大地：在重庆强调要把修复长江生态环境摆在压倒性位置，共抓大保护，不搞大开发；在山东强调扎实推进黄河大保护，确保黄河安澜；在贵州察看乌江生态环境和水质情况；在漓江之上关切桂林山水保护；在雪域高原叮嘱切实保护好地球第三极生态……

人不负青山，青山定不负人。这场深刻的绿色变革，为美丽中国建设，为人与自然和谐共生，为中华民族永续发展夯基垒台、指明方向。

绿色之路："绿水青山就是金山银山"

远山如黛、流水潺潺、竹林摇曳……漫步在浙江安吉余村村，深浅不一的绿意在眼前渐次铺展。

2023 年 8 月 11 日游客在浙江安吉余村村参观（无人机照片）。新华社记者 翁忻旸 摄

"今年生意特别好。"春林山庄的主人潘春林边招呼客人边高兴地说,"从靠山吃山,到富山养山,我们真正体会到绿水青山就是我们的幸福靠山。"

20多年前,因发展"石头经济",余村村的山变成"秃头光",水成了"酱油汤"。痛定思痛,村民们决定换种活法,相继关停矿山和水泥厂,摸索如何不破坏环境也能过上好日子。

2005年8月,时任浙江省委书记习近平到余村村考察,得知余村村的做法后评价这是"高明之举",并首次明确提出"绿水青山就是金山银山"。

如今,靠着良好生态环境,余村村的农家乐生意红火,乡村旅游风生水起,竹林碳汇让村里实现了"靠着空气能卖钱"。余村村走出一条生态美、产业兴、百姓富的可持续发展之路。

岁月如梭。2020年3月,一个春雨绵绵的日子,习近平总书记重访余村村,看到村里的变化后欣慰地说:"余村现在取得的成绩证明,绿色发展的路子是正确的,路子选对了就要坚持走下去。"

一个小山村如同一扇窗,映射出习近平总书记对生态文明建设的深邃思考。

"我对生态环境工作历来看得很重。在正定、厦门、宁德、福建、浙江、上海等地工作期间,都把这项工作作为一项重大工作来抓。"习近平总书记说。

党的十八大将生态文明建设纳入中国特色社会主义事业"五位一体"总体布局。新时代中国坚定走上生态文明建设之路。

四川宜宾,"万里长江第一城"。岷江和金沙江在此交汇,长江始称"长江"。远山叠翠,江水滔滔,岸边"共抓大保护 不搞大开发"几个大字格外醒目。

2022年6月8日,三江汇流处,习近平总书记驻足眺望,听取情况介绍。

当地负责同志汇报:宜宾市也曾面临"化工围江、污染绕城"问题。近年来,通过清退高耗能高污染企业、关闭造纸小作坊、关停江边挖沙场、减少污水排放等措施,持续改善岸线生态环境。

四川省宜宾市三江口景色（2022 年 6 月 30 日摄，无人机照片）。新华社记者 王曦 摄

在位于重庆的中国科学院三峡库区水土保持与环境研究站，中国科学院成都山地所科研人员在库区消落带上开展相关监测（2023 年 7 月 5 日摄，无人机照片）。新华社记者 黄伟 摄

习近平总书记表示肯定，同时强调："作为长江上游城市，要强化上游担当，不能沿江'开黑店'、排污水，要以能酿出美酒的标准，想方设法保护好长江上游水质，造福长江中下游和整个流域。"

"共抓大保护，不搞大开发"已经深入人心，产业转型升级、沿江岸线整治、"十年禁渔"等举措正在落地见效……长江生态环境保护和经济社会发展发生了历史性、转折性变化，重现一江碧水、两岸青山。

生态优先、绿色发展，也重塑和改变着人们的生活。

前不久，一封特殊的回信，让上海市虹口区嘉兴路街道的垃圾分类志愿者们备受鼓舞。

这封信的落款是：习近平。

"我想起五年前同大家交流垃圾分类工作的情景，你们热心公益、服务群众的劲头让我印象深刻"，习近平总书记在回信中说。

2023年5月23日在上海市虹口区嘉兴路街道爱家豪庭小区，垃圾分类志愿者在投放时间段内服务。新华社记者 刘颖 摄

　　五年前，2018 年 11 月 6 日，在上海考察的习近平总书记来到虹口区市民驿站嘉兴路街道第一分站。这里，几位年轻人正在交流社区垃圾分类推广的做法。一位小伙子告诉总书记，参加公益活动对年轻人来说都是新时尚。

　　"垃圾分类就是新时尚！"习近平总书记说，垃圾综合处理需要全民参与，我关注着这件事，希望上海抓实办好。

　　8 个月后，2019 年 7 月 1 日，《上海市生活垃圾管理条例》施行。

　　五年过去了，如今的上海，全市生活垃圾已全量无害化处理，自觉将垃圾分类成为越来越多市民的习惯。志愿者们把来之不易的成绩写信报告给总书记，表达决心为推动垃圾分类在更大范围开花结果贡献力量。

　　绿水青山是自然财富、生态财富，又是社会财富、经济财富。

　　茶树葱茏，茶韵悠然。福建省武夷山市星村镇燕子窠千亩生态茶园，绿油油的茶树间种植着一株株大豆。等到秋天，这些豆秧将被就地填埋成为有机肥。

福建省武夷山市星村镇燕子窠绿色生态茶园（2022 年 5 月 6 日摄，无人机照片）。新华社记者 姜克红 摄

2021 年 3 月，习近平总书记专程来到茶园，察看春茶长势，了解当地茶产业发展情况。总书记强调，"要统筹做好茶文化、茶产业、茶科技这篇大文章""坚持绿色发展方向"。

"生态茶园的做法得到了总书记认可，我们干劲更足了。"谈到当时情景，茶园负责人杨文春至今难忘。他介绍，不用农药的种植模式成为当地茶农的共识，"生态好，茶味更好，价格更高。守住绿水青山'金饭碗'，增收致富的信心更足。"

绿色，高质量发展的底色。

诚如习近平总书记在前不久召开的全国生态环境保护大会上发表重要讲话所指出，党的十八大以来，我们把生态文明建设作为关系中华民族永续发展的根本大计，开展了一系列开创性工作，决心之大、力度之大、成效之大前所未有，生态文明建设从理论到实践都发生了历史性、转折性、全局性变化，美丽中国建设迈出重大步伐。

攻坚之举："让老百姓实实在在感受到生态环境质量改善"

清风习习，鸟鸣啾啾。晨雾还未散尽，滇池和前来晨练的昆明市民一道醒来。

滇池这颗"高原明珠"一度是我国污染最严重的湖泊之一。当地人介绍，之前湖面的蓝藻仿佛一层绿油漆，"老鼠可以在上面跑，石头丢到湖里都沉不下去"。

2020 年 1 月，习近平总书记赴云南考察调研期间，特意来看看滇池。早在 2008 年，他赴云南调研时就考察过滇池治污工程等情况，强调推动形成经济发展是政绩、保住青山绿水是更大政绩的科学导向。

2020 年这次考察中，当地准备了几杯水样，既有滇池的，也有总书记一直关心的洱海和抚仙湖的。

游人在滇池南岸晋宁区上蒜镇小渔村划船休闲（2023年4月30日摄，无人机照片）。新华社记者 陈欣波 摄

一一察看、细细询问。习近平总书记语重心长地说："滇池是镶嵌在昆明的一颗宝石，要拿出咬定青山不放松的劲头，按照山水林田湖草是一个生命共同体的理念，加强综合治理、系统治理、源头治理，再接再厉，把滇池治理工作做得更好。"

实施控源截污、恢复生态湿地、整治沿岸违规违建问题……如今的滇池已摘掉劣五类帽子，清波荡漾，海鸥高飞，明珠神采逐步再现。

"走过弯路，更认清了下一步方向。"昆明市滇池管理局局长陈净感慨，保护滇池已成共识，以前还有企业违规搞变通，现在企业主动来问"这样建设符不符合滇池保护要求"。

浩浩碧水，朗朗晴空，良好生态环境是最普惠的民生福祉，是人心所盼。

"要集中攻克老百姓身边的突出生态环境问题，让老百姓实实在在感受到生态环境质量改善。"习近平总书记明确要求。

北方地区秋冬季重污染天气一度多发频发，空气污染严重影响群众生产生活。

2014年2月下旬，北京等地被重霾笼罩，持续时间长达7天。2月25日，习近平总书记在北京市考察，污水、垃圾、雾霾治理是此次考察的一个重点方面。

"环境治理是一个系统工程，必须作为重大民生实事紧紧抓在手上。"总书记严肃地说，大气污染防治是北京发展面临的一个最突出的问题。

几天之后，全国两会在京开幕。

参加上海代表团审议时，习近平总书记问道："PM2.5，上海比起北京怎样？""现在北京整治燃煤小锅炉动作很大，上海怎么样？"

来自上海市环保系统的全国人大代表回答："上海的力度也很大，正在全面推进落实。"

习近平总书记说："大家对环境污染的反应这么强烈，这是在一个发展阶段绕不开躲不开的事，必须要把治理污染当作一场攻坚战来进行推进，治理空气污染要有定力和努力。"

言出必诺，事在人为。

北方地区约3700万户农村居民告别烟熏火燎的煤炉子，煤电、钢铁等行业实施超低排放改造，机动车排放标准更加严格……如今，经过多年努力，雾霾少了，蓝天多了，中国成为世界上空气质量改善最快的国家。

为长远计，为子孙谋。一幕幕生动的场景，让人们对习近平生态文明思想有了更深入的认识。

2022年8月，在辽宁锦州东湖森林公园，总书记实地察看生态环境，详细询问污染防治措施有哪些、河流水质如何、鱼类恢复得怎样。

驻足小凌河畔，习近平总书记说："从历史长河来看，如果说我们这一代人能留给后人点什么，我看生态文明建设就是很重要的一个方面。生态文明建设最能给老百姓带来获得感，环境改善了，老百姓体会也最深。"

生态环境保护是"国之大者"，是发展问题、民生问题，更是政治问题。

今年 5 月 18 日晚，陕西西安大唐芙蓉园，中国同中亚国家人民文化艺术年暨中国—中亚青年艺术节开幕式演出正在上演。

习近平总书记同前来出席中国—中亚峰会的外方贵宾们一起观看演出。大屏幕上，"秦岭四宝"朱鹮、大熊猫、金丝猴、羚牛次第展现，鸟兽虫鱼恣意栖息，优美的生态画卷令人赏心悦目。

可就在几年前，秦岭北麓，千余栋违建别墅如块块生态疮疤，蚕食着山脚的绿色。

为推动问题解决，习近平总书记先后 6 次作出重要指示批示。随着专项整治行动展开，1194 栋违建别墅被依法处置，复绿工作随之展开。

2020 年春天，习近平总书记离京赴陕西考察，秦岭是第一站。

习近平总书记亲自"验收"整改成效。看过全面复绿的别墅区图片，远眺生机盎然的秦岭，总书记就推动生态文明建设叮嘱领导干部："要以功成不必在我的胸怀，真正对历史负责、对民族负责，不能在历史上留下骂名。"

坚定的态度，雷霆般的力度。"乌梁素海我作过多次批示""腾格里我也批示过。把污染物都倾倒到沙漠里，这个事我狠狠地敲打过"……就一些严重损害生态环境事件，习近平总书记作出重要指示批示，要求严肃查处。

习近平总书记亲自谋划、亲自部署、亲自推动的中央生态环境保护督察，推动解决一些地方多年的生态环境"顽疾"，成为督促地方落实生态环境保护责任的硬招实招。

"还老百姓蓝天白云、繁星闪烁""还给老百姓清水绿岸、鱼翔浅底的景象""为老百姓留住鸟语花香田园风光"……习近平总书记为人民绘就的美好画卷，正在变成现实。

共生之道："人与自然是生命共同体"

"翠云廊确实是叹为观止啊！""有点没看够的感觉。"今年 7 月 25 日，习近平总书记赴四川考察第一站，来到位于剑门雄关附近的翠云廊。

这里是古代关中平原通往四川盆地古蜀道的重要路段，有迄今保存最完好的古代人工栽植驿道古柏群。

习近平总书记指出，这片全世界最大的人工古柏林，之所以能够延续得这么久、保护得这么好，得益于明代开始颁布实行"官民相禁剪伐""交树交印"等制度，一直沿袭至今、相习成风，更得益于当地百姓世代共同守护。

千百年来，同古柏一起沿袭下来的，是中华民族对人与自然和谐共生一以贯之的追求。

党的十八大以来，从阿尔山林区到塞罕坝，从八步沙林场到南海广袤的红树林……一棵棵树，一片片林，见证着习近平总书记对生态和谐的深深牵挂。

"我曾在中国黄土高原的一个小村庄生活多年，当时那里的生态环境受到破坏，百姓生活也陷于贫困。我那时就认识到，对自然的伤害最终会伤及人类自己。"从那时起，重视生态环保的意识，就已深深扎根在青年习近平的心中。

2002 年 4 月，一份专家呼吁抢救性保护闽江河口湿地资源的材料，呈送到时任福建省省长习近平的案头。他作出批示："湿地保护是生态保护的一个重要内容，我省要建设生态省，必须重视对湿地的保护。"

闽江河口湿地"生态保卫战"自此打响：

2003 年，闽江河口湿地县级自然保护区设立，已经上马的围垦项目随即撤销；2007 年，该湿地升格为省级自然保护区；2013 年，升格为国家级自然保护区；2015 年，获批建设国家湿地公园……

今昔照片对比，湿地"人退绿进"清晰可见：本世纪初，遍布养殖场和鱼塘，呈现大片黑色；如今，绿色连片成面，与蓝色海洋交相辉映。

实地探看，更令人震撼：水泽茫茫、蕉草青葱，湛蓝天空下万鸟翔集，中华凤头燕鸥、勺嘴鹬、黑脸琵鹭等珍稀濒危鸟类在这里重现……21 年久久为功，闽江河口湿地从"濒危"到"重生"。

2023 年 1 月 31 日一群天鹅飞过闽江河口湿地上空。新华社记者 魏培全 摄

深刻领悟"人与自然是生命共同体",深入践行人与自然和谐共生之道。

2013 年,习近平总书记创造性提出"山水林田湖是一个生命共同体"理念,此后把"草"这一重要生态系统纳入其中。

"统筹山水林田湖草沙系统治理,这里要加一个'沙'字。"2021 年全国两会期间,习近平总书记参加内蒙古代表团审议时说。保护生态环境,总书记反复强调"统筹"二字,这次把治沙问题也纳入其中。

"山水林田湖草沙怎么摆布,要做好顶层设计,要综合治理,这是一个系统工程,需要久久为功""山水林田湖草沙是不可分割的生态系统。保护生态环境,不能头痛医头、脚痛医脚"……习近平总书记以深邃的思考,引领生态文明建设不断深入。

以自然之道,养万物之生。这是中国式现代化的题中之义,也是天人合一、万物并育的中国智慧。

今年六五环境日之际，习近平总书记来到内蒙古巴彦淖尔考察。

内蒙古巴彦淖尔市磴口县河套灌区（2023 年 6 月 18 日摄，无人机照片）。新华社记者彭源 摄

第一天，先去乌梁素海，看水；再到乌梁素海南岸现代农业示范园区，看田。

第二天，到临河区国营新华林场，看林；随后前往河套灌区水量信息化监测中心，看渠。

在随后召开的加强荒漠化综合防治和推进"三北"等重点生态工程建设座谈会上，习近平总书记强调，要统筹森林、草原、湿地、荒漠生态保护修复，加强治沙、治水、治山全要素协调和管理，着力培育健康稳定、功能完备的森林、草原、湿地、荒漠生态系统。

目光聚焦海南，热带雨林幽深蓊郁。

2022 年 4 月，习近平总书记来到海南热带雨林国家公园考察。行程中，总书记对身边的动植物充满兴趣，不时驻足观察周边的树木，聆听大自然的声音，还惦念着濒危动物长臂猿的事。

"总书记说'海南热带雨林不是光属于海南，是属于全国人民的，是属于地球的，是国宝'，我们感到浑身是干劲，要把总书记的嘱托化为动力。"公园管理局五指山分局局长钟仕进说。

2022年5月17日游客在海南热带雨林国家公园五指山片区的仙女潭游览。新华社记者张丽芸 摄

钟仕进介绍，一年多来，公园的智慧管理中心已投入运营。防火、森林资源监测、动植物的监测……只需轻点鼠标，数据随传随到。

推进以国家公园为主体的自然保护地体系建设，是习近平总书记作出的重要部署。目前，我国已出台方案，在全国遴选出49个国家公园候选区，2035年将基本建成全世界最大的国家公园体系。

万物各得其和以生，各得其养以成。

在"林都"伊春，从"人林对立"到"人林和谐"的故事正在书写。

这里曾以伐木为经济支柱。2013年，面对可采林木资源近乎枯竭的现实，伊春全面停止天然林商业性采伐。困惑随之而来——不砍树，咋过活？

2016年5月，习近平总书记来到伊春，亲切看望林场职工。在刘养顺家里，总书记同一家人谈林场发展史、算收入支出账，鼓励大家在林区转型后"多找新的门路"。

兴绿正当时。昔日的伐木工纷纷种起了红松，当地划定生态保护红线、建立各类自然保护区、坚决下马破坏环境的项目……

2023年5月20日在黑龙江伊春森工集团红松种苗繁育基地，工作人员在养护轻基质红松苗。新华社记者 张涛 摄

出路在林下。依托漫山遍野的林木，当地群众搞起了林下经济，蓝莓、食用菌等产业兴起。停伐十年，随着种林护林与产业发展，林区生态大为改观。

刘养顺如今已经成了农家乐老板。"旺季想吃都得提前预订，院子里十几桌客人每天都坐得满满的。"

从伐木到护林，人与自然的关系重新定义。牢记习近平总书记的嘱托，林区人已经形成共识：把林子养得更绿，"绿树生金"的路才能越走越宽。

人与自然和谐共生，中华大地生机盎然。

未来之诺："共建地球生命共同体"

仲夏时节，比利时天堂动物园中国园的玉兰树枝繁叶茂，绿如翠玉。

2023年6月20日，在这棵具有特殊意义的玉兰树前，天堂动物园董事长、创始人董博收到了中国驻比利时大使馆转交的一封珍贵复信。

不久前，董博给习近平主席写信。"信中，我讲述了对当年习主席来访的美好回忆，还有动物园最新的情况。"他说，"习近平主席工作非常繁忙，我没想到这么快就收到了复信。"

2014年3月，在对比利时进行国事访问期间，习近平主席和比利时国王菲利普共同出席天堂动物园大熊猫园开园仪式。活动中，两国元首夫妇共同为一棵象征友谊的玉兰树培上新土。

"当前，中国正在积极推进人与自然和谐共生的中国式现代化，实施生物多样性保护重大工程，一大批珍稀濒危物种得到有效保护，大熊猫已从'濒危'降为'易危'等级。"正如习近平主席在复信中所说，中国坚定不移走生态优先、绿色低碳的高质量发展之路，将为世界提供更多机遇，为全人类进步作出更大贡献。

当下，地球面临气候变化、生物多样性丧失、环境污染三大危机，这是各国需要共同解答的难题。

"面对生态环境挑战，人类是一荣俱荣、一损俱损的命运共同体，没有哪个国家能独善其身。"习近平总书记曾深刻指出。

面向未来，提出中国主张。

2021年金秋，《生物多样性公约》第十五次缔约方大会第一阶段会议在昆明召开。

"前段时间，云南大象的北上及返回之旅，让我们看到了中国保护野生动物的成果。"习近平总书记在主旨讲话中讲到的故事，引发与会国内外嘉宾共鸣。

大会召开前夕，云南一群野生亚洲象北上又南返，"旅程"达1000余公里，吸引了全球目光。中国政府与群众的护象行动赢得世界点赞，"象"往之路成为最美的风景。

"国际社会要加强合作，心往一处想、劲往一处使，共建地球生命共同体。"习近平总书记提出构建人与自然和谐共生的地球家园、构建经济与环境协同共进的地球家园、构建世界各国共同发展的地球家园。

率先出资 15 亿元人民币，成立昆明生物多样性基金，支持发展中国家生物多样性保护事业。从昆明出发，推动达成具有历史性意义的"昆明—蒙特利尔全球生物多样性框架"，开启全球生物多样性治理的新篇章。

在习近平总书记心中，生态文明是人类文明发展的历史趋势。人类只有一个地球，保护生态环境、推动可持续发展是各国的共同责任。

深入阐述"人与自然生命共同体"，倡议"共建地球生命共同体"，习近平总书记提出的人类命运共同体理念在生态环境领域延展开来，为人类文明永续发展进步指明方向。

面向未来，作出中国承诺。

"中国将提高国家自主贡献力度，采取更加有力的政策和措施，二氧化碳排放力争于 2030 年前达到峰值，努力争取 2060 年前实现碳中和。"

2020 年 9 月，第七十五届联合国大会一般性辩论上，习近平总书记向全世界宣布。

中国是这样说的，也是这样做的：

建立健全绿色低碳循环发展经济体系，持续推动产业结构和能源结构调整，启动全国碳市场交易，宣布不再新建境外煤电项目，加快构建"双碳"政策体系，积极参与气候变化国际谈判……

长江干流上，6 座巨型梯级水电站"连珠成串"，构成世界最大"清洁能源走廊"；中国向全球提供了 50% 的风电设备、80% 的光伏组件设备；新能源汽车产销量连续 8 年居全球第一，全球一半以上的新能源汽车行驶在中国……

白鹤滩水电站一景（2022 年 12 月 19 日摄，无人机照片）。新华社记者 胡超 摄

全球首台 16 兆瓦大容量海上风电机组在福建北部海域安装完成（2023 年 6 月 28 日摄，无人机照片）。新华社记者 林善传 摄

实现碳达峰碳中和是中国对国际社会的庄严承诺，也是中国高质量发展的内在要求。习近平总书记反复强调："实现'双碳'目标，不是别人让我们做，而是我们自己必须要做。"

2021年9月，在陕西榆林考察时，习近平总书记强调："煤炭产业发展要转型升级，走绿色低碳发展的道路，这样，就不会超出资源、能源、环境的极限。"

今年4月，在北京，习近平总书记同首都群众一起参加义务植树，指出"森林既是水库、钱库、粮库，也是碳库。植树造林是一件很有意义的事情，是一项功在当代、利在千秋的崇高事业，要一以贯之、持续做下去"。

今年6月，在内蒙古呼和浩特，习近平总书记来到中环产业园了解当地发展新能源新材料产业等情况，在生产车间察看产品生产流程，要求"推动传统能源产业转型升级，大力发展绿色能源"。

在江苏省太仓港国际集装箱码头，一批新能源汽车即将通过专用框架运输方式出口（2023年7月11日摄，无人机全景照片）。新华社发 计海新 摄

不简单以GDP论英雄，优化产业结构、能源结构，推广应用节能降碳技

术，发展绿色低碳产业，倡导绿色低碳生活……发展理念的深刻变革，推动中国进入加快绿色化、低碳化的高质量发展阶段。

面向未来，展现中国担当。

"中国应该对人类社会有更大的贡献"，作为负责任的大国，中国担当一脉相承。

在肯尼亚加里萨郡，中企承建东非最大光伏电站，不排放温室气体又缓解肯尼亚"电荒"；中国的节水梯田模式"拷贝"到埃及，在西奈半岛山区涵养水源；非洲"绿色长城"有中国技术支持，阻止撒哈拉沙漠南侵……中国智慧和中国方案，为全球生态环境治理注入信心和动力。

中国将生态文明领域合作作为共建"一带一路"重点内容，发起一系列绿色行动倡议，采取绿色基建、绿色能源、绿色交通等一系列务实举措，造福各国人民。

今年5月，在中外人士共同见证下，习近平总书记同中亚五国元首共同签署《中国—中亚峰会西安宣言》，其中即包括发展低碳能源、共同实施绿色措施等内容。

共行大道向未来。在以习近平同志为核心的党中央坚强领导下，在习近平生态文明思想科学指引下，美丽中国建设不断迈出新的步伐，人与自然和谐共生的华夏画卷正在不断呈现新的精彩。（新华社北京2023年8月14日电，记者邹伟、高敬、黄垚、严赋憬、魏弘毅）

为了建设美丽中国

——以习近平同志为核心的党中央关心推动中央生态环境保护督察纪实

建设一个天蓝、地绿、水清的美丽家园，是亿万人民的共同心愿。

党的十八大以来，习近平总书记着眼实现中华民族永续发展的根本大计，大力推进生态文明建设，推进生态文明体制改革。习近平总书记亲自谋划、亲自部署、亲自推动的中央生态环境保护督察，是党和国家重大制度创新，是建设生态文明的重要抓手。

习近平总书记高度重视、十分关心督察工作，多次作出重要指示批示，为督察工作掌舵定向。从 2015 年年底试点至今，督察工作始终深入贯彻落实习近平生态文明思想，牢固树立制度刚性和权威，夯实了生态文明建设政治责任，解决了一大批突出生态环境问题，助力经济社会绿色转型发展，成为推动美丽中国建设的重要力量。

"保护生态环境必须依靠制度、依靠法治"

2022 年 6 月 2 日，经党中央、国务院批准，督察组向内蒙古自治区反馈督察情况，至此从 2019 年开始的第二轮中央生态环境保护督察完成了全覆盖。

几年来，习近平总书记亲自审阅每一批督察工作安排、每一份督察报告、每一份整改方案、每一份整改落实情况，为督察工作指明方向。

党的十八大以来，以习近平同志为核心的党中央以前所未有的力度抓生态文明建设——生态文明建设纳入中国特色社会主义事业"五位一体"总体布局，坚持人与自然和谐共生成为新时代坚持和发展中国特色社会主义基本方略的组成部分，绿色成为新发展理念的重要方面，三大攻坚战中污染防治成为重要一战，"美丽"一词写入社会主义现代化强国目标……生态文明建设在新时代党和国家事业发展中的地位更加凸显。

习近平总书记围绕生态文明建设作出了一系列重要论述，深刻回答了为什么建设生态文明、建设什么样的生态文明、怎样建设生态文明的重大理论和实践问题，系统形成了习近平生态文明思想，指引各地区各部门从思想、法律、体制、组织、作风上全面发力，开展一系列根本性、开创性、长远性工作，推动我国生态环境保护发生历史性、转折性、全局性变化。

习近平总书记指出："保护生态环境必须依靠制度、依靠法治。"

这十年来，《关于加快推进生态文明建设的意见》《生态文明体制改革总体方案》相继出台，数十项改革方案接连实施，构建起生态文明制度建设的"四梁八柱"。

建立督察制度，正是其中的关键一招。

习近平总书记多次强调，生态环境保护能否落到实处，关键在领导干部。

2015年7月1日，习近平总书记主持召开中央全面深化改革领导小组第十四次会议并发表重要讲话，会议审议通过了《环境保护督察方案（试行）》。

此次会议指出，建立环保督察工作机制是建设生态文明的重要抓手，对严格落实环境保护主体责任、完善领导干部目标责任考核制度、追究领导责任和监管责任，具有重要意义。同时，会议还强调，要强化环境保护"党政同责"和"一岗双责"的要求，对问题突出的地方追究有关单位和个人责任。

河北，成为首个督察试点。2015年12月31日，中央环保督察组进驻河北。

当时，河北因多年来发展方式粗放、重化工企业集中，空气质量差、污染重，一直备受关注。

1个多月的时间里，督察组通过听取情况介绍、调阅资料、调研座谈、走访问询、个别谈话、受理举报、现场抽查、下沉督察等多种方法，为河北生态环境问题"问诊开方"。

2016年5月3日，督察组向河北省反馈督察情况。这份公开的通报，约60%篇幅谈问题，一针见血、直指病灶。

反馈后几天，河北省就召开环境保护大会，宣布化解过剩产能的目标，并提出将加强治理大气、水、土壤等环境污染，推进生态修复，强化环境监管执法，让生态环境早日实现根本性好转。

动真碰硬传递出明确信号。多地领导干部表示，要深刻认识到环境就是民生，要把环保压力转成治污的动力。

习近平总书记对在河北开展的督察工作表示肯定，认为督察"发现了问题，敲响了警钟，提出了要求，明确了整改方向"。

习近平总书记明确要求，这项工作要抓下去，后续督察工作要接续展开。

不久，第一批8个督察组正式进驻8省区，拉开了第一批中央环境保护督察的大幕。

习近平总书记要求，对生态环境污染问题，各级党委和政府必须高度重视，要正视问题、着力解决问题，而不要去掩盖问题。

到2017年年底，首轮中央环境保护督察实现了对全国31个省区市和新疆生产建设兵团的全覆盖，曝光了祁连山生态破坏、长白山国际度假区违法违规建设高尔夫球场和别墅、海南一些地方违规围填海进行开发等一批生态环境问题。

2018年全国两会期间，国务院机构改革方案公布。生态环境部随后正式挂牌。

2018年3月28日，习近平总书记主持召开中央全面深化改革委员会第一次会议，审议《关于第一轮中央环境保护督察总结和下一步工作考虑的报告》正是此次会议的重要内容之一。

会议对第一轮中央环境保护督察予以肯定，称坚持问题导向，敢于动真碰硬，取得显著成效。会议提出，下一步，要以解决突出环境问题、改善环境质量、推动经济高质量发展为重点，夯实生态文明建设和环境保护政治责任，推动环境保护督察向纵深发展。

不久，"中央环境保护督察"改为"中央生态环境保护督察"，增加了"生态"二字，以贯通污染防治和生态保护，加强生态环境保护统一监管。

2019 年 6 月，《中央生态环境保护督察工作规定》印发实施，以党内法规的形式规范督察工作。

按照规定，中央生态环境保护督察工作领导小组正式成立，进一步强化了督察权威。

制度体系不断完善，督察工作接续推进。

2019 年 7 月，第二轮中央生态环境保护督察全面启动、更加深入——除地方外，增加国务院有关部门和有关中央企业作为督察对象；将贯彻落实习近平生态文明思想，贯彻落实党中央、国务院生态文明建设和生态环境保护决策部署情况，以及落实新发展理念、推动高质量发展情况等作为督察重点……

2022 年，经习近平总书记批准，《中央生态环境保护督察整改工作办法》印发实施。

2022 年 6 月，历时 3 年，第二轮督察任务全面完成。

"敢于动真格，不怕得罪人，咬住问题不放松"

精准把脉，才能对症开方。

在 2016 年河北省督察反馈后，习近平总书记就作出重要批示指出，坚持问题导向，就要在发现问题上下大气力，敢于动真格的，搞清问题是解决问题的前提。

2021 年 4 月，习近平总书记作出重要指示，强调要坚持严的基调，该查处的查处，该曝光的曝光，该整改的整改，该问责的问责。

按照习近平总书记要求，督察坚持问题导向，一些地方多年快速发展积累的生态环境"顽疾"被一一摆上台面。回看历次督察曝光的典型案例，"生态破坏""环境基础设施短板""生活污水直排问题较为普遍""敷衍应对整改"等问题反复出现。

在 2018 年召开的全国生态环境保护大会上，习近平总书记在谈及治水时强调："根据中央环境保护督察提供的情况，甚至一些直辖市、沿海发达省份、经济特区都有大量污水直排。"

"水浮莲遮江蔽河，远望如同大草原一样！"被称为"广东污染最严重河流"的练江，曾让流域内 400 多万群众饱受水体黑臭之苦，老百姓一度认为这条河"没救了"。

2017 年 4 月，练江首次被中央环保督察点名：汕头、揭阳两市长期以来存在等靠要思想，练江治理计划年年落空……

一年后，督察"回头看"继续盯住练江污染治理问题。水体又黑又臭，河道岸边随处可见垃圾。督察组指出练江治污光说不练。

广东省市县镇村五级联动发力，加大练江污染整治力度，重点开展"控源截污"，一一补上环境整治欠账……现如今，练江告别了"墨汁河"，正逐渐恢复"生命力"，周边群众深刻感受到了练江生态环境的变化。

我国幅员辽阔，各地发展阶段、资源禀赋、环境容量差距很大，需要坚持精准、科学、依法督察，抓住主要矛盾和矛盾的主要方面，为被督察对象画准像。

在生态敏感的广西，督察将重点放在漓江生态环境保护；

在资源富集的黑龙江，黑土地保护进入督察视野；

在"千湖之省"湖北，湖泊治理每次都是督察关注重点……

找准各地生态文明建设的症结所在，挖出环境问题的病根，对当地祛除"顽疾"紧盯到底。

习近平总书记在全国生态环境保护大会上表示："特别是中央环境保护督察制度建得好、用得好，敢于动真格，不怕得罪人，咬住问题不放松，成为推动地方党委和政府及其相关部门落实生态环境保护责任的硬招实招。"

这是 2019 年 7 月 26 日拍摄的陕西省西安市长安区秦岭违建别墅拆除后建设的秦岭和谐森林公园（无人机照片）。新华社记者 刘潇 摄

盛夏时节，走进秦岭牛背梁国家级自然保护区，密林参天、飞瀑如帘。

曾经，秦岭北麓违建别墅犹如块块疮疤，蚕食着秦岭山脚的绿色。习近平总书记先后 6 次作出重要指示批示。中央派出专项整治工作组入驻陕西，千余栋违建别墅被彻底整治并复绿。

不只是秦岭，党的十八大以来，习近平总书记多次就一些严重损害生态环境的事件作出重要批示，要求严肃查处。

习近平总书记关注的突出生态环境问题，也为督察工作指明了方向，成为督察工作的重中之重。中央生态环境保护督察与其他专项监督检查等一起，形成守护生态环境的合力。

一段时期内，祁连山乱采乱挖、乱占乱建，冻土破碎，植被稀疏，生态受损。

习近平总书记曾多次作出重要指示，要求坚决整改。

2016 年底，中央环境保护督察组进驻甘肃，直指祁连山矿产资源违规开发、水电资源无序过度开发、生态破坏整改不力等问题。

2017 年 2 月 12 日至 3 月 3 日，由党中央、国务院有关部门组成中央督查组开展专项督查。7 月，中办、国办专门就甘肃祁连山国家级自然保护区生态环境问题发出通报。

2019 年 7 月，第二轮中央生态环境保护督察正式启动，甘肃进入第一批被督察的名单。祁连山生态破坏问题成为督察重点之一。督察组对照党中央要求，对当地整改进展逐一开展现场核实。

如今，144 宗矿业权全部分类退出，42 座水电站全部分类处置，25 个旅游设施项目全面完成整改……祁连山逐步恢复水草丰茂、骏马奔腾的风貌。

咬住问题不放松。督察坚持严的基调，接连啃下一块块"硬骨头"，严肃查处了新疆卡拉麦里山自然保护区违规"瘦身"、腾格里沙漠污染、重庆缙云山国家级自然保护区违建突出、吉林东辽河水质恶化、云南滇池违规违建等问题，相关整改工作正在扎实推进并取得阶段性成效……

在习近平总书记心中，发展经济是为了民生，保护生态环境同样也是为了民生。

有利于百姓的事再小也要做，危害百姓的事再小也要除。

督察不仅聚焦"大事情""硬骨头"，也将"镜头"对准困扰群众的"身边事""小问题"。

水体黑臭、垃圾乱堆、油烟异味、噪音扰民……几年来，两轮督察累计受理转办群众生态环境信访举报件 28.7 万件，已办结或阶段办结 28.5 万件。群众身边的生态环境有了看得见摸得着的改变。

"把生态保护好，把生态优势发挥出来，才能实现高质量发展"

碧水蜿蜒，绿带交织。长江之畔的安徽马鞍山薛家洼生态园，如今是当地群众亲江亲水亲绿的城市生态客厅。

这是 2021 年 7 月 13 日拍摄的安徽省马鞍山市薛家洼生态园（无人机照片）。新华社发（童祖鸣 摄）

马鞍山市因钢而兴，产业迅速发展，但一直以来生态欠账较多。就在前几年，薛家洼还是长江岸边的一块生态"疮疤"，沿江不见江、处处脏乱差。

对发展和保护的关系，习近平总书记有着深邃思考——

"我们既要绿水青山，也要金山银山。宁要绿水青山，不要金山银山，而且绿水青山就是金山银山。"

"保护生态环境就是保护生产力，改善生态环境就是发展生产力。"

"生态环境保护和经济发展不是矛盾对立的关系，而是辩证统一的关系。只有把绿色发展的底色铺好，才会有今后发展的高歌猛进。"

中央生态环境保护督察工作以推动高质量发展为重点，推动地方产业结构转型升级，逐步走上绿色低碳发展道路。尤其是第二轮督察把严控"两高"项目盲目上马作为重点，遏制了"两高"项目盲目上马势头。

2016 年 1 月，上游重庆；2018 年 4 月，中游武汉；2019 年 5 月，南昌；2020 年 11 月，下游南京——习近平总书记先后 4 次主持召开座谈会，为长江经济带绿色高质量发展擘画了宏伟蓝图。

牢记习近平总书记"共抓大保护、不搞大开发"殷殷嘱托，中央生态环境保护督察盯住不放，引导沿江 11 省市调整产业结构，加速岸线整治，严控环境风险，守护母亲河一江清水。

被督察组多次点名，统筹推进生态环境高水平保护和产业高质量发展，也成为马鞍山市必须要答好的"考卷"。

以"壮士断腕"的决心，对长江沿线开展治理，整治"散乱污"企业，拆除非法码头，城区 35 条黑臭水体全面完成整治……

加快打造以钢铁产业为主导的先进结构材料国家级产业集群，以智能装备制造、节能环保、绿色食品为标志的省级重大新兴产业集群，马鞍山市走出一条绿色高质量发展之路。

2020 年 8 月，习近平总书记来到薛家洼生态园，详细了解马鞍山市长江岸线综合整治和生态环境保护修复、长江十年禁渔等工作落实情况。

习近平总书记指出："把生态保护好，把生态优势发挥出来，才能实现高质量发展。"

发展理念决定着发展成效。中央生态环境保护督察工作强化督察问责，着力夯实地方党委政府政治责任，推动生态文明理念落实落地。

2021 年 4 月 25 日，在漓江岸边，正在广西考察的习近平总书记听取了漓江流域综合治理情况，特别问及非法采石等情况。

习近平总书记强调："最糟糕的就是采石。毁掉一座山就永远少了这样一座山。全中国、全世界就这么个宝贝，千万不要破坏。"

当时，督察组正在广西等地开展督察，刚刚曝光了广西一些地方违规采矿、野蛮采石，导致生态破坏严重、地质地貌严重受损，存在保护为发展让路问题。

督察曝光问题后，当地一名干部表示，要切实转变发展观念，平衡发展与保护的关系，守护好山水美景，发挥特色资源优势，大力发展生态产业，真正找到绿水青山就是金山银山的高质量发展路子。

目前，当地生态修复工作扎实推进，秀美山水正在重现风姿。

习近平生态文明思想深入人心，绿水青山就是金山银山理念成为全党全社会的共识和行动，"党政同责""一岗双责"的"大环保"工作格局逐步形成。

人民群众对生态环境质量的期望值越来越高。习近平总书记指示，要集中攻克老百姓身边的突出生态环境问题，让老百姓实实在在感受到生态环境质量改善。

近年来，督察在推动地方整改中，解决了一批多年想解决而没有解决的"老大难"问题，不断满足人民日益增长的美好生活需要。

截至2022年4月底，第一轮督察和"回头看"整改方案明确的3294项整改任务，总体完成率达到95%。第二轮前三批整改方案明确的1227项整改任务，半数已完成；第四、五、六批督察整改正在积极有序推进。

汾河，黄河第二大支流，山西最大的河流。由于历史原因，汾河水一度受到严重污染。两轮督察进驻山西，汾河污染治理都是重点督察任务。

山西打响全省汾河治理攻坚战，控污、增湿、清淤、绿岸、调水"五策并举"；太原市实施"九河"综合治理工程，在汾河沿线建成绿色生态长廊。

如今，"汾河晚渡"如诗如画，滨河自行车道宛若彩带，汾河景区成为太原市民休闲娱乐的好去处。

2020年5月12日，习近平总书记来到汾河太原城区晋阳桥段。站在汾河岸边，听到汾河逐步实现了"水量丰起来、水质好起来、风光美起来"，习近平总书记点头称赞："真是沧桑巨变！"

在内蒙古，呼伦湖、乌梁素海、岱海"一湖两海"综合治理全面推进，重现勃勃生机；

在宁夏，贺兰山无序野蛮开采、严重破坏生态的行为得到有效遏制，历史"疮疤"逐渐愈合；

在四川，成都大气污染治理交出一份亮眼的"成绩单"，再现"窗含西岭千秋雪"……

锦绣华夏，更多"华丽转身"的故事正在上演。

踏上新时代新征程，在习近平生态文明思想指引下，中央生态环境保护督察将保持定力、善作善成，继续为美丽中国建设贡献力量。亿万中国人民携手同行，必将描绘出更加壮美的新画卷！（新华社北京2022年7月6日电，记者高敬、黄垚）

"努力建设人与自然和谐共生的现代化"

——习近平生态文明思想的生动实践

"建设生态文明，关系人民福祉，关乎民族未来。"

党的十八大以来，习近平总书记围绕生态文明建设作出一系列重要论断，形成了习近平生态文明思想，把我们党对生态文明建设规律的认识提升到一个新境界。

以习近平生态文明思想为引领，亿万人民驰而不息，久久为功，秉持"绿水青山就是金山银山"理念，努力建设人与自然和谐共生的现代化，为共建清洁美丽世界贡献中国智慧和中国力量。

生态兴则文明兴——"生态文明建设是关系中华民族永续发展的根本大计"

4月的海南热带雨林国家公园，山林蓊郁，空气清新。

习近平总书记乘车沿蜿蜒山道，深入五指山片区。

在习近平总书记心中，海南热带雨林是"国宝"。

谈及设立国家公园等生态保护相关工作，总书记说："自然界的命运和人类息息相关。我们是在为历史、为民族做这件事。"

党的十八大以来，以习近平同志为核心的党中央将生态文明建设纳入中国特色社会主义事业"五位一体"总体布局，把"美丽中国"作为生态文明建设的宏伟目标，引领亿万中国人民走上生态文明之路。

坚定走生态文明之路，源自对人类文明发展规律的深邃思考。

一个故事耐人寻味。

在福建工作期间，习近平带队到平潭调研，途经一个村子时，他跟随行同志谈起一段历史：乾隆十四年，当地发生了"一夜沙埋十八村"的惨剧，无人幸免于难，只逃出一只小猪。

习近平沉痛指出："我们应该在这里建立一个生态环保的反面教育基地，让子孙后代都明白生态保护就是我们的生命线。"

放眼世界，人类进入工业文明时代以来，在创造巨大物质财富的同时，也加速了对自然资源的攫取，打破了地球生态系统平衡，人与自然深层次矛盾日益显现。

习近平总书记深刻指出："生态兴则文明兴，生态衰则文明衰""生态环境保护是功在当代、利在千秋的事业"。

这是 2022 年 5 月 19 日拍摄的长江巫山段曲尺乡一带景色（无人机照片）。新华社记者王全超 摄

习近平总书记的重要论断，科学回答了自然生态与人类文明之间的关系，深刻揭示两者命运与共、兴衰相依的规律。

2016年新年伊始，推动长江经济带发展座谈会在重庆召开。

"今天可能要让你们失望了，这次讨论的不是发展问题，而是保护的问题。"习近平总书记开门见山，许多参会人员感觉"好像是泼了一盆冷水"。

2016年以来，习近平总书记连续前往长江上、中、下游调研，3次主持召开专题座谈会，深刻阐释长江经济带"共抓大保护、不搞大开发"的辩证关系和战略考量。

6年多来，长江经济带生态环境发生转折性变化。共抓大保护不仅没有影响发展速度，还提升了长江经济带对全国高质量发展的支撑带动作用。

南有长江、北有黄河。

在三江源头，反复叮嘱要保护好"中华水塔"；在甘肃，提出"让黄河成为造福人民的幸福河"；在宁夏，赋予"建设黄河流域生态保护和高质量发展先行区"重要任务……

习近平总书记指出："继长江经济带发展战略之后，我们提出黄河流域生态保护和高质量发展战略，国家的'江河战略'就确立起来了。"

自古文明依水而兴。习近平总书记的"江河战略"，正是着眼国家发展大局，对中华民族永续发展的战略谋划。

祖国的山山水水，见证着习近平总书记对生态文明建设的重视与牵挂。

秦岭，2020年习近平总书记赴陕西考察的第一站。

曾经，秦岭北麓违建别墅如块块疮疤令人痛心。为保护好秦岭生态环境，习近平总书记先后6次作出重要指示批示，推动问题整改解决。

迎着清冽山风，习近平总书记语重心长地指出："生态文明建设并不是说把多少真金白银捧在手里，而是为历史、为子孙后代去做。这些都是要写入历史的，几十年、几百年的历史。要以功成不必在我的胸怀，真正对历史负责、对民族负责，不能在历史上留下骂名。"

针对陕西延安削山造城、浙江杭州千岛湖临湖地带违规搞建设、腾格里沙漠污染、祁连山生态保护区生态环境破坏、洞庭湖区下塞湖非法矮围等问题，习近平总书记多次作出重要指示，强调以零容忍的态度扭住不放、一抓到底。

"生态保护方面我无论是鼓励推动，还是批评制止，都不是为一时一事，而是着眼于大生态、大环境，着眼于中国的可持续发展、中华民族的未来。"习近平总书记的话振聋发聩。

党的十八大以来，习近平生态文明思想不断丰富和发展。2019年全国两会期间，习近平总书记以"四个一"系统阐发了这一思想的核心要义。

在"五位一体"总体布局中生态文明建设是其中一位，在新时代坚持和发展中国特色社会主义基本方略中坚持人与自然和谐共生是其中一条基本方略，在新发展理念中绿色是其中一大理念，在三大攻坚战中污染防治是其中一大攻坚战。

这"四个一"体现了我们党对生态文明建设规律的把握更加准确，体现了生态文明建设在新时代党和国家事业发展中的地位更加凸显，体现了党对建设生态文明的部署和要求更加系统。

《关于加快推进生态文明建设的意见》《生态文明体制改革总体方案》相继出台，系统部署数十项涉及生态文明建设的改革方案；立法设定六五环境日，实施"史上最严"新环保法，建立中央生态环境保护督察制度，全面实施河长制、湖长制、林长制……

党的十八大以来，以习近平同志为核心的党中央把生态文明建设放在突出地位，开展了一系列根本性、开创性、长远性工作，生态文明理念日益深入人心，推动我国生态环境保护发生了历史性、转折性、全局性变化。

"绿水青山就是金山银山"——"保护生态环境就是保护生产力，改善生态环境就是发展生产力"

50多年前，年仅13岁的习近平到了漓江。"当时感觉江面是湛蓝色的，泛光见底。江边渔民鱼篓里的鱼都是金鲤鱼，感觉就像神话故事里一样。"习近平后来这样回忆。

2021年4月，到广西考察，在漓江岸边，习近平总书记对当地负责同志说："这次来，我最关注的就是你们甲天下的山水。什么能比得上这里的生态好？保护好桂林山水，是你们的首要责任。"

桂林山水也曾面临非法采石采砂等带来的生态危机。近年来，桂林市大力治理漓江，生态环境得到改善。

统筹经济发展与生态环境保护的关系，习近平很早就给出了回答。

2005年8月15日，时任浙江省委书记的习近平到安吉县余村村考察时，明确提出"绿水青山就是金山银山"。

他在随后发表的"之江新语"专栏文章中阐释道："我们追求人与自然的和谐，经济与社会的和谐，通俗地讲，就是既要绿水青山，又要金山银山。"

党的十八大以来，"绿水青山就是金山银山"已经成为全党全社会的共识和行动。

2020年3月30日，习近平总书记再访余村。

远处群山苍翠、竹海连绵；近旁草木掩映、溪水潺潺。村民们高兴地向总书记介绍了农家乐经营和白茶等特色农产品销售情况。

习近平总书记说："实践证明，经济发展不能以破坏生态为代价，生态本身就是经济，保护生态就是发展生产力。"

"绿水青山就是金山银山"，揭示出经济发展和生态保护的辩证关系，指明了发展和保护协同共生的路径。

保护好生态环境，是推动高质量发展的必然要求。

2012年，中国经济增速降至8%以下，经济总量约占全球11.5%，单位GDP能耗却是世界平均水平的2.5倍。

习近平总书记指出："我们绝不能以牺牲生态环境为代价换取经济的一时发展""速度再快一点，非不能也，而不为也"。

2013年9月，习近平总书记在参加河北省委常委班子专题民主生活会时，一针见血地指出："全国10个污染最严重城市河北占了7个。再不下决心调整结构，就无法向历史和人民交代。"

一场"爬坡过坎"的硬仗，在燕赵大地拉开帷幕。以"断腕"之举推动产业转型升级，生态环境质量逐步好转。

一次次调研、一次次思索，习近平总书记关于发展和保护关系的重要论述不断深化人们的认识：

"绿水青山和金山银山决不是对立的，关键在人，关键在思路。保护生态环境就是保护生产力，改善生态环境就是发展生产力。"

"生态环境保护和经济发展不是矛盾对立的关系，而是辩证统一的关系。只有把绿色发展的底色铺好，才会有今后发展的高歌猛进。"

保护好生态环境，要有科学和系统的谋划。

在习近平总书记心中，"人的命脉在田，田的命脉在水，水的命脉在山，山的命脉在土，土的命脉在林和草，这个生命共同体是人类生存发展的物质基础"。

坚持生态系统性和整体性，习近平总书记关于"生命共同体"的重要论述，体现了系统思维的科学方法。

2013年11月，习近平总书记在《关于〈中共中央关于全面深化改革若干重大问题的决定〉的说明》中指出，"山水林田湖是一个生命共同体""对山水林田湖进行统一保护、统一修复是十分必要的"。

之后，总书记又将"草"和"沙"纳入其中：推进山水林田湖草沙一体化保护和修复，提升生态系统稳定性和可持续性。

良好的生态环境，是最普惠的民生福祉。

仲夏时节，杭州西溪湿地。河湖港汊，鸟鸣声声，野趣盎然。

20多年前，这里的河道遍布垃圾，大量居民因环境恶劣无奈搬家。2003年，时任浙江省委书记的习近平支持启动西溪湿地综合保护工程，西溪湿地迎来脱胎换骨的变化。

游船行驶在西溪湿地水道上（2021年3月2日摄，无人机照片）。新华社记者 翁忻旸 摄

2020年3月，习近平总书记走进西溪，沿着绿堤、福堤，察看湿地保护利用情况，一再叮嘱："要坚定不移把保护摆在第一位，尽最大努力保持湿地生态和水环境。"

回应人民群众对更优美环境的新期盼，习近平总书记话语坚定：

"经济要上台阶，生态文明也要上台阶。我们要下定决心，实现我们对人民的承诺"；

"把高质量发展同满足人民美好生活需要紧密结合起来，推动坚持生态优先、推动高质量发展、创造高品质生活有机结合、相得益彰"。

2015年全国两会期间，习近平总书记参加上海代表团审议时问："空气质量优良的能占多少？"

"70%。"

有人插话说，"有时候是靠天吃饭"。

习近平总书记接过话说："不能只靠借东风啊！事在人为。"

坚决打赢蓝天保卫战，"还老百姓蓝天白云、繁星闪烁"；下大力气治理水环境污染，"还给老百姓清水绿岸、鱼翔浅底的景象"；多措并举推动农村环境整治，"为老百姓留住鸟语花香田园风光"……

党的十八大以来，在以习近平同志为核心的党中央坚强领导下，各地区各部门坚决向污染宣战，秉持"绿水青山就是金山银山"理念，以高水平保护推动高质量发展、创造高品质生活，努力为子孙后代留下天蓝、地绿、水清的美丽家园。

共建万物和谐的美丽家园——"只要是对全人类有益的事情，中国就应该义不容辞地做，并且做好"

2022 年 4 月 21 日，英国弗朗西斯·霍兰德学校的小学生们收到一份珍贵礼物——中国国家主席习近平给他们的回信。

习近平主席在信中说："地球是个大家庭，人类是个共同体，气候变化是全人类面临的共同挑战，人类要合作应对。"

习主席还向小朋友们发出亲切的邀请："欢迎你们同中国的小学生们进行交流，让绿色发展理念在心中扎下根，长大后成为人类美好家园的积极建设者。"

收到回信，学校师生非常高兴。8 岁学生玛农想告诉习爷爷："同学们十分关心气候变化，大家认为帮助世界变得更好非常重要。"校长露西·埃尔芬斯通说，回信承载着习近平主席对青少年参与共同应对世界问题的殷切期望。

共建地球家园，有主动作为的中国担当。

习近平总书记对应对气候变化高度重视，明确指出，"不是别人要我们做，而是我们自己要做"。

2015 年 11 月 29 日，习近平主席抵达巴黎，出席气候变化巴黎大会开幕活动。

会上，习近平主席阐明中国在应对全球气候变化、推动达成巴黎协议方面的立场主张；会下，利用活动间隙，进行多场双边会见，同各方深入交换意见。

2016 年 9 月 3 日，杭州西湖国宾馆如意厅，一场特殊仪式引人注目。习近平主席郑重地将气候变化《巴黎协定》批准文书递交给时任联合国秘书长潘基文。

"中国倡议二十国集团发表了首份气候变化问题主席声明，率先签署了《巴黎协定》。中国向联合国交存批准文书是中国政府作出的新的庄严承诺。"习近平主席这样说。

面对气候变化的严峻挑战，中国主动承担国际责任，努力呵护好人类共同的地球家园。

2020 年 9 月 22 日，习近平主席在第七十五届联合国大会一般性辩论上向全世界宣示："中国将提高国家自主贡献力度，采取更加有力的政策和措施，二氧化碳排放力争于 2030 年前达到峰值，努力争取 2060 年前实现碳中和。"

习近平主席的话语掷地有声："只要是对全人类有益的事情，中国就应该义不容辞地做，并且做好。"

2021 年 9 月 21 日，习近平主席以视频方式出席第七十六届联合国大会一般性辩论时，又提出包括"坚持人与自然和谐共生"在内的 6 条全球发展倡议，并宣布中国将大力支持发展中国家能源绿色低碳发展，不再新建境外煤电项目。

习近平主席指出："中国承诺实现从碳达峰到碳中和的时间，远远短于发达国家所用时间，需要中方付出艰苦努力。"

事不避难、迎难而上。中国"双碳"目标下的"1+N"政策陆续发布，加快发展风电光伏等新能源，绿色低碳的生产生活方式正成为人们自觉的追求。

中国率先发布《中国落实 2030 年可持续发展议程国别方案》，全面履行

《联合国气候变化框架公约》，多次提出共建清洁美丽世界的国际主张，森林资源增长面积居全球首位，成为全球臭氧层保护贡献最大的国家……

这是 2018 年 3 月 13 日拍摄的贵州省威宁县平箐光伏电站和大海子风电场。新华社记者杨文斌 摄

今天的中国，不断加强与周边国家、共建一带一路国家在生态环保方面的合作，加快构筑尊重自然、绿色发展的生态体系，与世界各国共建清洁美丽的世界，已成为全球生态文明建设的重要参与者、贡献者、引领者。

2021 年 10 月 12 日，在《生物多样性公约》第十五次缔约方大会领导人峰会上，习近平主席发出共建清洁美丽世界的"中国之声"，呼吁国际社会加强合作，心往一处想、劲往一处使，共建地球生命共同体。

2022 年 1 月 17 日，在 2022 年世界经济论坛视频会议上，习近平主席用 3 个"全力以赴"，再次表明中国坚定不移推进生态文明建设、实现可持续发展的决心和行动：

"中国坚持绿水青山就是金山银山的理念，推动山水林田湖草沙一体化保护和系统治理，全力以赴推进生态文明建设，全力以赴加强污染防治，全力以赴改善人民生产生活环境。"

人不负青山，青山定不负人。

新时代新征程上，在习近平生态文明思想指引下，我们携手同心、不懈奋斗，一定能汇聚起更加磅礴的伟力，建设人与自然和谐共生的现代化，共建更加美丽美好的家园。（新华社北京 2022 年 6 月 4 日电，记者高敬、胡璐、侯雪静、伍岳）

为子孙后代留下美丽家园

——习近平总书记关心推动国土绿化纪实

草木蔓发，春山可望。3月的中国，又迎来植树造林的好时节。

党的十八大以来，每年春天，习近平总书记都会同首都各界一同植树。

率先垂范带头植树，强调加强生态保护、坚持绿色发展，习近平总书记始终关心国土绿化事业，引领推进生态文明建设。在习近平生态文明思想指引下，全党全国人民向着建设绿色家园的美丽梦想拼搏奋进。

绿色的希望——习近平总书记站在中华民族永续发展的高度，将生态文明建设纳入"五位一体"总体布局，为厚植林草资源指明方向

永定河畔，春意渐浓。习近平总书记10年前种下的白皮松枝叶繁茂、亭亭如盖。

海淀区、朝阳区、大兴区、通州区……北京市多个植树点，习近平总书记亲手植下的一株株树苗茁壮成长。

"植树造林，种下的既是绿色树苗，也是祖国的美好未来。"习近平总书记指出。

习近平总书记对生态环境保护历来高度重视。"要把生态环境保护放在更加突出位置，像保护眼睛一样保护生态环境，像对待生命一样对待生态环境。"以"眼睛"和"生命"为喻，彰显出总书记对新时代正确处理经济发展同生态环境保护关系的深刻认识。

2022 年 3 月 1 日，在重庆市璧山区，参加义务植树活动的志愿者在植树。新华社记者 王全超 摄

把脉生态与文明的关系，习近平总书记思考深邃。

长期以来特别是工业革命以来，人类对大自然进行了前所未有的改造，在生产力快速发展的同时，自然生态系统也发生巨大变化，出现森林消失、湿地退化、水土流失、干旱缺水、洪涝灾害频发、全球气候变暖等严重生态危机。

我国是世界上水土流失、土地荒漠化、石漠化、盐渍化等国土生态安全问题最严重的国家之一。监测显示，2009 年我国沙化土地面积占国土面积的18.03%；水土流失面积占国土面积的三成。

习近平总书记深刻指出："生态兴则文明兴，生态衰则文明衰。"

绿色，是习近平总书记心中的美丽中国应有的底色。从黄土高原走来，他对水土流失的危害记忆深刻；在福建工作期间，他先后 5 次赴长汀调研，推动长汀水土流失治理。他曾痛心地说，河西走廊、黄土高原都曾经水丰草茂，由于毁林开荒、乱砍滥伐，致使生态环境遭到严重破坏，加剧了经济衰落。

“我国总体上仍然是一个缺林少绿、生态脆弱的国家，植树造林，改善生态，任重而道远。”2013年参加首都义务植树活动时，习近平总书记的这一判断深刻影响着我国生态文明实践。

森林是陆地生态的主体，是人类生存的根基。

习近平总书记强调：“必须从中华民族历史发展的高度来看待这个问题，为子孙后代留下美丽家园，让历史的春秋之笔为当代中国人留下正能量的记录。”

党的十八大以来，以习近平同志为核心的党中央把生态文明建设作为统筹推进“五位一体”总体布局和协调推进“四个全面”战略布局的重要内容，国土绿化作为生态文明的重要方面受到高度重视。

每一次参加义务植树，习近平总书记都对国土绿化事业殷殷嘱托：

“前人栽树，后人乘凉，我们这一代人就是要用自己的努力造福子孙后代”；

“要坚持全国动员、全民动手植树造林，努力把建设美丽中国化为人民自觉行动”；

“要创新义务植树尽责形式，让人民群众更好更方便地参与国土绿化，为人民群众提供更多优质生态产品，让人民群众共享生态文明建设成果”……

在习近平总书记的引领下，亿万人民植树绿化的步伐坚定不移。

塞罕坝，这颗位于河北北部的“绿色明珠”，半个世纪前还是飞鸟不栖、黄沙遮天的茫茫荒原。三代塞罕坝林场人多年坚持植树造林，用汗水浇灌出百万亩人工林海，为京津冀地区防风固沙、涵养水源发挥了重要作用。

2017年8月，习近平总书记对河北塞罕坝林场建设者感人事迹作出重要指示，点赞林场建设者们“创造了荒原变林海的人间奇迹，用实际行动诠释了绿水青山就是金山银山的理念，铸就了牢记使命、艰苦创业、绿色发展的塞罕坝精神”。

4年后，总书记来到塞罕坝机械林场月亮山，深入绿意盎然的无边林海看望护林员，“我们建这片林，它的生态屏障作用，要永远发挥下去”。

这是河北塞罕坝机械林场风光（2021 年 8 月 22 日摄，无人机照片）。新华社
记者 金皓原 摄

从塞罕坝向西 1700 多公里之外，祁连山脚下，以"六老汉"为代表的八
步沙林场三代人接续治沙的故事，至今仍在延续。

2019 年 8 月，沿着砂石路一路颠簸，习近平总书记来到八步沙林场考察
调研。

几名林场职工正在进行"草方格压沙"作业，习近平总书记走过去，向
他们询问作业方法，并拿起一把开沟犁，同他们一起干起来，一会儿就在沙
地上开出一道两米多长的直沟。

"要继续发扬'六老汉'的当代愚公精神，弘扬他们困难面前不低头、
敢把沙漠变绿洲的进取精神，再接再厉，再立新功，久久为功，让绿色的长
城坚不可摧。"习近平总书记说。

深刻把握自然规律，是绿化的必然要求。

在习近平总书记看来，生态是统一的自然系统，是相互依存、紧密联系
的有机链条。2013 年 11 月，他首次提出"山水林田湖是一个生命共同体"理

念，此后又把"草"纳入其中。

习近平总书记强调用途管制和生态修复必须遵循自然规律，"如果种树的只管种树、治水的只管治水、护田的单纯护田，很容易顾此失彼，最终造成生态的系统性破坏"。

草原是我国重要的陆地生态系统。黄河水量的 80%、长江水量的 30% 来源于草原地区。长期以来对草原索取多、投入少，超载过牧现象突出，加上气候变化等因素，我国大多数草原出现不同程度退化。

2018 年，党和国家机构改革组建国家林业和草原局。

2021 年 3 月，国务院办公厅印发《关于加强草原保护修复的若干意见》，推进草原生态修复。

经过不懈努力，我国草原生态持续恶化的势头得到了初步遏制，"十三五"末，草原综合植被盖度达到了 56.1%。

"统筹山水林田湖草沙系统治理，这里要加一个'沙'字。" 2021 年全国两会期间，在参加内蒙古代表团审议时，习近平总书记指出。

不断深化拓展的科学理念，成为新时代国土绿化和生态文明建设的重要指引。

绿色的力量——习近平总书记胸怀以人民为中心的发展理念，引领筑牢生态安全屏障，让良好生态环境成为人民生活质量的增长点

春日暖阳下，雅鲁藏布江与尼洋河交汇处雅尼湿地，水波潋滟，不时有黑颈鹤、斑头雁鸣叫着飞过。

时针拨回 2021 年 7 月。

在尼洋河大桥，远眺水波荡漾、草木葱茏的雅尼湿地，习近平总书记叮嘱，"要坚持保护优先，坚持山水林田湖草沙冰一体化保护和系统治理""守护好这里的生灵草木、万水千山"。

青藏高原被誉为"地球第三极""亚洲水塔"，是中国乃至亚洲重要的生态安全屏障。习近平总书记对青藏高原生态保护的要求明确而具体，强调新时代党的治藏方略"必须坚持生态保护第一"。

今天，西藏约八成国土面积为禁止和限制开发区域。农牧民当上了野保员、林保员、湿地保护员，成为雪域高原的"生态卫士"，雪域高原生态逐年向好。

党的十八大以来，习近平总书记秉持以人民为中心的发展思想，科学布局生产空间、生活空间、生态空间，扎实推进生态环境保护，让良好生态环境成为人民生活质量的增长点，带领亿万人民开启波澜壮阔的绿色征程。

这是位于北京市通州区的城市绿心森林公园（2020年9月30日摄，无人机照片）。新华社发 刘宇 摄

种下绿色，就是种下民生幸福。

北京通州城市绿心森林公园，新绿初绽、生机萌发，千年大运河蜿蜒流淌。

公园植树区，一株紫玉兰含苞待放。这是2019年习近平总书记参加义务植树时亲手种下的。

"环境大变样了！"打小在附近居住的市民张红丰说，20世纪90年代，这里曾有3个大村落，紧挨着东方化工厂和一些"散乱污"企业。那时空气不好，运河水也一度受到污染。2018年以后开始腾退化工厂、筹备建设绿心公园，一切慢慢好了起来。

习近平总书记指出，既要创造更多的物质财富和精神财富以满足人民日益增长的美好生活需要，也要提供更多优质生态产品以满足人民日益增长的优美生态环境需要。

先植绿、后建城，是雄安新区建设的新理念。2017 年 11 月 13 日，"千年秀林"的第一棵树、第一片林在 9 号地块扎根。

2019 年 1 月，习近平总书记在雄安新区考察调研时，登上驿站平台远眺。他望着一株株摇曳的小树幼苗，欣喜地说："绿水青山就是金山银山，雄安新区就是要靠这样的生态环境来体现价值、增加吸引力。"

这是河北雄安新区雄安郊野公园（2021 年 7 月 15 日摄，无人机照片）。新华社记者 朱旭东 摄

不负总书记所望：随着总面积约 18 平方公里的雄安郊野公园盛装亮相，新区森林覆盖率已超过 30%。

为民植绿，既要有恢宏大气的写意之笔，也要下精工细作的绣花功夫。

近年来，一座座精致的街角公园、一片片蓊郁清新的景观森林，取代了从前杂乱无章的违章建筑，首都市民在"生态留白"中更觉呼吸顺畅。

在上海，一个个小微绿地、"口袋公园"出现在市民身边。用好"边角料"见缝插绿，"螺蛳壳里做道场"，用来形容上海千方百计为民造绿的"千园工程"再形象不过。

20世纪90年代，上海人均公共绿地面积仅约1.11平方米，略大于一张报纸。最新数据显示，全市人均公共绿地面积增加到8.5平方米的"一间房"。

2022年1月2日，人们在上海徐汇区徐家汇公园休息。新华社记者 王翔 摄

种下绿色，也孕育着发展机遇。

2014年1月，春节前夕，习近平总书记冒着零下30多摄氏度的严寒，踏着皑皑白雪，来到地处边陲的内蒙古阿尔山市。

这里是林区，由于禁伐，当时正处于艰难的产业转型期。习近平总书记鼓励大家，历史有它的阶段性，当时砍木头是为国家作贡献，现在种树看林子也是为国家作贡献。

　　此后不久，我国逐步将天然林保护范围扩大到全国，全面停止天然林商业性采伐。一批批曾经的"砍树人"，成了"看树人"，来自内蒙古、当了几十年林业工人的全国人大代表周义哲就是其中之一。

　　2021年3月5日，习近平总书记参加十三届全国人大四次会议内蒙古代表团的审议。

　　"以前我们是'砍树人'，最早我们工队每年冬天生产木材能装400节火车皮，现在丢掉斧锯，成了'看树人'，同样也是在为国家作贡献。"周义哲说。随着天然林保护工程的实施，他所在的林区得到休养生息。据测算，2018年林区的森林与湿地生态系统服务功能总价值6159.74亿元。

　　听到这里，习近平总书记感慨地说："你提到的这个生态总价值，就是绿色GDP的概念，说明生态本身就是价值。这里面不仅有林木本身的价值，还有绿肺效应，更能带来旅游、林下经济等。"

　　"绿色GDP"，是总书记为绿色发展点明的方向。

　　走进浙江省安吉县余村，绿树掩映、屋舍俨然，远处群山苍翠、竹海连绵……

　　30多年前，依靠优质的石灰岩资源，"采石经济"红红火火，可环境却遭了殃，植被破坏、灰尘漫天、溪水浑浊。痛定思痛，余村人决定关停水泥厂和石灰矿，求还绿水青山。

　　2005年8月，时任浙江省委书记的习近平来到余村考察，高度评价这一做法，提出了"绿水青山就是金山银山"的科学论断。

　　如今，靠着绿水青山发展休闲旅游，每年吸引各地的游客，村民靠"卖风景"过上红火的好日子。

　　种下绿色，还要明确底线红线。

　　秦岭是黄河、长江流域的重要水源涵养地，也是中华民族的祖脉、中华文化的重要象征。然而，前些年一栋栋违规、违法修建的别墅蚕食着秦岭山脚的绿色，严重破坏当地生态环境。

拼版照片：上图为浙江省湖州市安吉县天荒坪镇余村二十世纪八十年代的资料照片；下图为 2018 年 4 月 24 日，游客在整修一新的余村游览（新华社记者翁忻旸摄）。新华社发

为保护秦岭生态环境，习近平总书记先后 6 次作出重要指示批示。中央专门派出专项整治工作组入驻陕西。随着专项整治行动的展开，1194 栋违建别墅被彻底整治。

2020 年 4 月，习近平总书记赴陕西考察，亲自验收秦岭生态环境保护。"把秦岭生态环境保护和修复工作摆上重要位置，履行好职责，当好秦岭生态卫士"，他再次强调。

"生态等到污染了、破坏了再来建设，那就迟了。"习近平总书记语重心长，"对于那些破坏生态环境的行为，绝不能手软，不能搞下不为例，要防止形成破窗效应。"

生态环境需要保护，生态警钟需要长鸣。

"保护生态环境就是保护生产力，改善生态环境就是发展生产力"，习近平总书记的深刻论断，持续转化为新时代中国的生动实践。

绿色的未来——秉持人类命运共同体理念，习近平总书记带领亿万中国人踔厉奋发、播种绿色，走向更加美好的明天

2022 年 2 月，联合国政府间气候变化专门委员会发布报告显示，气候变化的影响和风险日益增长，升温形势会让世界在今后 20 年面临多重气候危害。

面对气候变化等全球性危机和挑战，习近平总书记提出："地球是我们的共同家园。我们要秉持人类命运共同体理念，携手应对气候环境领域挑战，守护好这颗蓝色星球。"

有中国主张，更有中国担当、中国行动。

2020 年 9 月 22 日，在第七十五届联合国大会一般性辩论上，习近平总书记向全世界郑重宣布——中国将提高国家自主贡献力度，采取更加有力的政策和措施，二氧化碳排放力争于 2030 年前达到峰值，努力争取 2060 年前实现碳中和。

"中国承诺实现从碳达峰到碳中和的时间，远远短于发达国家所用时间，需要中方付出艰苦努力。"习近平总书记说。

既要做好碳排放的"减法"，也要做好"扩绿"的加法。

作为《巴黎协定》的积极践行者，中国向全世界承诺：到 2030 年，中国单位国内生产总值二氧化碳排放将比 2005 年下降 65% 以上，非化石能源占一次能源消费比重将达到 25% 左右，森林蓄积量将比 2005 年增加 60 亿立方米，风电、太阳能发电总装机容量将达到 12 亿千瓦以上。

"我们要牢固树立绿水青山就是金山银山理念，坚定不移走生态优先、绿色发展之路，增加森林面积、提高森林质量，提升生态系统碳汇增量，为实现我国碳达峰碳中和目标、维护全球生态安全作出更大贡献。"习近平总书记话语坚定。

这是不断扩大的绿色版图。

内蒙古达拉特旗官井村位于库布其沙漠腹地，30 多年前到处是明晃晃的沙丘。

如今，一棵棵挺拔的杨树、柳树拱卫着房舍农田，一望无际的沙柳林、野地里的花棒环绕着村庄，与远处起伏的沙海相映成景。

黄沙退却，绿色铺展。

在沙区群众不懈努力下，我国荒漠化土地面积由 20 世纪末年均扩展 1.04 万平方公里，转变为年均缩减 2424 平方公里，实现从"沙进人退"到"绿进沙退"历史性转变。

党的十八大以来，我国累计完成造林 9.6 亿亩。森林覆盖率提高 2.68 个百分点，达 23.04%；森林植被总碳储量净增 13.75 亿吨，达 92 亿吨。

人不负青山，青山定不负人。2021 年 10 月，习近平总书记在以视频方式出席《生物多样性公约》第十五次缔约方大会领导人峰会并发表主旨讲话时说，中国正式设立三江源、大熊猫、东北虎豹、海南热带雨林、武夷山等第一批国家公园，保护面积达 23 万平方公里，涵盖近 30% 的陆域国家重点保护野生动植物种类。

未来的国土绿化行动如何推进？如何更好为人民植绿、为群众造福？

习近平总书记指明方向。

既要注重数量更要注重质量，坚持科学绿化、规划引领、因地制宜，走科学、生态、节俭的绿化发展之路，久久为功、善做善成，不断扩大森林面积，不断提高森林质量，不断提升生态系统质量和稳定性。

2021年《关于全面推行林长制的意见》公布，我国所有森林和草原都将拥有专属守护者。

同年，《关于科学绿化的指导意见》印发，为下一步造林绿化"在哪造""造什么""怎么造""怎么管"提供指导。

这是河北省张家口市张北县大河乡一处风电场（2020年9月15日摄，无人机照片）。新华社记者杨世尧摄

刚刚闭幕的北京冬奥会精彩绝伦，让人赞不绝口。微光火炬、氢能大巴、"绿电"供应，绿色低碳成为一大亮点。

"用张北的风点亮北京的灯"。北京的清洁能源有不少是来自"风的故乡、光的海洋"张家口。未来，冀北地区每年还要向首都北京输电，提供北京年用电负荷的 20% 左右。

"生态文明是人民群众共同参与共同建设共同享有的事业，要把建设美丽中国转化为全体人民自觉行动。"习近平总书记要求，增强全民节约意识、环保意识、生态意识，培育生态道德和行为准则，开展全民绿色行动，动员全社会都以实际行动减少能源资源消耗和污染排放，为生态环境保护作出贡献。

作为新兴的"车轮上的国家"，2021 年我国新能源汽车产销量均超过 350 万辆，同比增长 1.6 倍。不仅上海、北京、广州、深圳，三四线城市甚至乡村，生活垃圾分类都正在成为生活新风尚。

少用一张纸巾、少用一次性筷子，多乘一次公交、多蹬一次自行车出行，制止一次"宁剩勿光"聚餐、力行一次"光盘行动"……更多绿色，点亮中国人民的生活。

众人植树树成林。习近平总书记道出真谛："一起参加义务植树，就是要倡导人人爱绿植绿护绿的文明风尚，让大家都树立起植树造林、绿化祖国的责任意识，形成全社会的自觉行动，共同建设人与自然和谐共生的美丽家园。"

如今，人们踊跃参与义务植树，义务植树的尽责形式也扩展到抚育管护等八大类 50 多种，"云端植树""码上尽责"让随时、随处、随愿尽责逐步变为现实。

阳春布德泽，万物生光辉。

以习近平生态文明思想为根本遵循，亿万中国人正以更加深刻的历史主动和接续拼搏的奋斗姿态，呵护培育绿水青山，建设更加美丽的绿色家园！（新华社北京 2022 年 3 月 29 日电，记者胡璐、高敬、王立彬、侯雪静、赵旭）

扫码观看融媒体报道《为子孙后代留下美丽家园——习近平总书记关心推动国土绿化纪实》

为了中华民族永续发展

——从大江大河治理看中国特色社会主义制度优势

"继长江经济带发展战略之后，我们提出黄河流域生态保护和高质量发展战略，国家的'江河战略'就确立起来了。"2021 年 10 月，习近平总书记在主持召开深入推动黄河流域生态保护和高质量发展座谈会上指出。

善治国者，必先治水。党的十八大以来，习近平总书记站在中华民族永续发展的战略高度，提出"节水优先、空间均衡、系统治理、两手发力"治水思路，确立国家"江河战略"，擘画国家水网建设等，我国大江大河治理取得历史性成就、发生历史性变革。

党政主要领导上岗　江河湖泊大变样

9 月 19 日上午 9 点，在南京渔政趸船码头，四艘科考船整装待发，2022 年长江江豚科学考察正式启动。

这是长江十年禁渔实施后首次流域性物种系统调查，让人们充满期待。

长江禁渔是党中央为全局计、为子孙谋而作出的重要决策，是中华民族发展史上一项前无古人的伟大创举，也是共抓长江大保护的历史性、标志性、示范性工程。

"长江禁渔是践行长江经济带生态优先绿色发展的示范工程，可以为推进其他流域治理提供可推广可复制的长江模式，为世界大河流域生态保护提供可参考可借鉴的中国方案。"农业农村部副部长马有祥说。

百姓生计，千秋大计，只有在党的坚强领导下才能破题。

"长江禁渔是件大事，关系30多万渔民的生计，代价不小，但比起全流域的生态保护还是值得的。长江水生生物多样性不能在我们这一代手里搞没了。"习近平总书记指出，长江禁渔也不是把渔民甩上岸就不管了，要把相关工作做细做实，多开发就业渠道和公益性岗位，让渔民们稳得住、能致富。

滚滚大江、滔滔长河，祖国的大江大河，习近平总书记一直牵挂于心。

党的十八大以来，习近平总书记先后6次主持召开座谈会研究部署长江经济带发展、黄河流域生态保护和高质量发展。

在总书记主持下，全流域省区市党政主要负责同志聚集一堂，万里江河一条心，千帆协进谋保护，史无前例。

从2017年以后，他们还有了一个共同身份：省级河湖长。

"每条河流要有'河长'了"，习近平主席在2017年新年贺词中说。

河湖长制是习近平总书记亲自谋划、亲自部署、亲自推动的一项重大改革举措和重大制度创新。党的十九届五中全会提出，强化河湖长制，加强大江大河和重要湖泊湿地生态保护治理，实施好长江十年禁渔。

目前全国31个省份党政主要负责同志担任省级河湖长。省市县乡四级设立河湖长30多万名，村级河湖长90多万名。每一条河流、每一个湖泊都有责任人管护。

习近平总书记指出，"要从生态系统整体性和流域系统性出发，追根溯源、系统治疗""上下游、干支流、左右岸统筹谋划，共同抓好大保护，协同推进大治理"。

流域性是江河湖泊最根本、最鲜明的特性，决定了治水管水必须坚持流域系统观念，遵循自然规律。全面推行河湖长制，尊重江河湖泊自然属性，有利于贯彻全局"一盘棋"思想，流域统筹、区域协同、部门联动，以先进制度汇聚各方力量。

7月12日，长江流域省级河湖长第一次联席会议召开；7月21日，淮河流域省级河湖长第一次联席会议召开；8月2日，黄河流域省级河湖长联席会议召开……这一重大制度创新，正在破解我国新老水问题。

金秋时节，北京市密云区石城镇捧河岩村，郭义军正在抓紧时间完成巡河任务。白河流过捧河岩村就汇入密云水库，是"净水入库"最后一道关口。对于这个任务，郭义军丝毫不敢放松。

"无论多忙，我都会坚持每天进行一次巡河。"郭义军是捧河岩村党支部书记，也是一名村级河长。巡查时，他早上6点多起床，开车或徒步，反复巡查自己负责的9.8公里河道。流经村里的这段河流由劣转优，离不开"村支书管河道"。

党政主要领导上岗，江河湖泊大变样。

白河不再"垃圾漂浮"、凉水河从"臭水河"化身"净水河"、亮马河畔兴建起大批亲水设施……如今，首都北京平均每10公里河段有11名护河人员，每一条河流旁都竖立起了"河长信息公示牌"，公示着四级河湖长信息与值班电话。

在河湖长制的积极作用下，各地因地制宜，对症下药，精准施策，重拳治理河湖乱象，依法管控河湖空间，严格保护水资源，加快修复水生态，大力治理水污染，河湖面貌发生了历史性改变，越来越多的河流恢复生命，越来越多的流域重现生机。

5年多来的实践证明，全面推行河湖长制符合国情水情，是江河保护治理领域根本性、开创性的重大政策举措，具有强大制度生命力。

全国一盘棋，绘就水网建设"世纪画卷"

初秋的北京，碧空如洗。卢沟桥下，晓月湖波光潋滟，栈道绿植，犹如画卷。

"先有永定河，再有北京城。"作为北京的母亲河，断流已久的永定河在新时代迎来新生。

2016年，国家发展改革委、水利部与原国家林业局制订永定河综合治理与生态修复总体方案。2019年至2021年，永定河成功实施4次大流量生态补水。

2022年10月4日在北京首钢园附近拍摄的永定河。新华社记者 张晨霖 摄

引黄河水、南水北调水，2022年永定河865公里河道全线通水并最终入海。跨流域、跨区域引水调水，京津冀晋、黄淮海一盘棋，绿水青山可作证。

"远看通州城啊，好大一条船啊，高高燃灯塔呀，是条大桅杆……开船喽！"在位于大运河京冀交界处的杨洼船闸，一曲"运河号子"再现古代运河漕运景象。6月24日上午，来自北京市通州区、河北省廊坊市香河县的船只相向缓缓驶过杨洼船闸，大运河京冀通航，千年运河再焕生机。

习近平总书记指出，党的十八大以来，党中央统筹推进水灾害防治、水资源节约、水生态保护修复、水环境治理，建成了一批跨流域跨区域重大引调水工程。

8月25日，南水北调中线穿黄工程完工验收，南水北调东、中线一期工程 155 个设计单元工程全部验收，全线正式运行。

在河北省石家庄市正定县以北的于家庄村附近，南水北调中线干渠与高铁、公路交织（2021年 5 月 24 日摄，无人机照片）。新华社记者 才扬 摄

"南水北调东、中线一期工程通水以来，运行安全平稳，水质持续达标，累计调水超过 560 亿立方米，受益人口超过 1.5 亿，经济、社会和生态效益显著，发挥了国家水网主骨架和大动脉作用。"水利部副部长刘伟平说。

长江水复苏了华北河湖，为地下水超采治理提供了保证，促进了产业升级，人民群众获得感、幸福感、安全感显著提升。

9 月 6 日，世界单跨最大的通水通航钢渡槽——引江济淮工程淠河总干渠钢结构渡槽首次通航。淠河总干渠与引江济淮渠道形成"河上有河船上有船"的水上立交奇观。

作为继三峡工程、南水北调之后又一标志性重大工程，引江济淮工程年底前试通水试通航后，将惠及皖北豫东 5000 多万人口并形成平行于京杭大运河的中国第二条南北水运大通道。

通航后的引江济淮涡河总干渠渡槽（2022年9月23日摄，无人机照片）。新华社记者刘军喜 摄

党的十八大以来，南水北调东、中线一期工程建成通水，开工建设南水北调中线后续工程引江补汉工程和滇中引水、引江济淮、珠三角水资源配置等重大引调水工程，全国水利工程供水能力从2012年的7000亿立方米提高到2021年的8900亿立方米。

"系统完备、安全可靠，集约高效、绿色智能，循环通畅、调控有序"的国家水网正在加快构建。

"水网建设起来，会是中华民族在治水历程中又一个世纪画卷，会载入千秋史册。"2021年5月，习近平总书记在推进南水北调后续工程高质量发展座谈会上强调。

2022年4月26日，习近平总书记主持召开中央财经委员会第十一次会议，会议强调加快构建国家水网主骨架和大动脉。

立足流域整体和水资源空间均衡配置，建设跨流域、跨区域水资源优化配置体系——建设国家水网，是解决我国水资源时空分布不均问题的根本举措，是全国一盘棋制度优势的生动写照。

2022 年以来，重大水利工程建设不断刷新"进度条"，国家水网加快构建。截至 7 月底，新开工重大水利工程 25 项，在建水利项目达到 3.18 万个，投资规模达 1.7 万亿元；完成水利建设投资 5675 亿元，较 2021 年同期增加71.4%。

对于跨流域调水，习近平总书记强调重视节水治污，坚持先节水后调水、先治污后通水、先环保后用水。精确精准调水，细化制订水量分配方案，加强从水源到用户的精准调度。这些经验，要在后续工程规划建设过程中运用好。

"大调水、大浪费、大污染"必须绝对避免。

10 年来，按坚持"节水优先"方针，我国实施国家节水行动，推动用水方式由粗放低效向集约节约转变。2021 年，我国万元 GDP 用水量、万元工业增加值用水量较 2012 年分别下降 45% 和 55%。

10 年来，我国用水总量基本保持平稳，以占全球 6% 的淡水资源养育了世界近 20% 的人口，创造了世界 18% 以上的经济总量。

依法治水，为中华民族永续发展打造法治保障

"让我们共同关注这个审议的结果！"2022 年 9 月 28 日生态环境部例行新闻发布会透露，10 月下旬全国人大常委会有望对黄河保护法进行三审。这是继长江保护法之后，又一部流域法律。

习近平总书记指出："要进一步推进党的领导入法入规，善于使党的主张通过法定程序成为国家意志、转化为法律法规，推进党的领导制度化、法治化、规范化。"

长江保护法立法是习近平总书记亲自部署和推动的重大立法任务。

2016 年，中央印发《长江经济带发展规划纲要》，明确提出制定长江保护法。

2021 年 3 月 1 日，我国第一部流域的专门法律《长江保护法》正式实施。这部法律，全国人大常委会用 1 年时间完成起草，又用 1 年时间进行 3

次审议，2 次向社会公布草案全文征求意见建议，于 2020 年 12 月表决通过。

《长江保护法》把习近平总书记关于长江保护的重要指示要求和党中央重大决策部署转化为国家意志和全社会的行为准则，为母亲河永葆生机活力、中华民族永续发展提供了法治保障，体现了我国政治制度和法治体系的显著优越性。

法治兴则民族兴，法治强则国家强。中华民族母亲河保护立法，为其他流域依法治理开创了新模式，闪耀着全民共建共治共享理念，深刻彰显社会主义国家集中力量办大事的优势。

《长江保护法》施行 1 年来，江苏省法院共审结涉长江流域环境资源类案件 1804 件。其中，审结涉长江流域环境资源刑事案件 1109 件，判处罚金 2258 万元，对 1767 人判处实刑。

《长江保护法》提出构建流域生态保护补偿机制，有效协调地方与地方、上中下游之间及其内部的利益，这是先富起来的中下游地区对上游后富地区的生态回馈帮扶，展现共同富裕的价值理念，体现社会主义制度无可比拟的优越性。

在以习近平同志为核心的党中央坚强领导下，新时代大江大河治理革故鼎新、攻坚克难，将为人民群众建设幸福河湖，为民族永续发展打造坚实基础。

（新华社北京 2022 年 10 月 10 日电，记者王立彬、陈尚营、潘晔、田晨旭）

《大河之"源"》　《大河之"魂"》　《大河之"治"》　《大河之"安"》　《大河之"兴"》

再访秦岭

绿树成荫时节，穿过一个又一个隧道，在明暗变幻中跨越南北，新华社采访组一行走向秦岭深处。

秦岭和合南北，泽被天下，是中华民族的祖脉和中华文化的重要象征。但有段时间，这座重要山脉一度陷入生态被破坏的困扰中。

再访秦岭，车走景移，山静林幽，松翠泉香，感受的却是日异月殊的深刻变化。

秦岭主峰太白山（2020年9月2日摄，无人机照片）。新华社记者 邵瑞 摄

望青山 草木蔓发

春夏之际，秦岭山间，草木蔓发，碧绿如茵。

在观音山自然保护区，一丛丛松林直指蓝天，密密匝匝，如列队等待检阅的士兵。

手抚树干，憨厚黝黑的张武军感慨万千："这些树都是我们种的，没想到直径都 30 厘米了。"

20 多年前，这位护林员却是树木"终结者"——伐木队员。

1998 年天保工程实施后，采伐工队解散，留下的人成了护林员，转行植树造林。山林初盛，20 多年的时间，张武军和队友们造林 7 万多亩，抚育林地 20 多万亩。

林区在变，矿区也在变。

曾经隐藏在秦岭山间的一些小矿山、小水电是秦岭挥之不去的"伤疤"。近年来，陕西积极推进秦岭矿权退出，涉及重点保护区以上的 169 个矿权完成退出；小水电累计拆除 298 座、退出 81 座。

"引汉济渭"黄金峡水利枢纽工程配套建设的鱼类增殖放流站（2022 年 4 月 19 日摄，无人机照片）。新华社记者 邵瑞 摄

在地处秦岭的"中国钼都"金堆镇，已经闭库的木子沟尾矿库坝面，绿草如毯，杂英芬芳，猛一看还以为是普通高山草甸。渭南市应急管理局副局长李明说："这里治理后，上面种了苜蓿、三叶草和冰菊，目前已经修复了1000多亩。"

"伤疤"被修复，新工程也因生态保护有了新要求。

在黄金峡水利枢纽大坝，微风过处，碧波荡漾，有"小南水北调"之称的引汉济渭工程正在加紧施工。大坝两侧，全长1908米的"生态鱼道"初具雏形，以后汉江干流鱼类可通过它洄游产卵。

大坝附近，还有占地67亩的鱼类增殖放流站。负责人舒旗林介绍，每年数十万尾鱼苗将从这里培育投放汉江，"这既增加了汉江鱼类数量、种类，又为附近活动的朱鹮、白鹭等提供充足食源"。

林子密了，生态好了，"动物邻居"们也越来越活跃。

秦岭腹地佛坪县三官庙，溪水潺潺，树木参天，竹林密集。这里是大熊猫野外遇见率最高的地区。有时候山路转个弯，就能和熊猫"偶遇"。

陕西省林业部门

这是2022年4月18日拍摄的大熊猫"善仔"在陕西洋县华阳镇"秦岭四宝园"熊猫谷爬树。新华社记者 邵瑞 摄

监测显示，"秦岭四宝"朱鹮、大熊猫、羚牛、金丝猴等种群数量持续增长，其中有"东方宝石"之称的朱鹮，已由1981年的7只发展到目前的7000余只。

捧金山 瑞年丰景

2022年4月21日游客在陕西柞水县下梁镇老庵寺村游览。新华社记者 邵瑞 摄

山重水复，绿树绕村，水满陂塘。弹指间，隐于山间的村落发生了巨变。

曾经，大山隔断了人们致富的希望。让都市人羡慕的田园美景，却是山里人做梦都想逃离的地方。为了谋生，许多人只能外出打工。

45岁的佛坪县五四村村民何玉琴，就曾是外出打工大军中的一员。"我们这里山多地少收成差，不出去打工，就只能饿肚子。"

脱贫攻坚和乡村振兴，改变了秦岭大山里人的命运。

在政府支持引导下，五四村发展了草莓、香菇等产业，村集体还利用当地生态优势，打造了"陌上花开"生态农庄，将村里废弃老宅改造成现代民宿院落。

　　和许多村民一样，何玉琴也因此又回到了村里。经过培训后，她成为一名专业民宿管家，为游客提供餐饮、保洁、导游等全方位服务。

陕西佛坪县五四村的"陌上花开"生态农庄（2022 年 4 月 19 日摄，无人机照片）。新华社记者 邵瑞 摄

　　"现在每月四五千元收入，我在家门口就把钱挣了。"聊起现在生活何玉琴就笑得合不拢嘴，"城里人来山里享受生活，过去想逃离的大山，现在成了我们的金山！"

　　山中何事？松花酿酒，春水煎茶。绿色产业正在秦岭各县区悄然兴起。

　　春雨氤氲中，西乡县峡口镇 3.6 万亩生态茶园生机勃勃。茶中有林，林中有茶，错落有致。

　　一片叶子，撑起了乡村产业，富了一方百姓。西乡县茶叶局局长陈志龙说，西乡已发展茶园 36 万亩，实现"全县人均一亩茶"，县上仅茶农就 7 万多户，茶叶从业者 26 万多人。

罢了渔歌唱茶曲。在安康市汉滨区，55 岁的刘刚行走在自家的千余亩茶山上，正是采茶季，一声声"采茶调"伴着欢笑声在茶山上空荡漾。

"3 年前我还是个老渔民，在这山下的汉江中放网箱养鱼。"刘刚说。为了保护汉江水环境，网箱养殖被陆续取缔，刘刚从"渔民"变身"茶农"。

陕西西乡县峡口镇一处茶园景色（2022 年 4 月 15 日摄，无人机照片）。新华社记者 邵瑞 摄

"我们的茶山上网直播，绿水青山大家看得见，茶叶销路很好。今年的茶叶产值就有 300 多万元，比养鱼强多啦！"刘刚笑得合不拢嘴。

稻花香里说丰年，听取蛙声一片。在洋县龙亭村，水田中，密密挨挨的牛蛙，静待夏日放歌。61 岁的龙亭村村民王金枝，在稻蛙共生示范基地里翻耕水田。两只朱鹮轻轻落在身后觅食，随着王金枝的走动来回踱步，时远时近，形成了一幅人鸟和谐共处的躬耕图。

但在王金枝来这里打工前，他对这些做伴的鸟儿感情复杂。"因为保护朱鹮，我们田里不让用农药、化肥，产量上不去，兜里也没钱。"

几年前，政府引导发展生态产业，王金枝将家里5亩田地流转给村集体，然后到稻蛙基地打工，一年收入近3万元。现在看到朱鹮，王金枝越看越欢喜。"没有朱鹮，哪来这么好的环境，哪来这些产业？"

2022年4月16日一只朱鹮在陕西洋县龙亭镇一处生态种养殖基地内觅食。新华社记者邵瑞 摄

绿水青山就是金山银山。在守护秦岭中，当地终于走出了一条生态环保的乡村振兴之路。

护宝山 观念三叠

是保护还是开发？秦岭里的人们一直在苦苦摸索。

20世纪八九十年代，柞水县下梁镇老庵寺村，人们为了生活，在山上处处开荒，地越种越薄，一下大雨就发生滑坡和泥石流。为了挣钱，村民只能砍树卖树，"背树"成了一项生计。"背树太苦了，后面村里大伙又开始烧木炭。100斤炭能卖10多块钱。"60岁的村民余方学回忆。"远看青山冒青烟，近看小鬼在烧炭"成了当时村民的生活写照。

经过 20 多年的退耕还林、封山禁伐，老庵寺村生态逐步恢复。余方学家也办起了农家乐，2021 年在疫情影响下利润也有 10 多万元。

认识发生巨变的，不只是山区群众，政府、企业等各界人士观念都在深度蜕变。2019 年陕西修订通过《陕西省秦岭生态环境保护条例》，印发秦岭保护行动方案、总体规划等，同时出台《秦岭重点保护区、一般保护区产业准入清单》。

陕西安康市宁陕县境内实施天保工程后的秦岭平河梁景色（2022 年 2 月 7 日摄，无人机照片）。新华社记者 邵瑞 摄

"陕西开山脉保护先河，以立法的形式完整地保护一座山脉。"陕西省林业局局长党双忍说，在由乱到治过程中，"生态优先 绿色发展"观念已深入人心。

"当好秦岭生态卫士"，全省上下都在付出行动。

佛坪县陆续关停 12 家小水电和几十家矿产企业，这些企业中有的规模超亿元。"壮士断腕，肯定有阵痛，"佛坪县委书记李志刚说，"但当好秦岭生态卫士，保证一泓清水永续北上是我们的使命。"

许多工矿企业被永久关闭，部分采矿权被要求退出。"我们及时调整后期资源开采方案，公司损失矿石超过1亿吨，矿山服务年限减少了25年，综合损失45亿元。"金堆城钼业股份有限公司副总经理马骁说，"保护秦岭是国之大者，我们执行得干脆利落，绝无二话。"

陕西洋县龙亭镇生态农业园区一景（2022年4月16日摄，无人机照片）。新华社记者邵瑞 摄

全境处于秦岭的商洛市，2022年4月和中科院合作发布"商洛市生态产品价值和碳汇评估平台"，探索秦岭生态价值的"可度量""可查询"。

"守护秦岭，不是不发展，而是不能破坏式发展。"商洛市市长王青峰说，"只有当好秦岭生态卫士，才能实现更好地发展，才能创造更加美好的未来。"

（新华社西安2022年6月3日电，记者储国强、贺占军、姜辰蓉）

第四章

一系列重大的风险决策之中体现历史担当

扫码观看纪录片《人民情怀》

担当

"疫情要防住、经济要稳住、发展要安全"

——习近平总书记引领高效统筹疫情防控和经济社会发展述评

今年以来，疫情形势延宕反复，国际环境复杂严峻，国内改革发展稳定任务更趋艰巨繁重。

"疫情要防住、经济要稳住、发展要安全，这是党中央的明确要求。"

以习近平同志为核心的党中央引领亿万人民勠力同心，坚持稳字当头、稳中求进，高效统筹疫情防控和经济社会发展工作，统筹发展和安全，疫情防控取得积极成效，经济社会发展取得新成绩，在高质量发展中赢得历史主动。

"最大程度保护人民生命健康，也最大程度稳住了经济社会发展基本盘"

7月中旬，2022年中国经济半年成绩单公布，上半年国内生产总值同比增长2.5%，二季度经济顶住下行压力实现正增长。与此同时，中国是世界主要大国中，新冠肺炎发病率最低、死亡人数最少的国家。

承压前行，成绩来之不易。

面对世纪疫情和百年变局交织叠加，今年以来，以习近平同志为核心的党中央引领高效统筹疫情防控和经济社会发展，全国上下众志成城，走过一段极不平凡的历程。

年初，奥密克戎变异株席卷全球；3月份以来，迅速蔓延至我国大多数省份……我们经受了一场武汉保卫战以来最严峻的疫情防控考验。

习近平总书记亲自指挥、亲自部署，团结带领亿万人民打好统筹疫情防控和经济社会发展之战。

3月5日，习近平总书记参加十三届全国人大五次会议内蒙古代表团审议时，明确要求："突出口岸地区疫情防控这个重点，守住不出现疫情规模性反弹的底线。"

4天后，针对在多地扩散的疫情，习近平总书记又作出重要批示：当前疫情发展很快，散发面广，染疫人数大增，务必责成各有关部门和地方从严从紧开展防控工作。

3月17日的中共中央政治局常委会会议上，习近平总书记强调："要始终坚持人民至上、生命至上，坚持科学精准、动态清零，尽快遏制疫情扩散蔓延势头。"

习近平总书记强调，各地区各部门各方面要深刻认识当前国内外疫情防控的复杂性、艰巨性、反复性，进一步动员起来，统一思想，坚定信心，坚持不懈，抓细抓实各项防疫工作。

贯彻落实习近平总书记重要指示，全国各地区各部门全力以赴，毫不动摇坚持"动态清零"总方针，从严从细筑牢疫情防控屏障：深圳、吉林等地沉着有力迎战疫情；抽调22个省份3万余名医务人员和重症专家，军队派出5000多人医疗队，全面支持上海疫情防控工作，上海全市上下不断提升疫情防控能力，持续优化防控举措；北京坚持以快制快，采取果断措施抓好疫情防控……

4月10日至13日，习近平总书记在海南考察时强调"坚持就是胜利"，并要求"要克服麻痹思想、厌战情绪、侥幸心理、松劲心态"。

今年以来，需求收缩、供给冲击、预期转弱"三重压力"持续显现，国内疫情反弹、乌克兰危机等超预期因素冲击陡然增加，中国经济稳定恢复受到冲击。

4月29日，习近平总书记主持召开的中共中央政治局会议分析研究经济形势和经济工作，强调"疫情要防住、经济要稳住、发展要安全，这是党中央的明确要求"，提出"要加大宏观政策调节力度，扎实稳住经济"，并就全力扩大国内需求、稳住市场主体、切实保障和改善民生等各方面作出重要部署。

这次会议强调："高效统筹疫情防控和经济社会发展，坚定不移坚持人民至上、生命至上，坚持外防输入、内防反弹，坚持动态清零，最大程度保护人民生命安全和身体健康，最大限度减少疫情对经济社会发展的影响。"

在以习近平同志为核心的党中央坚强领导下，各地区各部门扎实落实、主动作为，宏观、微观、结构、科技、改革开放、区域、社会等七大政策加快落地，增量政策工具谋划推出，六方面33项政策聚焦扎实稳住经济持续加力。

福清核电机组外景（2021年12月1日摄，无人机照片）。新华社发

稳住市场主体，就能为稳住基本盘提供有力支撑。

习近平总书记高度关注市场主体发展，指出"保市场主体就是保社会生产力""要千方百计把市场主体保护好，为经济发展积蓄基本力量"。

习近平总书记4月29日主持召开的中共中央政治局会议要求，要稳住市场主体，对受疫情严重冲击的行业、中小微企业和个体工商户实施一揽子纾困帮扶政策。

6月8日下午，四川宜宾。习近平总书记走进极米光电有限公司展厅和生产车间，了解企业加强自主创新、产品研发销售、带动就业和当地支持民营经济发展、出台纾困帮扶政策等情况。

落实习近平总书记的重要指示，各地区各部门精准锚定保市场主体持续加力。

落实新的组合式税费支持政策，截至7月20日，全国合计新增减税降费及退税缓税缓费超3万亿元；金融系统加大支持力度，上半年新增人民币贷款13.68万亿元，同比多增9192亿元；在全国集中开展涉企违规收费专项整治行动；深圳、上海、北京等多地推出助企纾困政策，为市场主体送来"及时雨"……我国市场主体在较大基数基础上实现正增长，截至目前，已超1.6亿户。

在山东港口青岛港前湾码头，欧洲贸易航线的"美途马士基"集装箱货轮解缆起航（2022年7月29日摄，无人机照片）。新华社记者 李紫恒 摄

保产业链供应链，是保居民就业、保基本民生、保市场主体的基础。

习近平总书记 4 月 29 日主持召开的中共中央政治局会议要求："要坚持全国一盘棋，确保交通物流畅通，确保重点产业链供应链、抗疫保供企业、关键基础设施正常运转。"

遵循习近平总书记重要指示和党中央部署，一系列硬举措接连出手：

足量发放使用全国统一通行证、建立重点产业和外贸企业白名单……4 月 18 日全国保障物流畅通促进产业链供应链稳定电视电话会议部署的 10 项重要举措落地落实，着力解决层层加码、一刀切等问题，加大对物流枢纽和物流企业支持力度，推动重点区域重点枢纽逐步复工达产。

重载列车行驶在大秦铁路上（2022 年 7 月 16 日摄，无人机照片）。为做好迎峰度夏能源保供工作，中国铁路太原局集团有限公司在确保运输安全的前提下全力提升煤炭运量。新华社记者 曹阳 摄

与 4 月 18 日相比，7 月 26 日全国高速公路货车流量增长 10.3%。7 月 1 日至 28 日，全国铁路货物发送量、公路货运量、监测港口完成货物吞吐

量、主要国际航空口岸货邮运输量、邮政快递业务量分别达到2019年同期的111.1%、95.6%、116.4%、103.7%、185.2%。

面对复杂局面，中国经济顶住压力，走出一条修复曲线：4月份主要经济指标深度下跌，5月份主要经济指标降幅收窄，6月份经济企稳回升……

更多数据展现中国经济"韧实力"：

上半年固定资产投资同比增长6.1%；6月份社会消费品零售总额由降转升，同比增长3.1%；7月份货物贸易进出口同比增长16.6%，延续了5月份以来外贸增速持续回升态势。

6月28日，习近平总书记在湖北省武汉市考察时强调："如果算总账，我们的防疫措施是最经济的、效果最好的。"

回顾新冠肺炎疫情发生两年多来的历程，正如习近平总书记近日在省部级主要领导干部专题研讨班发表重要讲话时强调：

"我们坚持人民至上、生命至上，开展抗击疫情人民战争、总体战、阻击战，最大限度保护了人民生命安全和身体健康，统筹经济发展和疫情防控取得世界上最好的成果。"

"实现高质量发展和高水平安全的良性互动"

在高效统筹好疫情防控和经济社会发展中，习近平总书记把握大势、着眼长远，推动高质量发展和高水平安全良性互动。

在更高水平上统筹发展和安全，高质量发展持续迈出坚定步伐。

为高质量发展筑造战略支撑，最根本的是要增强自主创新能力，实现高水平科技自立自强。

6月8日，习近平总书记在四川考察时，强调"要在各领域积极培育高精尖特企业，打造更多'隐形冠军'"；

6月28日，习近平总书记在武汉考察时，仔细察看芯片产业创新成果展示，指出"突破'卡脖子'关键核心技术刻不容缓"，强调"把科技的命脉牢牢掌握在自己手中,在科技自立自强上取得更大进展,不断提升我国发展独立性、自主性、安全性"。

2022年7月24日,搭载问天实验舱的长征五号B遥三运载火箭,在我国文昌航天发射场点火发射。新华社记者 李刚 摄

实施科技体制改革三年行动方案,制定实施基础研究十年规划;强化企业创新主体地位;完善优化科技创新生态;将科技型中小企业研发费用加计扣除比例从75%提高到100%……按照习近平总书记重要指示和党中央部署,夯实科技自立自强基础的政策"组合拳"扎实落地。

国产大飞机C919完成取证试飞、神舟十四号再探天河、中国空间站首个科学实验舱问天实验舱顺利升空、"华龙一号"示范工程全面建成投入运行;高技术制造业增加值保持较快增长,创新链与产业链加快融合……今年以来,我国科技创新步伐不断加快。

全面加强基础设施建设,为高质量发展积势蓄能。

4月26日,习近平总书记主持召开中央财经委员会第十一次会议,强调要统筹发展和安全，优化基础设施布局、结构、功能和发展模式，构建现代化基础设施体系，为全面建设社会主义现代化国家打下坚实基础。

2022 年 5 月 14 日 6 时 52 分，编号为 B-001J 的 C919 大飞机从上海浦东机场第 4 跑道起飞，于 9 时 54 分安全降落，标志着中国商飞公司即将交付首家用户的首架 C919 大飞机首次飞行试验圆满完成。新华社发

这一既利当前、又谋长远的战略部署，对保障国家安全，畅通国内大循环、促进国内国际双循环，推动高质量发展，意义重大。

7 月 28 日召开的中共中央政治局会议进一步作出部署：要提高产业链供应链稳定性和国际竞争力，畅通交通物流，优化国内产业链布局，支持中西部地区改善基础设施和营商环境。

"西电东送"工程战略大动脉，白鹤滩至江苏 ±800 千伏特高压直流输电工程竣工投产；引江补汉工程正式开工，南水北调后续工程建设拉开帷幕；成兰铁路铺轨进入川西高原……重大工程建设扎实推进，现代化基础设施体系的"四梁八柱"持续完善。

加快构建新发展格局，为高质量发展开辟新境界。

习近平总书记 4 月 29 日主持召开的中共中央政治局会议强调，加快构建新发展格局,坚定不移深化供给侧结构性改革,用改革的办法解决发展中的问题,加快实现高水平科技自立自强,建设强大而有韧性的国民经济循环体系。

今年以来,一系列加快构建新发展格局的政策措施接连出台:《中共中央 国务院关于加快建设全国统一大市场的意见》发布,释放全面推动我国市场由大到强转变的鲜明改革信号;推进以县城为重要载体的城镇化建设为推进新型城镇化、形成强大国内市场注入新动力;《关于进一步释放消费潜力促进消费持续恢复的意见》着力破除消费领域体制机制障碍……建设强大而有韧性的国民经济循环体系,加快形成需求牵引供给、供给创造需求的更高水平动态平衡。

形势越是严峻复杂,越要向改革开放要动力。

今年4月,习近平总书记在海南考察时强调,要着力破除各方面体制机制弊端,形成更大范围、更宽领域、更深层次对外开放格局。

习近平总书记7月28日主持召开的中共中央政治局会议进一步强调,要以改革开放为经济发展增动力。

充分发挥改革在构建新发展格局中的关键作用,瞄准重点领域和关键环节改革持续攻坚:

扎实推进高标准市场体系建设,持续完善产权保护、市场准入、公平竞争、社会信用等市场体系基础性制度,开展要素市场化配置综合改革试点,进一步推进省以下财政体制改革,稳步推进股票发行注册制改革……

坚持扩大高水平对外开放,推动形成国际竞争合作新优势:新版全国和自贸试验区外商投资准入负面清单施行;区域全面经济伙伴关系协定(RCEP)正式生效;跨境电商综试区再扩围至全国132个城市和地区;自由贸易试验区、海南自由贸易港建设扎实推进……

着眼高水平安全,为实现高质量发展守住底线。

新冠肺炎疫情和乌克兰危机影响交织叠加,导致全球产业链供应链紊乱、大宗商品价格持续上涨、国际货币金融体系更加脆弱。

习近平总书记指出，对我们这样一个大国来说，保障好初级产品供给是一个重大的战略性问题。必须加强战略谋划，及早作出调整，确保供给安全。

粮稳天下安。今年全国两会期间，习近平总书记在看望参加政协会议的农业界、社会福利和社会保障界委员时说："在粮食安全这个问题上不能有丝毫麻痹大意"；

4月10日，习近平总书记在考察三亚市崖州湾科技城的崖州湾种子实验室时，指出"中国人的饭碗要牢牢端在自己手中，就必须把种子牢牢攥在自己手里"；

6月8日，习近平总书记在四川省眉山市考察时走进稻田，俯身察看秧苗长势，指出"我们有信心、有底气把中国人的饭碗牢牢端在自己手中"。

中央财政下达300亿元为实际种粮农民发放补贴，提高稻谷、小麦最低收购价水平，大力实施大豆油料扩种行动……面对国际粮食价格高位波动和国内疫情扰动，各地区各部门贯彻落实习近平总书记重要指示，下大力气保春耕抓夏收，全力抓好粮食稳产增产。

国家统计局最新数据显示，今年夏粮产量达到2948亿斤，比上年增加28.7亿斤。

正值立秋节气，放眼广袤田畴，南方稻区早稻收获已经结束，晚稻栽插过九成，进入扫尾阶段，东北、华北等地农民辛勤劳作，做好玉米、水稻、大豆等田间管理，全力实现全年粮食稳产增产目标任务。

能源安全是关系国家经济社会发展的全局性、战略性问题。

习近平总书记强调，"中国作为制造业大国，要发展实体经济，能源的饭碗必须端在自己手里""要夯实国内能源生产基础，保障煤炭供应安全"。

面对国际能源市场波动加剧，我国立足以煤为主的基本国情，有序释放煤炭优质产能，确保电煤运输平稳有序，大力推进煤炭清洁高效利用，加快大型风电光伏基地建设……扭住"保量"和"稳价"两个关键，加快形成有效抵御国际能源价格大幅波动的"防火墙"。

习近平总书记指出："在看到困难的同时，也要看到危中有机，只要我们保持战略定力、坚定做好自己的事，是完全能够化险为夷、化危为机的。"

面对风雨挑战，中国在高质量发展和高水平安全的良性互动中稳步前行。

"不论遇到什么困难，我们都要坚持以人民为中心的发展思想"

民生是人民幸福之基、社会和谐之本。

疫情冲击和经济下行压力下，把保障民生置于突出位置、切实兜住兜牢民生底线，至关重要。

习近平总书记今年1月在2022年世界经济论坛视频会议演讲中指出，"不论遇到什么困难，我们都要坚持以人民为中心的发展思想"。

习近平总书记对民生改善念兹在兹。

4月21日，习近平总书记在博鳌亚洲论坛2022年年会开幕式上的主旨演讲中指出："要坚持以人民为中心，把促进发展、保障民生置于突出位置，实施政策、采取措施、开展行动都要把是否有利于民生福祉放在第一位。"

4月29日，习近平总书记主持召开的中共中央政治局会议要求，"要切实保障和改善民生，稳定和扩大就业，组织好重要民生商品供应，保障城市核心功能运转"。

6月8日，习近平总书记赴四川考察期间，殷殷叮嘱："要高效做好统筹疫情防控和经济社会发展工作，坚决克服目前经济发展面临的一些困难，做好就业、社会保障、贫困群众帮扶等方面的工作，做好维护社会稳定各项工作，保持人心稳定，保持社会大局稳定。"

6月28日，习近平总书记在湖北武汉考察时指出："各级党委和政府要想办法帮助人民群众解决实际困难，确保经济发展和人民群众生产生活少受影响。"

就业是民生之本，高校毕业生等重点群体是当前就业工作的重中之重。今年我国高校毕业生达1076万人，同比增加167万人，创历史新高。

6月8日，在四川考察时，习近平总书记专程来到宜宾学院，察看毕业生创新创业代表作品展示，了解学校开展就业创业指导服务工作，向教师、学生、企业负责人了解企业招工的需求和毕业生签约率等情况。他指出，"就业数据要扎扎实实，反映真实情况""不能糊弄上级部门，更不能糊弄学生"。

2022年5月13日在位于重庆市北碚区的西南大学，应届毕业生参加"百万英才兴重庆"招聘会。用人单位提供了涉及教育、人工智能、汽车制造等领域的3000多个岗位供毕业生选择。新华社发 秦廷富 摄

从实施百万就业见习岗位募集计划，促进青年提升职业能力，到央企启动夏季招聘、实施"三支一扶"等基层服务项目，千方百计扩大就业机会，再到启动实施离校未就业毕业生服务攻坚行动，集中对未就业毕业生进行就业帮扶……从中央到地方一系列政策举措支持高校毕业生就业创业。

上半年，全国城镇新增就业654万人，完成全年目标任务的59%。6月份，25至59岁成年人失业率为4.5%，已降至2021年年度平均水平。

物价稳则民心稳。今年以来，全球通胀压力上升，做好保供稳价意义重大。

春节前夕，北方正是供暖保障的关键时期。习近平总书记来到山西瑞光热电有限责任公司考察调研指出，"大企业特别是国有企业要带头保供稳价，强化民生用能供给保障责任，确保人民群众安全温暖过冬"。

4月在海南考察调研时，习近平总书记嘱咐要"健全重要民生商品保供稳价机制"。

各地区各部门贯彻习近平总书记重要指示，以国内保供稳价的确定性应对外部环境的不确定性：

稳定粮食生产，加强调控稳定生猪产能，强化蔬菜产销衔接，确保老百姓"粮袋子""菜篮子"产品量足价稳；持续释放煤炭优质产能，从5月起对所有煤炭暂行零进口税率，通过稳煤价来稳电价，居民用电、用气价格保持基本稳定。

2022年7月7日市民在江苏省无锡市经开区华润万家超市购物。江苏省无锡市在做好疫情防控的同时，积极制定相关方案，制作城市保供地图，组织大型商超、市场正常运营，全力保供稳价，端稳市民"菜篮子"。新华社发

各地加大货源组织力度，加强市场价格监测分析预警，努力畅通"最后100米"配送通道，全力保障受疫情影响地区的生活必需品供应。

今年上半年，全国居民消费价格指数同比上涨1.7%，低于全年3%左右的预期目标。

今年全国两会期间，习近平总书记强调，"对困难群众，我们要格外关注、格外关爱、格外关心，帮助他们排忧解难""要针对特困人员的特点和需求精准施策，按时足额发放各类救助金，强化临时救助，确保兜住底、兜准底、兜好底"。

一系列举措陆续推出：允许受疫情影响严重的个人住房、消费贷款等延期还本付息；延续执行失业保险保障阶段性扩围政策，向广大失业人员发放失业补助金，向失业农民工发放临时生活补助；对因疫情影响暂时失业、未参保的困难人员，给予临时救助；及时启动社会救助和保障标准与物价上涨挂钩联动机制，发放临时价格补贴；为困难群体代缴基本养老、医疗保险费，坚决守住不发生规模性返贫底线；继续巩固脱贫攻坚成果，扎实推进乡村振兴、促进共同富裕。

上半年，全国共向620万失业人员发放失业保险待遇402亿元；为1600多万困难人员代缴城乡居民养老保险费；退休人员基本养老金再上调4%，惠及1.3亿多退休人员；中央财政困难群众救助补助资金1546.8亿元已经下拨，比去年增加了70.6亿元。

"要保持战略定力，坚定做好自己的事"

中国经济正企稳回升，但持续恢复基础仍不稳固，稳经济还要付出艰苦努力。

7月28日，习近平总书记主持召开的中共中央政治局会议指出"要保持战略定力，坚定做好自己的事"，强调"巩固经济回升向好趋势，着力稳就业稳物价，保持经济运行在合理区间，力争实现最好结果"。

稳中求进，勇毅笃行。今年来，一个个重大活动成功举办，勾勒出中国的自信坚定：

出席北京 2022 年冬奥会、冬残奥会开闭幕式，与八方宾朋共同见证载入史册的高光时刻；出席 2022 年世界经济论坛视频会议并发表演讲，在博鳌亚洲论坛 2022 年年会开幕式上发表主旨演讲，主持金砖国家领导人第十四次会晤、全球发展高层对话会……习近平总书记站在全人类福祉的高度，为促进世界持久和平与共同发展，举旗定向、凝聚力量。

一组组数据，展现中国经济不断向好的趋势：

2022 年 7 月 29 日观众在第二届中国国际消费品博览会现场参观。新华社记者 杨冠宇 摄

上半年，我国实际使用外资金额 7233.1 亿元人民币，按可比口径同比增长 17.4%，折合 1123.5 亿美元，增长 21.8%；7 月 27 日，第五届中国国际进口博览会倒计时 100 天，企业展签约面积达到规划面积的 85%，全球展商拥抱进博的热情不减；7 月 30 日，历时 6 天的第二届中国国际消费品博览会落幕，61 个国家和地区的近 2000 家企业、2800 多个知名品牌参展；8 月 1 日，

2022 年服贸会开幕倒计时一个月，线下总体招展已完成 88.3%，整体国际化率达到 20.5%，计划举办 163 场论坛会议活动，84 家知名企业和机构将进行成果发布。

世界第二大经济体，第一大货物贸易国，拥有 14 亿多人口、超 4 亿中等收入群体、人均 GDP 超过 1.2 万美元的超大规模市场，1.6 亿多户市场主体……这是我们抵御各种风险挑战的坚实底盘。

拥有联合国产业分类中全部工业门类，220 多种工业产品产量居世界首位；拥有全球最大高速铁路网、高速公路网，建成全球规模最大 5G 独立组网网络；从 2012 年到 2021 年，全球创新指数排名由第 34 位上升到第 12 位……中国特色自主创新道路越走越宽广。

我国发展仍处于可以大有作为的重要战略机遇期。习近平总书记指出："综合判断，我国发展仍具有诸多战略性有利条件，我国经济韧性强、潜力大、活力足，长期向好的基本面不会改变。"

当今世界正经历百年未有之大变局，但时与势在我们一边，这是我们定力和底气所在，也是我们的决心和信心所在。

在以习近平同志为核心的党中央坚强领导下，坚持稳中求进工作总基调，坚定不移做好自己的事情，踔厉奋发、勇毅前行、团结奋斗，以实际行动迎接党的二十大胜利召开，一定能够谱写全面建设社会主义现代化国家崭新篇章！（新华社北京 2022 年 8 月 8 日电，记者邹伟、齐中熙、安蓓、张辛欣、刘夏村、王雨萧）

"中国经济发展前景一定会更加光明"

——习近平总书记引领统筹推进高质量发展和高水平安全述评

百年变局和世纪疫情相互交织，国际形势继续发生深刻复杂变化，世界进入新的动荡变革期。踏上全面建设社会主义现代化国家新征程的中国，改革发展稳定任务艰巨繁重。

习近平总书记深刻洞察时代发展大势，准确把握历史发展趋势，强调要"坚持统筹发展和安全，坚持发展和安全并重，实现高质量发展和高水平安全的良性互动"。

在以习近平同志为核心的党中央坚强领导下，亿万人民团结奋发、攻坚克难，推动高质量发展和高水平安全动态平衡，以迈向伟大复兴的坚定步伐向世界宣示："中国经济发展前景一定会更加光明！"

坚持高效统筹——"最大程度保护人民生命安全和身体健康，最大限度减少疫情对经济社会发展的影响"

新冠肺炎疫情这只巨大的"黑天鹅"，已成为影响世界经济复苏的最大变量。累计确诊超 5.2 亿例，死亡逾 627 万例——全球疫情仍处高位，病毒还在不断变异。

2022年3月以来，国内新一波疫情波及一些省份，经济复苏受到较大冲击。

习近平总书记亲自指挥，统筹全局，果断决策，在关键时刻作出一系列重要指示，引领全国上下勠力同心、攻坚克难。

3月5日，在参加十三届全国人大五次会议内蒙古代表团审议时，习近平总书记强调，要完善常态化防控和突发疫情应急处置机制，突出口岸地区疫情防控这个重点，守住不出现疫情规模性反弹的底线。

3月17日，习近平总书记主持召开中共中央政治局常委会会议，部署从严抓好疫情防控工作，强调"要始终坚持人民至上、生命至上，坚持科学精准、动态清零，尽快遏制疫情扩散蔓延势头""统筹好疫情防控和经济社会发展，采取更加有效措施，努力用最小的代价实现最大的防控效果，最大限度减少疫情对经济社会发展的影响"。

4月13日，在海南考察时，习近平总书记强调，坚持外防输入、内防反弹，坚持科学精准、动态清零，抓细抓实疫情防控各项举措。

4月29日，习近平总书记主持召开中共中央政治局会议分析研究当前经济形势和经济工作强调，疫情要防住、经济要稳住、发展要安全，这是党中央的明确要求。同时指出，要"高效统筹疫情防控和经济社会发展""最大程度保护人民生命安全和身体健康，最大限度减少疫情对经济社会发展的影响"。

5月5日，习近平总书记主持召开中共中央政治局常委会会议，研究部署抓紧抓实疫情防控重点工作，指出"当前，疫情防控工作正处于'逆水行舟、不进则退'的关键时期和吃劲阶段，各级党委和政府要坚定信心，深刻认识抗疫斗争的复杂性和艰巨性，坚决落实党中央决策部署，充分发扬斗争精神，坚决筑牢疫情防控屏障，坚决巩固住来之不易的疫情防控成果，做到守土有责、守土尽责"。

在以习近平同志为核心的党中央领导下，各地区各部门锐意攻坚，精准施策，坚决遏制疫情蔓延。3月20日，深圳基本实现社会面动态清零；4月14日，吉林省实现社会面清零；5月17日，上海全市16个区实现社会面清零；北京以快制快，加快实现社会面清零……目前，疫情防控已取得阶段性成效。

与此同时，稳经济、保发展安全的措施大力推进。2021年中央经济工作会议确定的 7 大政策加快落地，实施新的组合式税费支持政策，预计全年退税减税约 2.5 万亿元，保障物流畅通、促进产业链供应链稳定，增量政策工具蓄势待发……一系列举措着力稳住经济大盘。

一季度中国经济同比增长 4.8%，平稳开局殊为不易。尽管增速放缓，前 4 个月累计主要经济指标保持增长，经济社会大局稳定；黑土地上忙春耕，高速路上保畅通，长春、深圳、上海等地越来越多车间响起轰鸣声，汇聚成产业链供应链的有力脉动。

2022 年 4 月 23 日，上汽临港乘用车工厂工人在总装车间工作。新华社记者 陈建力 摄

在统筹好疫情防控和经济社会发展中，习近平总书记始终着眼长远，围绕推动高质量发展和高水平安全动态平衡思考和布局。

《中共中央 国务院关于加快建设全国统一大市场的意见》发布，着力扩大内需、加快构建新发展格局；中央财经委员会第十一次会议研究全面加强基础设施建设；……一系列事关全局的重要部署，助推中国经济高质量发展和高水平安全行稳致远。

2022年4月20日中铁九局工程技术人员在抚顺市兰山隧道内施工，沈白高铁全线掀起施工大干热潮。新华社记者 杨青 摄

"虽然受到国内外经济环境变化带来的巨大压力，但中国经济韧性强、潜力足、长期向好的基本面没有改变，我们对中国经济发展前途充满信心。"习近平总书记在2022年世界经济论坛视频会议上的演讲，传递出坚定高质量发展和高水平安全的决心和信心。

牢牢把握主动——"最重要的是必须集中力量办好自己的事，任凭风浪起，稳坐钓鱼台"

面对纷繁复杂的国内外形势，习近平总书记指出："最重要的是必须集中力量办好自己的事，任凭风浪起，稳坐钓鱼台。"

确保关键领域安全可控，为实现高质量发展守牢底线。

受疫情和乌克兰危机影响，全球能源、粮食等大宗商品市场大幅波动，国内保供稳价压力增大。

2021年底召开的中央经济工作会议上，习近平总书记强调："对我们这样一个大国来说，保障好初级产品供给是一个重大的战略性问题。必须加强战略谋划，及早作出调整，确保供给安全。"

粮稳天下安。习近平总书记反复强调："中国人的饭碗任何时候都要牢牢端在自己手中，我们的饭碗应该主要装中国粮。"

2022年3月，在看望参加全国政协十三届五次会议的农业界、社会福利和社会保障界委员时，习近平总书记语重心长地说："在粮食安全这个问题上不能有丝毫麻痹大意。"

4月10日，习近平总书记到海南考察，首站就来到位于三亚市崖州湾科技城的崖州湾种子实验室，指出"中国人的饭碗要牢牢端在自己手中，就必须把种子牢牢攥在自己手里"。

各地各部门贯彻习近平总书记的要求，千方百计保障米袋子安全——中央财政下拨夏粮小麦促壮稳产补助资金16亿元，下达资金300亿元为实际种粮农民发放补贴，投放100万吨国家钾肥储备……一系列部署确保全年粮食产量保持在1.3万亿斤以上。目前，冬小麦面积稳定在3.3亿亩以上，长势与常年基本相当，夺取夏粮丰收有基础；据5月18日农情调度，全国春播粮食已完成意向面积的85%，进度快于2021年。

能源安全是关系经济社会发展的全局性、战略性问题。2021年10月，习近平总书记考察胜利油田时指出，"中国作为制造业大国，要发展实体经济，能源的饭碗必须端在自己手里"。

2022年春节前夕赴山西考察，总书记特意来到山西瑞光热电有限责任公司，走进企业储煤场，察看煤场储煤等情况，强调要"夯实国内能源生产基础，保障煤炭供应安全"。

能源保供稳价工作在不断推进——加快释放国内油、气、煤炭产能，2022年新增煤炭产能3亿吨；持续提升油气勘探开发力度，加快大型风电光伏基地建设；积极用好国际市场，自 2022 年 5 月 1 日至 2023 年 3 月 31 日，对所有煤炭实施税率为零的进口暂定税率……2022 年一季度，全国原煤、原油、天然气产量同比分别增长 10.3%、4.4%、6.6%，可再生能源新增装机 2541 万千瓦、占全国新增发电装机的 80%。能源供给制约问题明显缓解。

坚持科技自立自强，为实现高质量发展提供战略支撑。

当今世界，科技创新成为国际战略博弈的主要战场，围绕科技制高点的竞争空前激烈。

习近平总书记指出，必须深入实施科教兴国战略、人才强国战略、创新驱动发展战略，完善国家创新体系，加快建设科技强国，实现高水平科技自立自强。

2022 年 5 月 14 日，上海。中国商飞公司即将交付的首架 C919 大飞机圆满完成首飞试验。

"我们一定要有自己的大飞机！" 8 年前，习近平总书记考察中国商飞设计研发中心时说的话，至今令人心潮澎湃。

关键核心技术是国之重器。习近平总书记强调，要像当年攻克"两弹一星"一样，集中力量攻克"卡脖子"的关键核心技术。

神舟十三号载人飞船结束为期 6 个月的太空"出差"返回地球；天舟四号货运飞船飞赴太空；"华龙一号"示范工程全面建成投运等一系列创新成果竞相涌现；产业升级步稳蹄疾，高技术制造业增加值保持两位数高增长；创新链与产业链加快融合……2022 年以来，我国不断加快创新步伐。

实践一再证明，下好先手棋，打好主动仗。只有把核心技术掌握在自己手中，才能真正掌握竞争和发展的主动权，才能从根本上保障国家经济安全。

夯实大国之基——"构建现代化基础设施体系，为全面建设社会主义现代化国家打下坚实基础"

2022 年 4 月 25 日，列入国家"八纵八横"高速铁路规划网的成兰铁路，历时 10 年贯通跃龙门隧道；5 月 16 日，国家重大水利工程——吴淞江整治工程江苏段开工建设；5 月以来，国家石油天然气重点工程——青宁管道与西气东输一线互联互通进入最后冲刺阶段……大江南北，一个个重大基建项目稳步推进，勾勒中国经济地理新版图。

2022 年 4 月 16 日，神舟十三号载人飞船返回舱在东风着陆场成功着陆。这是航天员翟志刚、王亚平、叶光富（左至右）安全顺利出舱（拼版照片）。新华社发

面向"十四五"、面向全面建成社会主义现代化强国的奋斗目标，对于筑牢大国基石，习近平总书记有着深远思考。

2021 年 5 月，河南南阳。习近平总书记在专题调研南水北调并主持召开座谈会时强调，要加快构建国家水网主骨架和大动脉，为全面建设社会主义现代化国家提供有力的水安全保障。

2021 年 7 月，青藏高原。习近平总书记实地察看拉林铁路沿线建设情况，指出"全国的交通地图就像一幅画啊，中国的中部、东部、东北地区都是工笔画，西部留白太大了，将来也要补几笔，把美丽中国的交通勾画得更美"。

2022 年 4 月，海南洋浦港。习近平总书记在考察中强调，要"推动港口发展同洋浦经济开发区、自由贸易港建设相得益彰、互促共进，更好服务建设西部陆海新通道、共建'一带一路'"。

这是试运行的复兴号列车行驶在西藏山南市境内（2021年6月16日摄）。
2021年6月25日，全长435公里、设计时速160公里的拉林铁路建成通车，西藏
首条电气化铁路建成，同时复兴号实现对31个省区市全覆盖。新华社记者 觉果 摄

从南水北调到川藏铁路，从广袤西部边疆铁路网建设到海南自贸港建设，
这些重大工程对于推动高质量发展、谋划未来永续发展具有重大意义。

2022年4月26日，习近平总书记主持召开中央财经委员会第十一次会议，
研究全面加强基础设施建设问题。

习近平总书记强调："基础设施是经济社会发展的重要支撑，要统筹发
展和安全，优化基础设施布局、结构、功能和发展模式，构建现代化基础设
施体系，为全面建设社会主义现代化国家打下坚实基础。"

这一既利当前、又谋长远的战略部署，对保障国家安全，畅通国内大循环、
促进国内国际双循环，扩大内需，推动高质量发展，都具有重大意义。

4月29日，习近平总书记主持召开中共中央政治局会议。会议将"全面
加强基础设施建设"列入当前经济工作部署。

全面加强基础设施建设涵盖更广，涉及网络型基础设施、国家综合立体
交通网主骨架、产业升级基础设施、城市和农业农村基础设施以及国家安全

基础设施等诸多方面。

从中央到地方,一项项具体安排密集落地,构建现代化基础设施体系的"施工蓝图"渐次铺展。

一边补短板强弱项——"十四五"规划 102 项重大工程建设正加快推进,已分解出的 2600 多个项目稳妥有序实施;2022 年全国预计完成水利建设投资约 8000 亿元,前 4 个月已完成 1958 亿元,较 2021 年同期增长 45.5%;1 至 4 月全国铁路累计完成固定资产投资 1574.6 亿元……

一边调结构增后劲——2022 年一季度我国 5G 基站新增 13.4 万个,累计建成开通 155.9 万个;全面启动"东数西算"工程;全国"5G+ 工业互联网"在建项目达到 2400 个……

统筹当前与长远,统筹发展和安全,全面加强基础设施建设,构建现代化基础设施体系,一系列瞄准未来的"打基础"举措,将带来广阔的技术创新需求和"换道超车"新机遇。

2022 年 5 月 17 日,AGV(自动导引运输车)穿行在贵州首个 5G 全连接工厂的部件生产区内。新华社记者 欧东衢 摄

重塑发展优势——"构建新发展格局是事关全局的系统性、深层次变革，是立足当前、着眼长远的战略谋划"

2021 年底，习近平总书记主持召开中央全面深化改革委员会第二十三次会议时强调，构建新发展格局，迫切需要加快建设高效规范、公平竞争、充分开放的全国统一大市场。

2022 年 4 月 10 日，《中共中央 国务院关于加快建设全国统一大市场的意见》发布，释放出全面推动我国市场由大到强转变的鲜明改革信号。

强化市场基础制度规则统一、推进市场设施高标准联通、打造统一的要素和资源市场、推进商品和服务市场高水平统一、推进市场监管公平统一、进一步规范不当市场竞争和市场干预行为……

针对当前阻碍全国统一大市场建设和新发展格局构建的突出问题，意见从 6 个方面明确未来重点任务。

时间回到 2020 年春天。3 月底的浙江宁波舟山港春寒料峭。习近平总书记冒雨来到这里，实地考察复工复产。

宁波舟山港穿山港区（2021 年 3 月 3 日摄，无人机照片）。新华社记者 翁忻旸 摄

"我感觉到，现在的形势已经很不一样了，大进大出的环境条件已经变化，必须根据新的形势提出引领发展的新思路。"

回京后不久，习近平总书记在 2020 年 4 月 10 日召开的中央财经委员会第七次会议上提出——"构建以国内大循环为主体、国内国际双循环相互促进的新发展格局"。2020 年 10 月，党的十九届五中全会对构建新发展格局作出全面部署。

构建新发展格局，是习近平总书记统筹国内国际两个大局、统筹高质量发展和高水平安全，掌握未来发展主动权的前瞻性战略布局和先手棋。

习近平总书记指出："加快构建新发展格局，就是要在各种可以预见和难以预见的狂风暴雨、惊涛骇浪中，增强我们的生存力、竞争力、发展力、持续力，确保中华民族伟大复兴进程不被迟滞甚至中断。"

大国经济有着广阔的市场和回旋空间。

习近平总书记深刻指出："改革开放以来，我们遭遇过很多外部风险冲击，最终都能化险为夷，靠的就是办好自己的事、把发展立足点放在国内。"

在习近平总书记亲自部署、亲自推动下，构建新发展格局蹄疾步稳、扎实推进。

出台《建设高标准市场体系行动方案》，审议通过《关于加快构建新发展格局的指导意见》，破除妨碍生产要素市场化配置和商品服务流通的体制机制障碍……一系列改革举措着力疏通经脉、扩大内需；

京津冀协同发展、长江经济带发展、粤港澳大湾区建设、长三角一体化发展、黄河流域生态保护和高质量发展……着眼服务和融入新发展格局，一个个相互支撑、优势互补的区域发展战略全面实施；

统筹推进 21 个自贸试验区建设；与 149 个国家、32 个国际组织签署共建"一带一路"合作文件；《区域全面经济伙伴关系协定》生效实施；正式申请加入《全面与进步跨太平洋伙伴关系协定》……高水平对外开放的步伐不断加快。

新发展格局决不是封闭的国内循环，而是开放的国内国际双循环。

2022 年以来，虽然我国外贸外资增速放缓，但总体仍实现"开门稳"。前 4 个月外贸同比增长 7.9%，实际使用外资增长 20.5%，新增合同外资 1 亿美元以上大项目 185 个，相当于平均每天有 1.5 个外资大项目落地，展现出中国市场的强大吸引力。

5月18日晚，庆祝中国国际贸易促进委员会建会70周年大会暨全球贸易投资促进峰会在北京举行。

习近平总书记发表视频致辞，重申"中国扩大高水平开放的决心不会变，中国开放的大门只会越开越大"，表示中国将持续打造市场化法治化国际化营商环境，"为全球工商界提供更多市场机遇、投资机遇、增长机遇"。

加快构建新发展格局，是一场需要保持顽强斗志和战略定力的攻坚战、持久战。只要锚定目标、坚定不移，我们就一定能重塑中国发展新优势。

奋发开创新局——"既正视困难又坚定信心，发扬历史主动精神，迎难而上，敢于斗争，砥砺前行，奋发有为"

火车站到发列车数逐步增加，江南造船按期交付疫情下首艘船，崇明首批集贸市场"有限开放"，老街上的南翔小笼重新飘香……近期遭受疫情冲击的上海，正在分阶段推进复商复市，努力把失去的时间抢回来。

中国经济是一片大海，风雨无阻，大海依旧在那儿。

习近平总书记指出："我们要既正视困难又坚定信心，发扬历史主动精神，迎难而上，敢于斗争，砥砺前行，奋发有为，以实际行动迎接中共二十大胜利召开。"

今天的中国，正阔步走在实现第二个百年奋斗目标的新征程上，进行着人类历史上最为宏大而独特的实践创新。展望未来，在迈向现代化的历史进程中，还会有各种可以预见和难以预见的风险挑战。

发展和安全，如一体之双翼、驱动之双轮。

习近平总书记指出："统筹发展和安全，增强忧患意识，做到居安思危，是我们党治国理政的一个重大原则。"

习近平总书记对时代发展大势始终保持清醒认识："面对波谲云诡的国际形势、复杂敏感的周边环境、艰巨繁重的改革发展稳定任务，我们必须始终保持高度警惕""我们必须坚持统筹发展和安全，增强机遇意识和风险意识，树立底线思维，把困难估计得更充分一些，把风险思考得更深入一些。"

……

越是充满艰难险阻，越要把握好时与势，坚定信心向前进。

2022 年全国两会期间，习近平总书记提出"五个必由之路"的重大论断。

"坚持党的全面领导是坚持和发展中国特色社会主义的必由之路""中国特色社会主义是实现中华民族伟大复兴的必由之路""团结奋斗是中国人民创造历史伟业的必由之路""贯彻新发展理念是新时代我国发展壮大的必由之路""全面从严治党是党永葆生机活力、走好新的赶考之路的必由之路"。

同时，习近平总书记深刻阐释我国发展具有"五个战略性有利条件"。

"有中国共产党的坚强领导""有中国特色社会主义制度的显著优势""有持续快速发展积累的坚实基础""有长期稳定的社会环境""有自信自强的精神力量"。

这一深刻剖析，既回答了新时代我们为什么成功，也揭示了未来我们怎样才能继续成功。

面向未来，无论国际风云如何变幻，我们都要坚定信心走好自己的路、办好自己的事，推进高质量发展不停步，以"时时放心不下"的责任感，抓住高水平安全不放松，防止各类"黑天鹅""灰犀牛"事件发生。

"当今世界正经历百年未有之大变局，但时与势在我们一边，这是我们定力和底气所在，也是我们的决心和信心所在。"

新时代新航程上，我们有以习近平同志为核心的党中央坚强领导，有14亿多中国人民的团结奋斗，统筹好高质量发展和高水平安全，"中国号"巨轮必定能够闯激流、过险滩，驶向更加壮阔的前程！（新华社北京 2022 年 5 月 25 日电，记者韩洁、熊争艳、杨依军、高敬）

开创维护国家安全的崭新局面

——新时代中国维护国家安全述评

"增强忧患意识，做到居安思危，是我们治党治国必须始终坚持的一个重大原则。我们党要巩固执政地位，要团结带领人民坚持和发展中国特色社会主义，保证国家安全是头等大事。"

党的十八大以来，以习近平同志为核心的党中央统筹把握中华民族伟大复兴战略全局和世界百年未有之大变局，加强国家安全战略谋划和顶层设计，大力推进国家安全领域理论创新、实践创新、制度创新，开创维护国家安全的崭新局面，为党和国家兴旺发达、长治久安提供了有力保证。

坚持总体国家安全观 构建新安全格局

国家安全是安邦定国的重要基石，维护国家安全是全国各族人民根本利益所在。

进入新时代，我国面临更为严峻的国家安全形势，外部压力前所未有，传统安全威胁和非传统安全威胁相互交织，"黑天鹅""灰犀牛"事件时有发生。

党的十八大以来，以习近平同志为核心的党中央顺应时代发展大势，从新时代坚持和发展中国特色社会主义的战略高度，把马克思主义国家安全理论和当代中国安全实践、中华优秀传统战略文化结合起来，创造性提出了总体国家安全观。10 年来，我们党坚定不移走中国特色国家安全道路，推动国家安全工作实现历史性变革。

2022 年 4 月 14 日山东省枣庄市市中区人民法院工作人员在龙山路街道荣华里社区向居民讲解国家安全知识。新华社发 孙中喆 摄

国家安全领导体制和制度机制日益完善。

2013 年 11 月，党的十八届三中全会决定成立中央国家安全委员会；2014 年 1 月，中共中央政治局召开会议，研究决定中央国家安全委员会设置。

2014 年 4 月 15 日，中央国家安全委员会第一次全体会议召开。中共中央总书记、国家主席、中央军委主席、中央国安委主席习近平指出，必须坚持总体国家安全观，以人民安全为宗旨，以政治安全为根本，以经济安全为基础，以军事、文化、社会安全为保障，以促进国际安全为依托，走出一条中国特色国家安全道路。

总体国家安全观系统回答了中国特色社会主义进入新时代，如何既解决好大国发展进程中面临的共性安全问题，同时又处理好中华民族伟大复兴关键阶段面临的特殊安全问题这个重大时代课题，是我们党历史上第一个被确立为国家安全工作指导思想的重大战略思想。

党的十九大将坚持总体国家安全观纳入新时代坚持和发展中国特色社会主义的基本方略，并写入党章，反映了全党全国人民的共同意志。

2020年12月11日，中共中央政治局就切实做好国家安全工作举行第二十六次集体学习。习近平总书记就贯彻总体国家安全观提出10点要求。

2021年11月18日，习近平总书记主持召开中共中央政治局会议，审议《国家安全战略（2021—2025年）》。会议指出，新形势下维护国家安全，必须牢固树立总体国家安全观，加快构建新安全格局。

我国不断完善国家安全风险评估预警机制、国家安全审查和监管制度、国家安全危机管控机制、国家应急管理机制、国家安全综合保障体系等一系列制度机制，国家安全工作合力和整体效能进一步增强，为动员打好国家安全总体战提供坚强制度保障。

制定出台一系列国家安全领域法律法规。

2015年7月1日，第十二届全国人大常委会第十五次会议通过《中华人民共和国国家安全法》，将每年4月15日确定为全民国家安全教育日。

近年来，反间谍法、反恐怖主义法、网络安全法、国家情报法、境外非政府组织境内活动管理法、核安全法、英雄烈士保护法、密码法等一系列国家安全领域法律法规出台。

我国基本形成了立足我国国情、体现时代特点、适应我国所处战略安全环境、内容协调、程序严密、配套完备、运行有效的中国特色国家安全法律体系，为维护国家安全提供了有力法治保障。

10年来，我国政治安全进一步巩固，维护重点领域安全取得明显成效，人民群众安全意识普遍增强。

统筹发展和安全 实现高质量发展和高水平安全的良性互动
发展与安全如鸟之两翼、车之双轮。

党的十九届五中全会通过的《中共中央关于制定国民经济和社会发展第十四个五年规划和二〇三五年远景目标的建议》，首次把统筹发展和安全纳入"十四五"时期我国经济社会发展的指导思想，并列专章作出战略部署，突出了国家安全在党和国家工作大局中的重要地位。

疫情要防住、经济要稳住、发展要安全，这是党中央的明确要求。

各地各部门一手抓防疫，坚持外防输入、内防反弹，坚持科学精准、动态清零不动摇；一手抓发展，坚持稳字当头、稳中求进，扎实做好"六稳"工作，全面落实"六保"任务。

7月中旬，2022年中国经济半年报交出成绩单：上半年，国内生产总值同比增长2.5%，二季度经济顶住下行压力实现正增长，6月经济企稳回升，主要经济指标全面回升。

截至目前，中国是世界主要大国中，新冠肺炎发病率最低、死亡人数最少的国家。中国最大限度保护了人民生命安全和身体健康，统筹经济发展和疫情防控取得世界上最好的成果。

"洪范八政，食为政首。"确保粮食安全是重大战略性根本问题。习近平总书记强调，"在粮食安全这个问题上不能有丝毫麻痹大意"。

10年来，我国牢牢把住粮食安全主动权，坚持藏粮于地、藏粮于技战略，严守18亿亩耕地红线，累计建成9亿亩高标准农田，深入实施种业振兴行动，粮食产量连续7年稳定在1.3万亿斤以上，实现谷物基本自给、口粮绝对安全。

能源被喻为工业的粮食。习近平总书记强调，中国作为制造业大国，要发展实体经济，能源的饭碗必须端在自己手里。

近10年来，我国以年均约2.9%的能源消费增长支撑了6.2%的国民经济增长；发电装机超过24亿千瓦，人均电力装机由2014年的1千瓦增长至1.7千瓦。2021年天然气产量比2012年增长近一倍，原油产量连续10年保持2亿吨左右；"北煤南运""西煤东运"能力显著增强，油气基础设施网络基本成型；到2021年煤炭消费比重降至56%，清洁能源消费比重上升到25.5%……

党的十八大以来，我国持续加强科技创新、模式创新和制度创新，增强产业链、供应链自主可控水平：实施龙头企业保链稳链工程；启动一批产业基础再造工程项目；培育"专精特新"企业；促数字经济发展，推进 5G 规模化应用；培育壮大集成电路、人工智能等数字产业……

防范化解重大金融风险攻坚战取得重要阶段性成果，高风险影子银行规模较历史峰值压降约 25 万亿元，过去 10 年累计消化不良资产 16 万亿元。

面对严峻复杂的国际形势和接踵而至的巨大风险挑战，中国坚持底线思维，打好化险为夷、转危为机的战略主动战，实现高质量发展和高水平安全的良性互动。

巩固国家安全人民防线 有效维护国家安全

民为邦本，本固邦宁。

习近平总书记强调，要坚持国家安全一切为了人民、一切依靠人民，动员全党全社会共同努力，汇聚起维护国家安全的强大力量，夯实国家安全的社会基础，防范化解各类安全风险，不断提高人民群众的安全感、幸福感。

人民安全是国家安全的核心，国家安全工作以人民安全为宗旨，以人民为坚强后盾、力量之源。

走进江西省首家国家安全教育示范点——南昌市红谷滩区红角洲管理处一个社区，小朋友们正在玩一款 VR 红色宣教小游戏。

"这款小游戏是我们发挥 VR 产业优势开发的，通过沉浸式宣教体验，传导了'红色基因传承'的大意义，让青少年更加深刻地认识到文化安全的重要性。"社区工作人员说。

红谷滩区委国安办相关负责人表示，国家安全宣传教育要用接地气、冒热气、有生气的"群众语言"，才能达到"润心细无声"的效果。

设立全民国家安全教育日，以总体国家安全观为指导，全面实施国家安全法，深入开展国家安全宣传教育和全民国防教育，切实增强全民国家安全意识，推动全社会形成维护国家安全的强大合力。

国家安全机关依法履行反间谍、维护政治安全、海外安全保卫等职能，侦破一批危害国家安全重大案件；贯彻落实香港国安法，依法惩治分裂国家、颠覆国家政权、组织实施恐怖活动、勾结外国或境外势力危害国家安全等犯罪活动，坚决打击外部势力和敌对势力"反中乱港"的一切图谋。

国家安全机关出台《反间谍安全防范工作规定》《公民举报危害国家安全行为奖励办法》，为维护国家安全不断完善制度保障。

近年来，各地高校师生同上一堂国家安全教育课，以生动、真实的案例向高校师生展现维护国家安全的正确行为示范，教育引导广大师生树牢总体国家安全观，将国家安全意识转化为自觉行动……

经过综合施策、持续努力，全社会维护国家安全的积极性主动性明显增强，各领域安全的人民防线进一步巩固。

2021 年 4 月 15 日香港市民排队参加全民国家安全教育日活动。新华社记者 卢炳辉 摄

10 年来，国家安全得到全面加强，经受住了来自政治、经济、意识形态、自然界等方面的风险挑战考验，为党和国家兴旺发达、长治久安提供了有力保证。

居安思危，思则有备，备则无患。

在以习近平同志为核心的党中央坚强领导下，14 亿多人民作为国家安全的坚定维护者，人人绷紧安全这根弦，拧紧头脑中的"安全阀"，必将推动中国号巨轮在时代风云中破浪前行，为实现中华民族伟大复兴中国梦筑牢安全保障。（新华社北京 2022 年 9 月 21 日电，记者熊争艳、刘奕湛、戴小河）

下好全国发展的一盘棋

——从实施区域协调发展战略看中国特色社会主义制度优势

打开中国地图，960 万平方公里的广袤大地上，京津冀、长三角、粤港澳大湾区高质量发展动力源作用日益增强，长江、黄河两条母亲河走上生态优先、绿色发展的道路，东西部发展差距持续缩小、重要功能区关键作用更加凸显……

党的十八大以来，习近平总书记高瞻远瞩、统揽全局，不断丰富完善区域协调发展的新理念新思想新战略，推动形成优势互补、高质量发展的区域经济布局，引领我国区域协调发展取得历史性成就、发生历史性变革。

新时代促进区域协调发展的成功实践，凸显习近平新时代中国特色社会主义思想的真理之光，彰显中国特色社会主义制度的强大优势和充沛活力。

全局谋划顶层设计

2022 年 7 月 25 日，中国矿产资源集团有限公司正式揭牌，成为又一家注册落户河北雄安新区的中央企业。

中国星网、中国中化、中国华能等 3 家央企总部启动建设，首批非首都功能疏解的高校、医院基本确定选址，一批符合新区功能定位的市场化疏解项目落地建设……

北京向南 100 多公里，当代中国共产党人正在一张白纸上规划缔造一座未来之城——承载"千年大计、国家大事"使命的雄安新区。

外媒评价说，中国按照高标准高质量的要求规划建设河北雄安新区和北京城市副中心，力图让京津冀协同发展成为缩小区域间经济差距的标杆。

我国幅员辽阔、人口众多，各地区自然资源禀赋差别之大世界罕见。如何充分发挥社会主义制度优势，促进区域协调发展，是我国迈向现代化进程中必须要解决好的重大课题。

党的十八大以来，以习近平同志为核心的党中央立足我国区域发展新形势，着眼全国"一盘棋"，以深化区域协调发展经略发展大格局。

这是京雄城际铁路雄安站（2021 年 7 月 1 日摄，无人机照片）。新华社记者 牟宇 摄

习近平总书记亲自谋划、亲自部署、亲自推动京津冀协同发展、长江经济带发展、粤港澳大湾区建设、长江三角洲区域一体化发展、黄河流域生态保护和高质量发展等区域重大战略，部署进一步完善支持西部大开发、东北振兴、中部崛起、东部率先发展的政策体系，确立了基本公共服务均等化、

基础设施通达程度比较均衡、人民基本生活保障水平大体相当的区域协调发展目标。

"立足于解决发展不平衡不充分问题,将区域、城乡、陆海等不同类型、不同功能的区域纳入国家战略层面统筹规划、整体部署。"中国国际经济交流中心副理事长王一鸣说。

从全局谋划区域,以区域服务全局。

"不能简单要求各地区在经济发展上达到同一水平,而是要根据各地区的条件,走合理分工、优化发展的路子""不平衡是普遍的,要在发展中促进相对平衡,这是区域协调发展的辩证法",习近平总书记为新形势下促进区域协调发展指明方向。

港珠澳大桥海上日出(2019 年 8 月 7 日摄,无人机照片)。新华社发

尊重客观规律,产业和人口向优势区域集中,形成以京津冀、长三角、粤港澳大湾区等城市群为主要形态的增长动力源。

发挥比较优势,经济发展条件好的地区承载更多产业和人口,发挥价值创造作用;生态功能强的地区要得到有效保护,创造更多生态产品;增强边疆地区发展能力，使之有一定的人口和经济支撑，以促进民族团结和边疆稳定。

完善空间治理，按照主体功能定位划分政策单元，对重点开发地区、生态脆弱地区、能源资源地区等制定差异化政策，分类精准施策。

蓝图擘画，还要有效机制确保落实。

围绕区域重大战略，中央层面成立领导小组统筹指导，党中央、国务院印发纲领性文件为战略实施提供根本遵循，中央财政加大资金支持力度，在相关部门设立领导小组办公室承担日常工作，各地政府成立相应机构推动落实……

"必须坚持和加强党的全面领导，坚定不移贯彻落实党中央大政方针和决策部署，这为区域发展工作提供坚强政治保证和组织保障。"国家发展改革委地区司司长肖渭明说。

发挥比较优势形成发展合力

8月17日，2022年度长三角地区主要领导座谈会在上海落幕。会议传递出明确信号：紧扣"一体化"和"高质量"，约占全国经济总量四分之一的长三角地区，下半年要为全国稳住经济大盘作出积极贡献。

这是沪苏浙皖4地自2018年以来连续第五年召开座谈会，围绕长三角一体化发展进行深度探讨。

2022年上半年，上海集成电路、生物医药、人工智能等三大先导产业实现正增长；安徽、浙江规模以上工业增加值同比分别增长5.6%、5.5%；江苏省外贸进出口规模创历史同期新高……尽管受到疫情影响，三省一市以一体化发展的确定性对冲外部环境的不确定性，主要经济指标持续回稳向好。

"'一体化'不是'一样化'，关键是发挥三省一市比较优势，增加区域综合实力，激活整体活力，增强主体竞争力和共同抵御风险的能力。"中国宏观经济研究院副院长吴晓华说。

中国特色社会主义制度是当代中国发展进步的根本制度保障，是具有鲜明中国特色、明显制度优势、强大自我完善能力的先进制度。

以制度聚力，优化区域互助格局，统筹发达地区和欠发达地区发展。

电视剧《山海情》中，小小的双孢菇远销外地，助力闽宁镇村民走上致富路。现实中，双孢菇已经从村民家的小作坊搬到了智能化厂房，一批批福建企业在闽宁协作机制引领下扎根宁夏西海固，成为区域协调发展的生动注脚。

2021年3月29日在宁夏银川市永宁县闽宁镇，福建农林大学教授林占熺（右二）与农户交流菌草种植技术。新华社记者 王鹏 摄

补齐短板、缩小差距，是"协调"二字题中应有之义。

提供援助资金、选派挂职干部和专业技术人才、发展"飞地经济"……深化东西部协作和对口支援，深化东北与东部地区对口合作，完善对革命老区、边疆地区、生态退化地区、资源型地区和老工业基地等精准支持政策，促进发达地区和欠发达地区更好共同发展。

以制度聚力，构建高质量发展的区域经济布局和国土空间支撑体系。

"区域重大战略的提出体现了实践先行、与时俱进的理论提升和现实需求，为构建新发展格局提供了新的战略视角和支撑，为落实新发展理念、推动高质量发展构建了新的空间格局和功能板块。"中国城市和小城镇改革发展中心主任高国力说。

打造创新动力源，京津冀、长三角、粤港澳大湾区创新要素加快集聚，国家技术创新中心和重大科技基础设施围绕区域重大战略布局落子；

共抓大保护、不搞大开发，破题长江经济带发展、黄河流域生态保护和高质量发展，为国家的"江河战略"确立生态优先、绿色发展的鲜明定位；

布局海南自由贸易港、打通向西开放大通道、打造对外开放新高地，由点及线到面，支撑新发展格局加快构建；

……

创新、协调、绿色、开放、共享，以新发展理念指引区域协调发展战略实施，彰显制度文明的自觉与自信。

打破利益藩篱释放治理效能

新安江江畔秋高气爽，安徽省黄山市歙县深渡镇码头开始热闹起来。众多游客慕名而来，从这里泛舟顺流而下，入浙江省千岛湖登岸，欣赏沿江山水。

发源于安徽省黄山市的新安江，是浙江省最大的入境河流，也是皖浙乃至长三角地区重要的生态屏障。

回首过往，深渡镇大茂社区党总支书记姚顺武感慨万千："江面有垃圾，岸边有化工厂，水质不堪回首。"

新安江的巨变，姚顺武是见证者，也是参与者。

2012年，皖浙两省在新安江启动全国首个跨省流域生态补偿机制试点，按照"谁受益谁补偿、谁保护谁受偿"原则，建立补偿标准体系。两省约定，年度水质达标，浙江对安徽进行补偿，反之安徽对浙江进行补偿。

建立流域上下游互访协商机制、构建财政支持生态保护长效机制……10年间3轮改革试点，以体制机制建设为保障，皖浙两省走出了一条"上游主动强化保护、下游支持上游发展"的互利共赢之路。

"我们改造茶叶基地，通过禁用农药提升品质，同时发展农产品加工业。"姚顺武说，当地还发展乡村旅游，仅大茂社区就有 40 多家民宿农家乐。

如今的新安江成为名副其实的"心安之江"，连续 9 年达到补偿考核要求，每年向千岛湖输送 60 多亿立方米洁净水，千岛湖水质稳定保持为优。

大江大河由于行政管理分割，一直是治理难题。新安江的绿色转型之路，彰显了中国特色社会主义制度通过改革创新不断自我完善、自我修复的强大优势。

出台建立长江、黄河全流域横向补偿机制的实施方案，制定洞庭湖、鄱阳湖、太湖流域生态保护补偿的指导意见，各地积极探索共建立 13 个跨省份流域生态保护补偿机制……区域间生态保护补偿的合作网络织密织牢。

党的十八大以来，我国以完善产权制度和要素市场化配置为重点，持续破除地区间的利益藩篱和政策壁垒，促进人口、土地、资金、技术等各类要素合理流动和高效集聚，把制度优势更好转化为发展效能。

"一张蓝图管全域""一个标准管准入"，标准、监测、执法"三统一"……横跨沪苏浙三地的长三角生态绿色一体化发展示范区聚焦集中化、集成化、高强度改革试验，一系列制度创新成果加速复制推广；

海南自由贸易港围绕贸易、投资、跨境资金流动、人员进出、运输来往自由便利以及数据安全有序流动深化改革探索，近两年新增市场主体超过 100 万户；

加快建设全国统一大市场、启动实施基本养老保险全国统筹、改革土地管理制度、完善能源消费双控制度、完善财政转移支付制度……改革从多方面入手健全区域协调发展新机制，破除障碍顽疾。

在以习近平同志为核心的党中央坚强领导下，充分发挥社会主义制度的独特优势，深入实施区域协调发展战略，必将能实现各区域更高质量、更有效率、更加公平、更可持续发展，为加快构建新发展格局、推进高质量发展注入源源动力。

（新华社北京 2022 年 10 月 12 日电，记者安蓓、谢希瑶、姜刚、刘红霞、郭宇靖）

坚定不移走中国特色金融发展之路

——中央金融工作会议为金融发展指明前进方向、激发信心动力

2023 年 10 月 30 日至 31 日，中央金融工作会议在北京举行。习近平总书记在重要讲话中总结党的十八大以来金融工作，分析金融高质量发展面临的形势，部署当前和今后一个时期的金融工作。

全国各地各部门认真学习领会中央金融工作会议精神。大家表示，这次会议为新时代新征程推动金融高质量发展指明了前进方向、激发了信心动力。必须坚持以习近平新时代中国特色社会主义思想为指导，深入学习贯彻习近平经济思想，奋发有为、笃行不怠，扎扎实实把会议各项部署落实落地。

举旗定向，为新时代推动金融高质量发展提供根本遵循

党的十八大以来，在以习近平同志为核心的党中央集中统一领导下，金融系统有力支撑经济社会发展大局，坚决打好防范化解重大风险攻坚战，为如期全面建成小康社会、实现第一个百年奋斗目标作出了重要贡献。

"党的十八大以来金融事业取得的成绩，根本在于习近平新时代中国特色社会主义思想的科学指导，在于习近平总书记的领航掌舵，在于党中央的坚强领导。"中国人民银行货币政策司司长邹澜说，会议用"来之不易"总结金融领域取得的实践成果、理论成果，令他感触颇深。近年来，金融系统深刻把握金融工作的政治性、人民性，确保金融工作沿着正确方向前进，为

经济社会长期稳定健康发展提供了有力支撑。

2022 年 9 月 4 日拍摄的服贸会首钢园区金融服务专题展一角。新华社记者 郝昭 摄

"立足中国国情、紧扣时代脉搏"是不少人学习会议精神后的突出感受。

中国民生银行首席经济学家温彬表示，党中央把马克思主义金融理论同当代中国具体实际相结合、同中华优秀传统文化相结合，对金融本质规律的认识不断提升到新高度，持续推进金融事业实践创新、理论创新、制度创新，走出了一条中国特色金融发展之路。

会议围绕奋力开拓中国特色金融发展之路强调了"八个坚持"。

"'八个坚持'明确了金融工作怎么看、怎么干，既有世界观，又有方法论，为我们下一步工作提供了根本遵循和行动指南。"中国农业银行个人金融部总经理孙宁表示，国有商业银行坚定践行"金融为民"理念，不断拓展普惠金融服务的广度和深度，努力打通基础金融服务"最后一公里"。

金融事业起于为人民服务，兴于为人民服务。

2023 年 10 月 12 日，2023 中国（北京）数字金融论坛在北京丰台丽泽金融商务区举行。这是论坛上的数字人民币应用实践展示。新华社记者 李鑫 摄

"通过学习领会这次会议精神，我们对未来金融服务水平提升有了更高期待。"陕西省西安市长安区子午街道东台新村党支部书记肖建军说，今年 5 月该村成为陕西秦农银行授予的信用村，不少村民在信贷资金支持下开办民宿、开发旅游项目、开展特色种植，收入大幅增长，金融服务的获得感不断提升。

谋篇布局，提出加快建设金融强国目标

金融是国民经济的血脉，是国家核心竞争力的重要组成部分。

"在世界格局发展演变的十字路口，党中央谋篇布局，提出加快建设金融强国目标，推进金融高质量发展，顺应时代之需。"国家外汇管理局外汇研究中心主任丁志杰说，要不断提升金融工作的专业性，打造具有国际竞争力的金融业，推动我国从金融大国走向金融强国。

在国家开发银行首席业务官刘培勇看来，加快建设金融强国，就要加快

建设中国特色现代金融体系，为经济社会发展提供高质量的金融服务。"会议提出强化政策性金融机构职能定位，我们要聚焦主责主业，进一步支持国家重大战略、重点领域和薄弱环节发展，积极服务基础设施建设、高水平科技自立自强和先进制造业发展等领域，支持加快保障性住房等'三大工程'建设。"

华科精准（北京）医疗科技有限公司成立 8 年来，已研发出多款填补国内空白的国家创新医疗器械。企业首席运营官王兰芬说："会议提出把更多金融资源用于促进科技创新、先进制造、绿色发展和中小微企业，这给民营科技企业吃下了'定心丸'，让我们创新的底气更足，我们力争在生物医疗领域为高质量发展注入更多活力。"

2019 年 5 月 9 日，两名鞋业公司的工作人员（左一和左二）向银行工作人员咨询中小微企业金融服务方案细则。当日，福建自贸区福州片区税企银三方对接会在马尾基金小镇举办，来自传统制造业、物联网和电子商务等行业的企业代表参加对接会。新华社记者 魏培全 摄

会议提出"更好发挥资本市场枢纽功能"，并就推动股票发行注册制走

深走实、促进债券市场高质量发展等任务进行部署。中泰证券首席经济学家李迅雷认为，资本市场的作用将更加凸显，有助于提升各方对资本市场稳健发展的信心。

"服务实体经济是资本市场本职，近年来我国资本市场服务实体经济的功能明显增强。"中国证监会市场监管一部主任张望军表示，证监会将不断深化对中国特色金融发展之路的规律性认识，加快建设安全、规范、透明、开放、有活力、有韧性的资本市场，更好发挥资本市场枢纽功能，更好服务金融高质量发展和中国式现代化建设。

2022 年 9 月 4 日，在服贸会首钢园区金融服务专题展上，参观者在中国民生银行展台咨询金融业务。新华社记者 金皓原 摄

实干笃行，不断开创金融发展新局面

中央金融工作会议明确了金融发展路线图，重在落实落地。

　　"加强党中央对金融工作的集中统一领导,是做好金融工作的根本保证。"
国投集团国投创合基金管理有限公司总经理刘伟表示,作为国家基金管理机
构及中央企业基金公司,公司将加快落实"大力支持实施创新驱动发展战略"
等会议部署,积极探索以基金投资助力科技创新的新模式,支持科技型中小
企业发展壮大。

2023 年 8 月 17 日,浙江省丽水市青田县方山乡田鱼养殖户吴勇强(中)在接受青田农商
银行"小蜻蜓"服务队志愿者提供的"惠民易贷"上门服务。近年来,青田县金融发展中心联
合各个金融机构优化配套乡村振兴金融服务,推出"惠民易贷""农家乐贷"等金融产品,重
点支持涉农龙头企业及特色种养殖产业。新华社记者 徐昱 摄

　　统筹发展和安全,是做好金融工作的关键所在。"会议部署为金融监管
工作明确了重点和方向。"国家金融监督管理总局法律法规工作相关负责人
綦相说,国家金融监督管理总局及省市两级派出机构已先后挂牌,各项工作
稳步推进,取得阶段性成效。下一步,金融监管总局将深入贯彻落实中央金
融工作会议精神,以机构改革为契机,加强金融法治建设,及时推进金融重
点领域和新兴领域立法,努力构建系统完备、科学规范、运行高效的金融监

管体系，不断提升监管能力，牢牢守住不发生系统性金融风险的底线，为金融业发展保驾护航。

实现加快建设金融强国的目标，推动金融高质量发展，深化改革、扩大开放是必由之路。

"上海自贸试验区临港新片区设立4年来，地区生产总值年均增长21.2%，这离不开金融高水平开放的有力支持。"临港新片区管委会金融贸易处副处长殷军说，临港新片区将充分利用各项金融改革政策，更好激发各类金融机构的活力，不断开创金融发展新局面。

2023年9月6日拍摄的中国（上海）自由贸易试验区临港新片区，左上为东海大桥，前为建设中的中银金融中心大楼（无人机全景照片）。新华社记者 方喆 摄

新时代新征程上，金融发展任务十分艰巨。中国光大银行战略管理与投资者关系部总经理陈光表示，作为金融队伍中的一员，要切实提高政治站位，胸怀"国之大者"，强化使命担当，坚定不移走中国特色金融发展之路，确保工作部署落实落地，为中国式现代化建设增添金融力量。（新华社北京2023年11月1日电，记者赵晓辉、吴雨、高敬、姚均芳、李延霞、李亚楠、刘开雄、张千千、温竞华、刘慧、王希、桑彤）

总书记这 3 次重要讲话，人民情怀始终如一

"这次大会选举我继续担任中华人民共和国主席，我对各位代表和全国各族人民的信任，表示衷心感谢！"

"这是我第三次担任国家主席这一崇高职务。人民的信任，是我前进的最大动力，也是我肩上沉甸甸的责任。我将忠实履行宪法赋予的职责，以国家需要为使命，以人民利益为准绳，恪尽职守，竭诚奉献，绝不辜负各位代表和全国各族人民的重托！"

2023 年 3 月 13 日，习近平在十四届全国人大一次会议闭幕会上的重要讲话，情真意切、字字千钧。

短短一百余字，清晰的关键词：责任、使命、奉献……让人情不自禁联想到他的那句名言——"我将无我，不负人民"。

习近平前两次重要讲话，都有这样真挚、郑重的表达。

2013 年，他说："我深知，担任国家主席这一崇高职务，使命光荣，责任重大。我将忠实履行宪法赋予的职责，忠于祖国，忠于人民，恪尽职守，夙夜在公，为民服务，为国尽力，自觉接受人民监督，决不辜负各位代表和全国各族人民的信任和重托。"

2018 年，他说："担任中华人民共和国主席这一崇高职务，使命光荣，责任重大。我将一如既往，忠实履行宪法赋予的职责，忠于祖国，忠于人民，恪尽职守，竭尽全力，勤勉工作，赤诚奉献，做人民的勤务员，接受人民监督，决不辜负各位代表和全国各族人民的信任和重托！"

3 次重要讲话，"我将无我，不负人民"的赤子之心感人肺腑。

人民共和国，人民的事情最大。3 次重要讲话，习近平都表达了强烈的使命和担当。

2013 年，他说，"面对浩浩荡荡的时代潮流，面对人民群众过上更好生活的殷切期待，我们不能有丝毫自满，不能有丝毫懈怠，必须再接再厉、一往无前"。

2018 年，他说，"始终要把人民放在心中最高的位置，始终全心全意为人民服务，始终为人民利益和幸福而努力工作"。

今年的讲话，习近平郑重强调，"我们要始终坚持人民至上"，"让现代化建设成果更多更公平惠及全体人民，在推进全体人民共同富裕上不断取得更为明显的实质性进展"。

3 次重要讲话，10 年夙夜在公。"我将无我，不负人民"，是兢兢业业、殚精竭虑的奉献。

2014 年在俄罗斯索契接受采访，习近平对记者说："我个人的时间都去哪儿了？当然是都被工作占去了。"

脱贫攻坚，习近平 7 次主持召开中央扶贫工作座谈会，50 多次调研扶贫工作，走遍全国 14 个集中连片特困地区。

谋划改革，习近平主持召开中央深改组、深改委会议近 70 次，全面深化改革启动后出台的改革举措数以千计。

疫情来袭，习近平在农历正月初一主持召开中央政治局常委会会议，最关键的时候平均不到 10 天就召开一次会议进行决策部署。

"民之所忧，我必念之；民之所盼，我必行之"。让人民生活幸福是"国之大者"。习近平总是把自己称为"人民的勤务员"。他说："中国共产党就是人民的党，就是为人民办这些事的，看到人民的生活好起来了，富裕起来了，有钱花了，孩子们受到好的教育，老人们医疗有保障了，我们就高兴了。"

人民共和国，人民的位置最高。3次重要讲话，习近平都宣示了坚定的决心和意志。

2013年，他说，"我们要坚持党的领导、人民当家作主、依法治国有机统一，坚持人民主体地位，扩大人民民主，推进依法治国"。

2018年，他说，"我们必须始终坚持人民立场，坚持人民主体地位，虚心向人民学习，倾听人民呼声，汲取人民智慧，把人民拥护不拥护、赞成不赞成、高兴不高兴、答应不答应作为衡量一切工作得失的根本标准"。

今年的讲话，习近平深刻强调，"积极发展全过程人民民主"，"健全人民当家作主制度体系，体现人民意志，保障人民权益"。

3次重要讲话，10年夙夜在公。"我将无我，不负人民"，是许党许国、报党报国的赤诚。

面对长期积累的深层次体制机制问题和利益固化藩篱，习近平严肃指出，如果不能给老百姓带来实实在在的利益，如果不能创造更加公平的社会环境，甚至导致更多不公平，改革就失去意义，也不可能持续。

同特权思想、特权现象和贪腐坚决斗争，习近平指出，人民把权力交给我们，我们就必须以身许党许国、报党报国，该做的事就要做，该得罪的人就得得罪。

面对以美国为首的西方国家对我实施全方位的遏制、围堵、打压，习近平坚定指出，任何外国不要指望我们会拿自己的核心利益做交易，不要指望我们会吞下损害我国主权、安全、发展利益的苦果。

领导这样一个大国，每天都要面对各种各样的挑战、各个领域的斗争。始终在事关中国特色社会主义前途命运的大是大非问题上坚定不移，在改革发展稳定工作中敢于碰硬，在全面从严治党上敢于动硬，在维护国家核心利益上敢于针锋相对，归根到底源于崇高的使命感。习近平说，是人民"把我放在这样的工作岗位上"，"责任重于泰山"！

　　人民共和国，人民的力量最强。3次重要讲话，习近平都发出了勠力同心、勇毅前行的号召。

　　2013年，他说："中国梦是民族的梦，也是每个中国人的梦。只要我们紧密团结，万众一心，为实现共同梦想而奋斗，实现梦想的力量就无比强大，我们每个人为实现自己梦想的努力就拥有广阔的空间。"

　　2018年，他说："我相信，只要13亿多中国人民始终发扬这种伟大团结精神，我们就一定能够形成勇往直前、无坚不摧的强大力量！"

　　今年的讲话，习近平坚定表示："全面建成社会主义现代化强国，人民是决定性力量。""要不断巩固发展全国各族人民大团结、海内外中华儿女大团结，充分调动一切积极因素，凝聚起强国建设、民族复兴的磅礴力量。"

　　3次重要讲话，10年夙夜在公。"我将无我，不负人民"，是躬身践行、以身作则的风范。

　　每一年，习近平都要同少数民族群众交流，"像石榴籽那样紧紧抱在一起"的比喻深入人心，中华民族共同体意识越来越牢固。

　　每一年，习近平都要参加义务植树，"绿水青山就是金山银山"成为广泛的社会共识，祖国的天更蓝、山更绿、水更清。

　　每一年，习近平都要到校园同青年谈心，"不负时代，不负韶华"成为新时代青年的座右铭，祖国最需要的地方绽放出朵朵绚丽的青春之花。

　　放眼新时代的中国大地，大家都在努力奔跑，我们都是追梦人。

　　2019年在意大利进行国事访问时，习近平说："一个举重运动员，最开始只能举起50公斤的杠铃，经过训练，最后可以举起250公斤。我相信可以通过我的努力、通过全中国13亿多人民勠力同心来担起这副重担，把国家建设好。我有这份自信，中国人民有这份自信。"

　　10年夙夜在公，10年伟大变革。在习近平带领下，我们经历了对党和人民事业具有重大现实意义和深远历史意义的三件大事：迎来中国共产党成立一百周年，中国特色社会主义进入新时代，完成脱贫攻坚、全面建成小康社会的历史任务，实现第一个百年奋斗目标。全面建设社会主义现代化国家新征程已经开启，中华民族伟大复兴进入不可逆转的历史进程。

学习领悟3次重要讲话，习近平总是从中华民族大历史的角度去谈我们的使命任务。2013年讲实现中国梦，2018年讲建设社会主义现代化强国，今年的讲话，习近平提出"强国建设、民族复兴"的时代命题。其中一脉相承的，是让全体中国人民和中华儿女在实现中华民族伟大复兴的历史进程中共享幸福和荣光。

这也是"我将无我，不负人民"的博大情怀和深远旨归。（新华网记者王子晖）

第五章

推动构建人类命运共同体体现对人类社会发展进步的责任担当

扫码观看纪录片《天下情怀》

担当

命运与共行大道

——习近平外交思想推动人类发展进步潮流

使命 · 新时代

马克思、恩格斯在《德意志意识形态》中写道："作为确定的人，现实的人，你就有规定，就有使命，就有任务……这个任务是由于你的需要及其与现存世界的联系而产生的。"

2012 年 11 月 15 日，北京人民大会堂东大厅，新一届中共最高领导层的首次集体公开亮相吸引了全世界目光。新当选的中共中央总书记习近平庄严宣示："我们的责任，就是要团结带领全党全国各族人民，接过历史的接力棒，继续为实现中华民族伟大复兴而努力奋斗，使中华民族更加坚强有力地自立于世界民族之林，为人类作出新的更大的贡献。"

中国特色社会主义新时代大幕开启。国际观察家敏锐发现，在新时代治国理政的蓝图里，中国新一代领导人将中国的前途命运同世界的前途命运更加紧密地联系在一起。

从世界力量对比的横坐标和中华民族前进的纵坐标科学界定当今世界大势和我国所处的历史方位，在宏阔的时空维度中思考民族复兴和人类进步的深刻命题，党的十八大以来，习近平总书记将马克思主义基本原理同中国特色大国外交实践相结合、同中华优秀传统文化相结合，积极推进重大外交理论和实践创新，提出一系列富有中国特色、体现时代精神、引领人类发展进步潮流的新理念新主张新倡议。以习近平外交思想为根本遵循和行动指南，中国特色大国外交阔步前行，中国国际影响力、感召力、塑造力显著提升。

这是遍布五洲四海的中国朋友圈。42 次走出国门、足迹遍及 69 国，接待 100 多位国家元首和政府首脑来访，以电话、信函、视频等方式广泛开展"云外交"，元首外交把舵领航，构筑起更加全面、更为坚实的全球伙伴关系网络。已同 110 多个国家和地区组织建立伙伴关系，先后同 9 个国家建交、复交，建交国升至 181 个。

2021 年 12 月 31 日在尼加拉瓜首都马那瓜举行的中国驻尼加拉瓜大使馆复馆仪式上，五星红旗伴随着《义勇军进行曲》冉冉升起。新华社记者 辛悦卫 摄

这是世界各国共享的中国机遇。世界经济增长的主要引擎，全球第二大消费市场和第一大货物贸易国；平均每分钟有 7300 多万元人民币的货物在中国与世界间进出，平均每天有 40 多列火车在中国与 200 个欧洲城市间穿梭。从更短的负面清单到更优的营商环境，从共建"一带一路"到国家级"展会

矩阵"，从门类齐全的"世界工厂"到商机无限的"世界市场"，越来越多的国家搭上中国发展的快车、便车。

2022 年 6 月 1 日列车司机驾驶复兴号列车行驶在中老铁路上。新华社记者 江文耀 摄

这是回应时代之问的中国担当。联合国维和行动第二大出资国和重要出兵国、经济全球化的坚定倡导者、全球气候治理的积极参与者、始终站在国际抗疫合作的"第一方阵"……在中国身上，世界看到了"大国的样子"。从雁栖湖畔到西子湖畔，从联合国讲台到达沃斯小镇，从亚洲文明盛会到全球性政党峰会，构建人类命运共同体理念凝聚起中国梦与世界各国人民的美好梦想。

曾几何时，在西方中心主义的叙事中，东方被视为"边缘"的存在。有学者甚至认为，作为距离西方国家最远的一个传统大国，中国是"最后一块获得现代化的区域"。斗转星移，潮落潮起。从站起来、富起来到强起来，中国故事深刻改写着旧有的东方叙事。

这是中国与世界命运与共的新时代，这是人类发展进步的新篇章。英国历史学家伊恩·莫里斯感慨，国际舞台在向东方倾斜，历史马车正向东方驶去。

结伴·新道路

满头银发的阿纳托利·托尔库诺夫担任俄罗斯莫斯科国际关系学院院长已有30年，其间见证百余名外国政要的演讲。在他记忆里，2013年早春的那一场"最为难忘"。"习近平主席是一位具有现代理念的国家领导人，他的演讲非常精彩，大气磅礴，富有哲理。"

2013年3月，习近平担任国家主席后首次出访，在莫斯科国际关系学院发表首场外交演讲。世界瞩目：占世界五分之一人口、跃居全球第二大经济体的中国将如何处理同外部世界的关系，又将推动建设什么样的世界、构建什么样的国际关系？

"中国将坚定不移走和平发展道路，致力于促进开放的发展、合作的发展、共赢的发展，同时呼吁各国共同走和平发展道路""面对国际形势的深刻变化和世界各国同舟共济的客观要求，各国应该共同推动建立以合作共赢为核心的新型国际关系""人类生活在同一个地球村里，生活在历史和现实交汇的同一个时空里，越来越成为你中有我、我中有你的命运共同体"……"和平发展道路""新型国际关系""命运共同体"，习近平以3个简洁凝练的表达为国际社会理解新时代中国外交勾勒出一条清晰的逻辑主线。

侵占土地、奴役人民、劫掠资源……回望历史，战争、殖民曾是国家实力消长和国际格局演变的重要动因。"和平、和睦、和谐是中华民族5000多年来一直追求和传承的理念""消除战争，实现和平，是近代以后中国人民最迫切、最深厚的愿望"，创造过辉煌也经历过苦难的东方古国，走出了一条与传统大国崛起不同的和平发展新路，走出了一条"对话而不对抗、结伴而不结盟"的国与国交往新路。

有登高望远，有战略谋划。多次就外交主题进行中共中央政治局集体学习，召开新中国成立以来首次周边外交工作座谈会，先后两次召开中央外事工作会议。提出中国必须有自己特色的大国外交，作出"世界处于百年未有之大变局"的重大论断，丰富和平发展战略思想，坚持互利共赢的开放战略，以公平正义为理念引领全球治理体系改革……中国的"世界观""大国策"令世人瞩目。"推进大国协调和合作，构建总体稳定、均衡发展的大国关系框架""按照亲诚惠容理念和与邻为善、以邻为伴周边外交方针深化同周边国家关系""秉持正确义利观和真实亲诚理念加强同发展中国家团结合作"……一项项新政策新理念拓展和深化着全方位、多层次、立体化的外交布局。

由中国企业承建的埃及斋月十日城轻轨铁路通车试运行（2022年7月3日摄）。新华社记者 隋先凯 摄

有脚踏实地，有躬身力行。2013年初春，五大洲10国领导人几乎同一时间来华访问，习近平同老友新朋一一会谈会见，短短数日，中国实现了同其中4国伙伴关系的新提升。2019年仲夏，习近平4次出访，奔波5国6城，出席近90场活动，创造了新中国外交史的新纪录。在新冠肺炎疫情全球蔓延的至暗时刻，习近平密集开展"电话外交"，同各国领导人就抗疫合作进行沟通协调，繁忙时连续三日7次通话。新冠肺炎疫情发生以来首次出访，

习近平飞赴中亚，3 天 2 夜，密集出席近 30 场活动，推动上海合作组织扩员迈出新步伐，引领中国同有关国家关系迈上新台阶。"体育外交""家乡外交""云外交"……精彩纷呈的元首外交实践绘就了一幅幅友谊与合作的画卷。

中国同国际社会的互联互动空前紧密，世界形成了绚烂多彩的"中国印象"。联合国秘书长古特雷斯说，中国已成为"促进世界和平与发展不可或缺、值得信赖的重要力量"。研究"一带一路"的哈萨克斯坦学者古丽娜尔·沙伊梅尔格诺娃感慨，在习近平主席的带领下，人们看到一个"进步的中国、开放的世界和发展的未来"。南非伊奇科维茨家庭基金会报告显示，在非洲年轻人心中，中国成为在非洲拥有最大积极影响力的大国。

和合·新风范

2015 年深秋，习近平刚刚结束对英国的"超级国事访问"，荷兰国王、德国总理、法国总统就接踵访华，"中欧外交季"高潮迭起。2017 年 3 月，中国两会甫一落幕，四大洲 7 国元首和政府首脑密集来华访问，"春季外交"的热潮同样令人印象深刻。2022 年北京冬奥会，近 70 个国家和国际组织的约 170 位官方代表出席开幕式，疫情寒冬下的"冬奥外交"为世界带来了春的讯息。自天南海北，一个个大型代表团飞抵北京机场；在世界各地，一项项高规格礼遇迎接中国贵宾。

世界好奇：中国究竟有怎样的魅力将这样多的伙伴聚拢在身旁？

是相互尊重的精神。"偏见和歧视、仇恨和战争，只会带来灾难和痛苦。相互尊重、平等相处、和平发展、共同繁荣，才是人间正道。"第二届"一带一路"国际合作高峰论坛，习近平不辞辛劳，坚持同 40 位与会外方领导人及主要国际组织负责人中的每一位举行正式会谈会见。塞尔维亚总统武契奇感慨："虽然我们是小国，中国是大国，但我们感受到了尊重。"2018 年 7 月访非期间同卢旺达总统卡加梅会谈，习近平再次阐明"坚定支持对方自主选择发展道路"的立场。"基加利街道干净整洁，欢迎人群热情有礼，这充分说明总统先生的治理水平。鞋子合不合脚，只有自己穿了才知道。"话音未落，在场卢旺达官员热烈鼓掌。

是合作共赢的事业。"中国人民不仅希望自己过得好，也希望各国人民过得好。"考察海外中国企业，习近平讲起"戒欺"的故事："胡雪岩在他的胡庆余堂，当年挂着两个字'戒欺'。要多予少取，先予后取。不搞一锤子买卖，丁是丁、卯是卯，一件是一件。"访问希腊比雷埃夫斯港，习近平鼓励比港员工："我相信比雷埃夫斯港的前景不可限量，合作成果一定会不断惠及两国及地区人民。"

这是希腊比雷埃夫斯港（2019年1月16日摄，无人机照片）。新华社记者 吴鲁 摄

是聚同化异的智慧。"团结一切可以团结的力量，调动一切积极因素"，既坚决维护国家主权、安全、发展利益，又积极寻求对话协商解决分歧和矛盾。2016年10月，中菲关系全面转圜，习近平对时任菲律宾总统杜特尔特语重心长地说："只要我们坚持友好对话协商，可以就一切问题坦诚交换意见，把

分歧管控好，把合作谈起来，一时难以谈拢的可以暂时搁置。"2020 年 12 月，中法两国元首自新冠肺炎疫情以来第五次通话，达成 8 项重要共识。这场成果丰富的"电话外交"印证了习近平讲的一句话："不同社会制度国家可以相互尊重、和平共处、共同发展。"

是美美与共的胸襟。"阳光有七种颜色，世界也是多彩的。"在斐济，穿上"布拉衫"，用心倾听原住民的祝福歌谣；在沙特，来到"四方宫"，与当地群众共同舞起传统的"剑舞"；以"陶瓷中的熊猫"的妙喻为出席亚洲文明对话大会的外方领导人讲解元代青花瓶，同时任希腊总统帕夫洛普洛斯探讨中国儒家民本思想与古希腊人本主义的异曲同工之处；在署名文章中为往访国的璀璨历史和发展成就真诚点赞，发表演讲时将一个个中外友好故事娓娓道来……大象无形、润物无声，世界感受到开放包容、谦和友善的大国之风。

和而不同、和合共生的中国气度、中国风范为 21 世纪的国际关系带来了新气象。"全球化"概念首倡者之一马丁·阿尔布劳认为，当今世界需要的不是少数统治多数的力量，而是将人民团结起来实现共同事业的能力，中国能够在分化的世界中扮演"弥合分歧"的团结者角色。

变革·新格局

以二十国集团（G20）领导人峰会为标志，在国际事务的商议和决策中，新兴经济体"终于坐上了主桌"。2016 年 9 月，G20 峰会第一次来到中国。首次全面阐释中国的全球经济治理观，首次把创新作为核心成果，首次把发展议题置于全球宏观政策协调的突出位置，首次形成全球多边投资规则框架，首次发布气候变化问题主席声明，首次把绿色金融列入二十国集团议程……诸多"首次"，在 G20 发展史上留下鲜明的中国印记。

1995 年联合国成立 50 周年之际，"全球治理委员会"发布《天涯成比邻》报告，阐述了"全球治理"的概念。2015 年 10 月，出席联合国成立 70 周年系列峰会归来的习近平，在主持十八届中共中央政治局第二十七次集体学习时首次明确提出了共商共建共享的全球治理理念，为全球治理模式提供了不同于"一国独霸"或"几方共治"的新选择。有学者这样评价中国从"后来者"到"引领者"的角色位移："中国不再仅仅被动地接受全球化及其规则，而成了全球规则的构筑者与塑造者。"

提倡创新、协调、绿色、开放、共享的发展观，践行共同、综合、合作、可持续的安全观，秉持开放、融通、互利、共赢的合作观，树立平等、互鉴、对话、包容的文明观，坚持共商共建共享的全球治理观，主张平等尊重、团结合作的秩序观……中国积极发掘中华文化中积极的处世之道和治理理念同当今时代的共鸣点，不断推动全球治理理念创新发展。

2018 年 6 月 12 日在斐济楠迪，中国专家和当地雇员检查菌菇生长情况。新华社记者 张永兴 摄

既有战略判断，也有哲学思辨。为什么要推进全球治理体系变革？习近平强调"大势"与"共识"："随着国际力量对比消长变化和全球性挑战日益

增多，加强全球治理、推动全球治理体系变革是大势所趋。""现在，世界上的事情越来越需要各国共同商量着办，建立国际机制、遵守国际规则、追求国际正义成为多数国家的共识。"全球治理体制变革正处在历史转折点上，怎样"变"，"变"向何方？习近平指明路径和方向："这种改革并不是推倒重来，也不是另起炉灶，而是创新完善""推动改革全球治理体系中不公正不合理的安排""推动全球治理体系朝着更加公正合理有效的方向发展""努力使全球治理体制更加平衡地反映大多数国家意愿和利益"。

从亚欧大陆到非洲、美洲、大洋洲，资金流、技术流、产品流、产业流、人员流川流不息，改变着世界的发展面貌与合作格局。149 个国家和 32 个国际组织加入其中，共建"一带一路"成为广受欢迎的国际公共产品，凸显中国在全球治理中的独特优势：既注重与发达国家沟通协调，又加强与新兴市场国家和发展中国家的团结合作，能够联动各方建设各国共享的"百花园"。在俄罗斯国际事务委员会主席伊戈尔·伊万诺夫看来，"一带一路"让各种潜在参与者以极其灵活的方式参与进来，批评者和质疑者应更积极地投身其

这是 2021 年 10 月 25 日拍摄的亚洲基础设施投资银行（亚投行）标志。新华社记者 李贺 摄

中，与中国一起制定未来的国际合作规则。

始终做世界和平的建设者、全球发展的贡献者、国际秩序的维护者、公共产品的提供者。从组建 8000 人规模维和待命部队，到成立中国 – 联合国和平与发展基金；从倡议设立亚洲基础设施投资银行，到推动成立新开发银行；从促成国际货币基金组织份额改革落实，到参与新兴领域治理规则制定；从整合地区自由贸易谈判架构，到深化上合组织框架内合作、开创"金砖 +"模式；从捍卫二战胜利成果到坚守真正的多边主义、维护以联合国宪章宗旨和原则为基础的国际关系基本准则……在全球治理体系的革故鼎新中，中国践行着这样一种治理理念："世界命运应由各国共同掌握，国际规则应由各国共同书写，全球事务应由各国共同治理，发展成果应由各国共同分享。"

担当・新方案

2022 年夏，北半球被极端天气笼罩。美国西部地区遭遇多年来最严重的干旱，英国气象局发布有史以来第一个异常高温红色预警，炎热干旱导致莱茵河水位处于历史低点，西班牙的橄榄油收成预计减少三分之一……

在风险挑战的意义上，"环球同此凉热"正成为真切的现实。逆全球化、新冠肺炎疫情、气候变化、战乱冲突、粮食危机纷至沓来，百年变局的挑战性不断显现。美国《纽约时报》在社论中提出这样一个问题，世界要做一个选择，通力合作还是分崩离析。

"面对共同挑战，任何人任何国家都无法独善其身，人类只有和衷共济、和合共生这一条出路。""'安危不贰其志，险易不革其心。'人类历史告诉我们，越是困难时刻，越要坚定信心。""各国应该有以天下为己任的担当精神，积极做行动派、不做观望者，共同努力把人类前途命运掌握在自己手中"……在人类发展何去何从的关键当口，中国高举起团结合作的大旗，展现出勇毅笃行的气魄，站在历史正确的一边，站在人类进步的一边，为应对全球性问题贡献智慧和力量。

世界经济论坛主席施瓦布清晰记得 2017 年开年那场给世界"带来了阳光"的演讲。逆全球化浪潮汹涌而来，中国发出了坚定支持经济全球化的最强音。2022 年年初，习近平再次登上达沃斯世经论坛讲台，施瓦布"云端"聆听后说："习近平主席的演讲让全世界再次清晰地听到了中国对推动全球合作作出的承诺。"主动举办中国国际进口博览会，高质量实施《区域全面经济伙伴关系协定》，积极打造中国–东盟自贸区 3.0 版，持续推进加入《全面与进步跨太平洋伙伴关系协定》《数字经济伙伴关系协定》……中国坚持"拉手"而不是"松手"，坚持"拆墙"而不是"筑墙"，坚定不移推动建设开放型世界经济。

在塞尔维亚首都贝尔格莱德，塞尔维亚总统武契奇（中）为欧洲地区首家中国疫苗工厂奠基（2021 年 9 月 9 日摄）。新华社发 普雷德拉格·米洛萨夫列维奇摄

中国应对气候变化的"强烈决心和积极行动"给联合国前秘书长潘基文留下了深刻印象。"如果不是习近平主席的倡议，我们现在也不会达成《巴黎协定》。"承诺实现碳达峰碳中和目标，宣布不再新建境外煤电项目，主办联合国首次以生态文明为主题的全球性会议，全面系统阐释"人与自然生

命共同体"，推动达成"格拉斯哥气候协议"等一揽子平衡成果……为构建公平合理、合作共赢的全球环境治理体系，中国不懈努力。

在拉美国家新冠疫苗订单屡被西方公司"爽约"之时，一架架"中国疫苗航班"飞越大洋，写下构建人类卫生健康共同体的生动故事。收到中国援助的疫苗后，圭亚那总统阿里带领圭方重要政党领导人、部长通过"越洋电话"向习近平主席集体表达谢意。发起新中国成立以来最大规模的全球人道主义行动，开展最大规模的"云上"抗疫交流活动，最早提出将新冠疫苗作为全球公共产品，最早同发展中国家开展疫苗生产合作……在抗击疫情的全球战役中，中国垂范先行、勇于担当，凝聚起战胜疫情的强大合力。

工作人员在圭亚那首都乔治敦国际机场搬运中国援助的新冠疫苗（2021年3月2日摄）。新华社发 圭亚那新闻署供图

"将有17亿人陷入粮食危机、金融危机和动荡之中""世界经济可能会陷入80年来最大跌幅""全球四分之一的人口生活在受冲突影响的国家，约1亿人被迫流离失所"……世界进入新的动荡变革期，一份份研究报告频频敲响人类发展和安全的警钟。从"安全和发展是一体之两翼、驱动之双轮"的

整体思维出发，习近平提出全球发展倡议和全球安全倡议，为应对乱局变局指明了构建全球发展共同体和全球安全共同体的行动方向。

　　泰国是"全球发展倡议之友小组"成员之一，在泰国副总理兼外交部长敦·帕马威奈看来，全球发展倡议和全球安全倡议展现了中国"为促进世界可持续发展与和平的努力"。英国48家集团俱乐部主席斯蒂芬·佩里从中国倡议中感受到强烈的共同体意识："'不可分割的安全共同体'与'人类命运共同体''共同富裕'等习主席倡导的一系列理念紧密相连。我认为，在未来5到10年，这些理念将影响各国领导层的思想和生活。"

阿富汗民众在首都喀布尔领取中国援助的粮食（2022年4月23日摄）。新华社发　塞夫拉赫曼·萨菲摄

　　"世界那么大，问题那么多，国际社会期待听到中国声音、看到中国方案，中国不能缺席。"在朝核、伊核、叙利亚等热点问题上，国际社会见证了秉持和平性、正当性和建设性原则积极参与解决的中国担当；阿富汗地区局势发生重大变化，国际社会看到了主动开展国际协调、提供人道主义援助的中国行动；乌克兰危机不断升级，国际社会聆听到"拿出政治勇气，为和平创

造空间，为政治解决留有余地"的中国声音……

外交心态是一个国家、一个民族精神气质的体现。在全球性危机的惊涛骇浪里，中国激流勇进、迎难而上，展现出在变局中开创新局、在乱局中化危为机的战略智慧和行动勇气。新加坡学者马凯硕认为，在应对全球挑战方面，中国树立了"积极榜样"。

在黎巴嫩南部辛尼亚村的中国维和部队营区，中国维和部队官兵在受勋后通过观礼台（2022年7月1日摄）。新华社记者 刘宗亚 摄

超越·新愿景

在大航海时代所开启的"世界历史"进程中，关于现代化道路、文明形态多样性与单一性的思辨从未停止。20世纪90年代，冷战的结束将这一思想争鸣再次推向了高潮。美国学者弗朗西斯·福山宣称，历史将"终结"于西方的市场经济和民主政治，他的老师塞缪尔·亨廷顿则表达了对不同文明走向冲突对抗的担忧。无论是"历史终结"还是"文明冲突"，西方世界对国际秩序的构想都没有跳出或"西方化"或东西对抗的思维框架。

在世界发展新的十字路口，构建人类命运共同体理念为"世界向何处去"这一"元问题"打开了新的思考视角，擘画了新的愿景。这份中国方略，闪耀着中华优秀传统文化光芒，继承了新中国外交优良传统，彰显出国际主义的崇高追求。它超越一国一域的狭隘视角、传统现实主义的理论窠臼，超越了冷战思维、零和博弈、文明冲突的陈旧观念，以系统观念、辩证思维看待"自我"与"他者"、"多元"与"一体"的关系，以深邃的历史眼光、博大的天下情怀思考关乎人类前途命运的重大课题。

在人类命运共同体的世界里，"世界各国乘坐在一条命运与共的大船上"，国际社会是"一部复杂精巧、有机一体的机器"，共同利益、共同挑战、共同责任把各国前途命运联系在一起。建设持久和平、普遍安全、共同繁荣、开放包容、清洁美丽的世界，是行动方向；推动构建相互尊重、公平正义、合作共赢的新型国际关系，是必由之路；和平、发展、公平、正义、民主、自由的全人类共同价值，是价值追求。

在人类命运共同体的世界里，"万物并育而不相害，道并行而不相悖"，"文明交流互鉴成为增进各国人民友谊的桥梁、推动人类社会进步的动力、维护世界和平的纽带"。它"承载不同形态的文明"，"兼容走向现代化的多样道路"，"不是只有一种形态、一种标准"的民主，各国人民"拥抱世界的丰富多样，努力做到求同存异、取长补短，谋求和谐共处、合作共赢"。

载入联大决议等多个国际文件，成为各国学者研究的重大课题，从双边、地区、全球各层面到政治、安全、发展、文明、生态各领域，构建人类命运共同体积极推进，是大势所趋，更是人心所向。

世界之变、时代之变、历史之变正以前所未有的方式展开。人们期待，即将召开的党的二十大将继续擘画中国同世界各国友好合作新蓝图，为人类文明进步事业注入和平发展新动力。

中国与世界，站在命运与共的新起点上。（新华社北京2022年9月29日电，记者郝薇薇）

"开拓造福各国、惠及世界的'幸福路'"

——习近平总书记谋划推动共建"一带一路"纪实

古老的丝绸之路，跨过沙漠海洋，绵亘万里河山，穿越千年时空，闪耀在人类文明持续前进的宏大历史进程中。

2013 年秋，习近平主席在访问哈萨克斯坦、印度尼西亚期间，先后提出共建丝绸之路经济带和 21 世纪海上丝绸之路重大倡议。

10 年，3600 多个日夜，习近平主席高瞻远瞩、谋篇布局，推动"一带一路"这一植根历史沃土、着眼人类美好未来的重大国际合作倡议，在共商共建共享中走深走实，在高质量发展中开拓出一条造福世界的发展繁荣之路，铺展共同构建人类命运共同体的壮美画卷。

擘画引领，梦想种子长成繁茂大树

南非，德阿地区的山地上，一座座白色风力发电机巍然矗立，将丰沛的风能转化为电能，点亮千家万户。由中国企业建设运营的德阿风电项目，2017 年并网发电以来，有效缓解了当地电力供应短缺局面，推动经济发展，改善生态环境。

"南非是第一个同中国签署共建'一带一路'合作文件的非洲国家，连续 13 年成为中国在非洲第一大贸易伙伴，是中国在非洲投资存量最多的国家之一……"

　　2023 年 8 月，赴约翰内斯堡出席金砖国家领导人第十五次会晤并对南非进行国事访问之际，习近平主席发表署名文章，讲述两国合作"蛋糕越做越大"的生动故事。

　　这是 2021 年 11 月 22 日在南非北开普省德阿拍摄的中国龙源电力集团南非公司运营的德阿风电项目风机。新华社记者 吕天然 摄

　　在"云帆高张、昼夜星驰"的古丝绸之路上，中非互通有无、相知相交。此次会晤，在两国元首见证下，《中南关于同意深化"一带一路"合作的意向书》签署，展现更加广阔的发展前景。

　　"实打实、沉甸甸"，回望 10 年历程，共建"一带一路"的成果厚重而丰硕：

　　——截至目前，我国已同 150 多个国家、30 多个国际组织签署了 230 多份共建"一带一路"合作文件，遍布全球五大洲；

　　——引领我国对外开放持续深化，沿边地区从开放"末梢"变为"前沿"，陆海内外联动、东西双向互济的全方位开放大格局加快形成；

——共建"一带一路"理念写入联合国、亚太经合组织等多边机制成果文件,"一带一路"的建设成果扎扎实实,给世界带来了更多的光明、机遇和繁荣,得到国际社会广泛认可……

人们清晰记得,2013年9月7日,习近平主席在哈萨克斯坦纳扎尔巴耶夫大学深情讲述:

"我的家乡陕西,就位于古丝绸之路的起点。站在这里,回首历史,我仿佛听到了山间回荡的声声驼铃,看到了大漠飘飞的袅袅孤烟。这一切,让我感到十分亲切。"

此后不到一个月,习近平主席在印度尼西亚国会发表演讲指出:"几百年来,遥远浩瀚的大海没有成为两国人民交往的阻碍,反而成为连接两国人民的友好纽带。满载着两国商品和旅客的船队往来其间,互通有无,传递情谊。"

和平合作、开放包容、互学互鉴、互利共赢,丝绸之路精神薪火相传。

顺应经济全球化的历史潮流,顺应全球治理体系变革的时代要求,顺应各国人民过上更好日子的强烈愿望,习近平主席开创性提出的共建"一带一路"倡议,赋予古代丝绸之路新的时代内涵。

这是着眼历史发展大势,对人类文明走向的深邃思考。

从历史维度看:人类社会正处在一个大发展大变革大调整时代,和平发展大势不可阻挡,变革创新步伐持续向前。

从现实维度看:我们正处在一个充满挑战的世界,和平赤字、发展赤字、安全赤字、治理赤字,摆在全人类面前。

习近平主席指出:"在'一带一路'建设国际合作框架内,各方秉持共商、共建、共享原则,携手应对世界经济面临的挑战,开创发展新机遇,谋求发展新动力,拓展发展新空间,实现优势互补、互利共赢,不断朝着人类命运共同体方向迈进。这是我提出这一倡议的初衷,也是希望通过这一倡议实现的最高目标。"

万物得其本者生，百事得其道者成。

2017 年 5 月，人民大会堂《江山如此多娇》巨幅画作前，习近平主席同出席首届"一带一路"国际合作高峰论坛的各国贵宾合影留念。

群峰巍峨，山高水长。

习近平主席的一番话凝聚广泛共识："我们完全可以从古丝绸之路中汲取智慧和力量，本着和平合作、开放包容、互学互鉴、互利共赢的丝路精神推进合作，共同开辟更加光明的前景。"

这是中国推进高水平对外开放、实现互利共赢的长远谋划。

共建"一带一路"倡议提出之际，正是改革开放 35 周年。

全面深化改革的关键时期，推进"一带一路"建设写入党的十八届三中全会决定，成为形成全方位开放新格局的重要举措。

2015 年 10 月，党的十八届五中全会赋予"一带一路"建设清晰的定位——"扩大开放的重大战略举措和经济外交的顶层设计"。

2016 年 4 月，十八届中共中央政治局就历史上的丝绸之路和海上丝绸之路进行第三十一次集体学习。习近平总书记指出，"一带一路"建设是我国在新的历史条件下实行全方位对外开放的重大举措、推行互利共赢的重要平台。

2017 年 10 月，党的十九大报告明确要以"一带一路"建设为重点，坚持引进来和走出去并重，遵循共商共建共享原则，加强创新能力开放合作，形成陆海内外联动、东西双向互济的开放格局。

2022 年 10 月，党的二十大报告专章部署"加快构建新发展格局，着力推动高质量发展"，要求"推进高水平对外开放"，强调"推动共建'一带一路'高质量发展"。

源于实践的理论结晶，深刻回答中国与世界发展联系的时代之问，共建"一带一路"倡议推动新时代中国向更高水平开放型经济新体制不断迈出新步伐。

这是推动构建人类命运共同体的重要实践平台。

大道之行，天下为公。

汲取"天下观"与"和文化"的思想精髓，与马克思主义"共同体思想"一脉相承，共建"一带一路"倡议将中国梦与世界梦紧紧相连，打造具有更高境界的超越不同民族、不同国家、不同文化的全球公共产品。

"推进'一带一路'建设，要聚焦发展这个根本性问题，释放各国发展潜力，实现经济大融合、发展大联动、成果大共享"；

"以共建'一带一路'为实践平台推动构建人类命运共同体，这是从我国改革开放和长远发展出发提出来的，也符合中华民族历来秉持的天下大同理念，符合中国人怀柔远人、和谐万邦的天下观，占据了国际道义制高点"……

习近平总书记的一系列重要论述，在国际社会引发共鸣。

10 年间，中国举办两届"一带一路"国际合作高峰论坛，为各参与国家和国际组织深化交流、增进互信、密切来往提供重要平台，为更多国家和人民创造发展机遇。

10 年间，习近平总书记三次在相关座谈会上发表重要讲话，主持召开会议研究丝绸之路经济带和 21 世纪海上丝绸之路规划，发起建立亚洲基础设施投资银行和设立丝路基金，在出国访问和国内考察期间关心推动"一带一路"重大项目建设，在多边国际场合呼吁各方携手高质量共建"一带一路"……

流水涓涓，汇为汪洋；星光灿灿，化为银河。

从倡议到实践，从夯基垒台、立柱架梁到落地生根、持久发展，从谋篇布局的"大写意"，到精谨细腻的"工笔画"……10 年奋发，"一带一路"这颗梦想的种子，渐渐长成枝繁叶茂的参天大树。

风雨共担，携手并肩应对时代之变

关于中欧班列的好消息频传：中欧班列（西安）累计开行突破 2 万列；"义新欧"中欧班列义乌平台开通第 19 条线路；长三角中欧班列已累计开行逾 2 万列、运送货物超 200 万标准箱……

2023 年 9 月 28 日在西安国际港站，X8489 次中欧班列整装待发。新华社发 刘翔 摄

驰而不息，这支往返欧亚大陆的"钢铁驼队"开创了亚欧国际运输新格局，搭建了沿线经贸合作新平台，有力保障了国际产业链供应链稳定，如今已通达欧洲 25 个国家 217 个城市，见证共建"一带一路"倡议极不平凡的推进历程。

百年变局叠加世纪疫情，逆全球化思潮抬头，单边主义、保护主义明显上升，世界经济复苏乏力，全球性问题加剧……面对国际局势中的风风雨雨乃至惊涛骇浪，习近平主席字字铿锵：我们愿同合作伙伴一道，把"一带一路"打造成团结应对挑战的合作之路、维护人民健康安全的健康之路、促进经济社会恢复的复苏之路、释放发展潜力的增长之路。

同舟共济，凝聚共同应对挑战的合力。

深夜，河南郑州。卢森堡国际货运航空公司郑州站里，工人们正忙着接送航班，将一批批货物发往世界各地。

2020 年 3 月 22 日运送防疫物资的郑州—卢森堡航线货机在中国郑州新郑国际机场装机准备起飞。新华社记者 李嘉南 摄

对于卢森堡人来说，这条航线承载着特殊记忆。新冠疫情时期，郑州—卢森堡航线不仅未停飞断航，还加密了航班，为中欧之间物资运输提供有力支持。卢森堡领导人曾表示，这是卢森堡及欧洲地区的生命线，是一条雪中送炭的空中桥梁。

3 年多前，突如其来的世纪疫情暴发，人类面临严峻挑战。是并肩奋战还是隔岸观火？是同舟共济还是以邻为壑？这考验着人类的良知、智慧与勇气。

习近平主席以鲜明态度给出答案："各国命运紧密相连，人类是同舟共济的命运共同体。无论是应对疫情，还是恢复经济，都要走团结合作之路，都应坚持多边主义。促进互联互通、坚持开放包容，是应对全球性危机和实现长远发展的必由之路，共建'一带一路'国际合作可以发挥重要作用。"

一趟趟防疫物资专列，一架架"疫苗航班"……3 年间，中国向 153 个国家和 15 个国际组织提供数千亿件抗疫物资，向 120 多个国家和国际组织提供了超过 22 亿剂疫苗，同 31 个国家一道发起"一带一路"疫苗合作伙伴关系倡议。

携手同行，是休戚与共、命运相连，是共建"一带一路"倡议内在理念的深刻表现。

开放合作，释放贸易投资的活力。

今年 8 月，为期 5 天的第七届中国—南亚博览会在云南昆明落下帷幕，338 个投资项目进行集中签约，协议投资额达 4040 亿元。

2013 年，共建"一带一路"倡议提出之年，首届中国—南亚博览会落户"春城"。彼时，中国和南亚国家贸易总额不足千亿美元；2022 年，这一数据已接近 2000 亿美元，中国连续多年成为巴基斯坦、孟加拉国、马尔代夫等国最大贸易伙伴。

知者善谋，不如当时。

2023 年 8 月 20 日人们在第七届中国—南亚博览会上参观。新华社记者 胡超 摄

习近平总书记指出，以"一带一路"建设为契机，开展跨国互联互通，提高贸易和投资合作水平，推动国际产能和装备制造合作，本质上是通过提高有效供给来催生新的需求，实现世界经济再平衡。

2013 年至 2022 年，我国与"一带一路"共建国家货物贸易进出口额、非金融类直接投资额年均分别增长 8.6% 和 5.8%；与共建国家双向投资累计超过 2700 亿美元；在共建国家承包工程新签合同额、完成营业额累计分别超过 1.2 万亿美元、8000 亿美元。

面对外需走弱压力，今年前三季度，我国对共建国家进出口 14.32 万亿元，同比增长 3.1%，占我国进出口总值的比重达 46.5%。

10 年来，举办广交会、服贸会、消博会、进博会等大型合作交易展会，促成《区域全面经济伙伴关系协定》生效实施，发起成立亚投行、新开发银行等国际合作机制……开放大门越开越大的中国，为世界经济复苏提供更多机遇。

2023 年服贸会国家会议中心综合展区（2023 年 9 月 2 日摄）。新华社记者 李鑫 摄

　　"这是发展的倡议、合作的倡议、开放的倡议，强调的是共商、共建、共享的平等互利方式。"习近平主席指明要旨。

　　聚焦发展，为各国繁荣进步注入更强动力。

　　2023 年 8 月 3 日，中欧班列（西安—塔什干）陕乌经贸合作隆基绿能光伏组件产品出口专列从西安国际港站驶出，开往乌兹别克斯坦塔什干。

　　本次发货的光伏组件是乌兹别克斯坦 1 吉瓦光伏项目的首批产品。根据协议，中国企业将在乌兹别克斯坦建设两座太阳能光伏电站，预计投产后每年发电 23 亿千瓦时，每年约减少天然气消耗 5.88 亿立方米。

　　习近平总书记指出，"一带一路"建设不应仅仅着眼于我国自身发展，而是要以我国发展为契机，让更多国家搭上我国发展快车，帮助他们实现发展目标。

　　坚持正确义利观，以义为先、义利并举，不急功近利，不搞短期行为；统筹我国同共建国家的共同利益和具有差异性的利益关切，寻找更多利益交汇点，调动共建国家积极性……10 年来，共建"一带一路"提升全球互联互通水平，推动国际投资贸易繁荣发展，为变乱交织的国际局势注入更多确定性。

　　习近平主席真诚表明中国态度：

　　"中国不打地缘博弈小算盘，不搞封闭排他小圈子，不做凌驾于人的强买强卖"；

　　"'一带一路'建设不是另起炉灶、推倒重来，而是实现战略对接、优势互补"；

　　"各国都是平等的参与者、贡献者、受益者"；

　　……

　　数字是最有力的佐证。

　　10 年来，共建"一带一路"拉动近万亿美元投资规模，形成 3000 多个合作项目，为共建国家创造 42 万个工作岗位，让近 4000 万人摆脱贫困。

10 年来，中国与 80 多个共建国家签署政府间科技合作协定，共建了 9个跨国技术转移平台，加强科技创新合作交流，加速创新要素对接共享……

"随着时间发展，'一带一路'倡议不断具象化，像是不断生长进化的自然过程，从没有其他倡议这样有生命力。"英国学者马丁·雅克发文说，"这 10 年，'一带一路'倡议已经改变了世界。"

惠泽天下，共促高质量发展造福人民

多瑙河畔，河钢集团塞尔维亚斯梅代雷沃钢厂新投运的烧结机、加热炉等生产工艺改造项目有序运转，助推当地经济驶入绿色发展"快车道"。

河钢塞钢的前身是成立于 1913 年的塞尔维亚斯梅代雷沃钢厂，曾因经营问题几近破产。在共建"一带一路"倡议引领下，河钢集团与塞尔维亚政府于 2016 年 4 月签署收购协议成立河钢塞钢，构建支持支撑平台，仅半年企业就扭亏为盈。运营 7 年来，河钢塞钢营收超过 60 亿美元，连续 4 年蝉联塞尔维亚第一大出口企业，成为高质量共建"一带一路"的标志性工程和代表中国企业形象的"金名片"。

2022 年 2 月，习近平主席在人民大会堂会见来华出席北京 2022 年冬奥会开幕式的塞尔维亚总统武契奇时指出，近年来，两国关系实现跨越式发展，双方落实一批基础设施、能源、产能等领域重要合作项目，在中东欧国家中位居前列。同时，习近平主席强调，"将中塞传统友好转化为更多务实合作成果"。

守望相助、务实合作，将带来更多民生福祉。从倡议提出之日起，造福人民、惠及民生，就是共建"一带一路"不变的目标。

7 年前，推进"一带一路"建设工作座谈会上，习近平总书记强调，让"一带一路"建设造福沿线各国人民。

5 年前，推进"一带一路"建设工作 5 周年座谈会上，习近平总书记强调，造福沿线国家人民，推动构建人类命运共同体。

2 年前，第三次"一带一路"建设座谈会上，习近平总书记为继续推动共建"一带一路"高质量发展把脉定向：以高标准、可持续、惠民生为目标。

2016 年 10 月 3 日，在埃塞俄比亚首都亚的斯亚贝巴附近，一列试运行列车在亚吉铁路上行驶。新华社记者 孙瑞博 摄

10 年来，把基础设施"硬联通"作为重要方向，把规则标准"软联通"作为重要支撑，把同共建国家人民"心联通"作为重要基础，在共建"一带一路"高质量发展中，这条造福世界的幸福之路越走越宽广。

时间记录下一个个历史时刻：

2014 年 12 月，位于塞尔维亚首都贝尔格莱德的泽蒙—博尔察大桥建成通车，这是中国企业在欧洲承建的首个大桥工程，结束了近 70 年来贝尔格莱德市多瑙河上仅有一座大桥的历史；

2018 年 1 月，亚吉铁路进入商业运营，这是非洲第一条全线采用中国技术和装备建设的标准轨电气化客货共线铁路，埃塞俄比亚首都亚的斯亚贝巴至吉布提的物流运输时间和成本大幅降低；

2021 年 12 月，中老铁路全线开通运营，作为联系东南亚的陆上快速通道，中老铁路打开老挝"陆锁国"困境，让物流运输变得快捷和成本可控；

这是 2020 年 7 月 11 日在乌干达基里扬东戈航拍的卡鲁玛水电站项目。新华社发

2023 年 3 月，由中国企业承建的乌干达最大水电站——卡鲁玛水电站首台机组成功发电并入乌干达国家电网，6 台机组全部投产后，将增加 600 兆瓦发电总量，在原基础上提升近 50%，为乌干达经济社会发展提供源源不断的"绿色能源"；

2023 年 10 月 2 日，印度尼西亚雅加达哈利姆高铁站，印尼总统佐科在雅万高铁启用仪式上按下启用键。雅万高铁是中国高铁首次全系统、全要素、全产业链在海外落地……

从历史深处走来，"一带一路"对于共建国家和地区的人民来说，是水和电，是路和桥，是学校和医院，是增加的收入、改善的生活和值得期待的明天。

习近平主席深刻指出："唯有发展，才能消除冲突的根源。唯有发展，才能保障人民的基本权利。唯有发展，才能满足人民对美好生活的热切向往。"

2021 年 11 月，第三次"一带一路"建设座谈会上，习近平总书记讲述了一件往事：

20 多年前，他在福建工作期间接待了来访的巴布亚新几内亚东高地省省长拉法纳玛。"我向他介绍了菌草技术,这位省长一听很感兴趣。我就派《山海情》里的那个林占熺去了。"

2021年8月12日,福建农林大学国家菌草工程技术研究中心首席科学家林占熺(右一)在福建农林大学菌草园让尼日利亚留学生试尝幼嫩菌草的味道。新华社记者 林善传 摄

林占熺,这位福建农林大学的研究员,在上世纪80年代发明了"以草代木"栽培食用菌的菌草技术。《山海情》剧中的农技专家凌一农,原型正是他。那次会见之后不久,林占熺远赴南太平洋岛国,由此书写了"小小一株草,情接万里长"的佳话。

如今,通过举办菌草技术培训班、建设菌草技术示范基地、与联合国有关部门合作召开系列研讨会等交流合作形式,这项技术在"一带一路"共建国家被广泛应用,不少人因菌草技术走上了摆脱贫困之路。

发展的故事中,最动人的是人的改变。

"小而美的项目,是直接影响到民众的。今后要将小而美项目作为对外合作的优先事项,加强统筹谋划,发挥援外资金四两拨千斤作用,形成更多接地气、聚人心的项目。"习近平总书记语重心长。

2021 年 10 月 14 日工作人员在柬埔寨金边国际机场运输中国政府援助柬埔寨的科兴新冠疫苗。新华社发 批隆摄

10 年来,我国与共建国家广泛开展了多层次、多领域交流合作,打造一批"小而美"民生工程,铺就通民心、达民意、惠民生的发展大道:

我国援建并于 2022 年在柬埔寨投入使用的特本克蒙中柬友谊医院,极大改善当地医疗条件,有效降低当地居民看病花销;

塔吉克斯坦首都杜尚别的面粉加工厂在我国工艺设计和机电设备加持下重焕生机,产能大幅提高,"中国制造"的面粉成了当地的"紧俏货";

博茨瓦纳东部马哈拉佩镇的水厂在我国企业帮助下升级改造,"村里再也没有停过水"的同时,水质也远远高出了博茨瓦纳生活用水规定的标准;

……

这是不断铺就的"人才之路"——我国已成功举办 270 多期菌草技术培训班,为共建国家培训相关人才 1 万多人;我国企业在共建国家建设的境外经贸合作区已为当地创造 42.1 万个就业岗位;

这是持续加强的"健康之路"——我国积极扩大与共建国家在妇幼健康、残疾人康复、传染病防治、传统医疗等领域的合作，提供医疗援助和应急治疗救助，提高协同处理突发公共卫生事件的能力；

这是备受关注的"减贫之路"——我国持续实施乡村减贫推进计划和减贫示范合作技术援助项目，预计到 2030 年可使相关共建国家的 760 万人摆脱极端贫困、3200 万人摆脱中度贫困，并将使全球收入增加 0.7% 至 2.9%；

……

跨越大洋大陆，人民心心相印。

"'一带一路'建设不是空洞的口号，而是看得见、摸得着的实际举措，将给地区国家带来实实在在的利益。"10 年来，共建国家经济社会的发展、人民生活的改善和获得感的提升，成为习近平主席这一重要论断最生动的注解。

再启新程，把造福世界之路铺得更宽更远

共建"一带一路"倡议提出 10 周年之际，越来越多伙伴国家同中国双向奔赴，携手开启合作新篇章。

新年伊始，习近平主席同上任后首次访华的菲律宾总统马科斯会谈，中菲续签"一带一路"合作谅解备忘录；

7 月底，习近平主席先后会见来华访问的格鲁吉亚、毛里塔尼亚领导人，中格、中毛分别签署共建"一带一路"合作规划；

8 月底，哈萨克斯坦总理斯迈洛夫表示，哈方愿深化同中方在"一带一路"框架下的互利合作，造福两国和两国人民……

续写的是友谊与承诺，推进的是携手高质量共建"一带一路"的务实行动。

当前和今后一个时期，我国处于中华民族伟大复兴战略全局和世界百年未有之大变局相互交织、相互激荡的关键时期，世界之变、时代之变、历史之变正以前所未有的方式展开。

"今年是我提出共建'一带一路'倡议十周年。这个倡议的根本出发点

和落脚点，就是探索远亲近邻共同发展的新办法，开拓造福各国、惠及世界的'幸福路'。"今年 5 月，习近平主席以视频方式出席欧亚经济联盟第二届欧亚经济论坛全会开幕式时，这样阐明初心。

大国担当，言出必诺。

推动共建"一带一路"高质量发展，以中国新发展为世界带来新机遇。

今年 8 月 26 日，结束出访回到国内，习近平总书记在乌鲁木齐听取新疆维吾尔自治区党委和政府、新疆生产建设兵团工作汇报。

"从实际出发抓好对外开放工作，加快'一带一路'核心区建设，使新疆成为我国向西开放的桥头堡。"一路风尘仆仆，习近平总书记念兹在兹。

今年 5 月在陕西，习近平总书记强调"更加深度融入共建'一带一路'大格局，在扩大对内对外开放中强动力、增活力"；今年 6 月在内蒙古，习近平总书记强调"要积极参与共建'一带一路'和中蒙俄经济走廊建设，提升对外开放水平"……

今年 7 月，习近平总书记主持召开二十届中央全面深化改革委员会第二次会议。会议指出，要把构建更高水平开放型经济新体制同高质量共建"一带一路"等国家战略紧密衔接起来，积极参与全球治理体系改革和建设。

以中欧班列、西部陆海新通道等为纽带，区域协调发展战略和区域重大战略相互激荡，中国对外开放向纵深推进，超大规模市场和产业链供应链优势持续释放，为世界创造更多需求、带来更多机遇。

2023 年以来，各国政要密集访华，中国发展高层论坛、博鳌亚洲论坛、中国国际消费品博览会、中国进出口商品交易会、2023 年服贸会先后举办，国际宾客接踵而至……

"中国正在以中国式现代化全面推进中华民族伟大复兴，坚定不移推动高质量发展和高水平开放，坚定不移维护世界和平、促进共同发展。"习近平主席的话，道出"中国好，世界才更好"的深刻内涵，也揭示了中国推动共建"一带一路"的必然逻辑。

推动共建"一带一路"高质量发展，推动全球治理变革朝着更加公正合理的方向发展。

国家会展中心（上海）西入口处（2022年11月2日摄）。新华社记者 方喆 摄

夜幕降临，孟加拉国帕德玛巴瑞村灯光点点。

2018年，在亚洲基础设施投资银行项目资金支持下，帕德玛巴瑞村结束了不通电的历史。这个项目惠及孟加拉国1250万农村人口。

"倡议成立亚投行，就是中国承担更多国际责任、推动完善现有国际经济体系、提供国际公共产品的建设性举动，有利于促进各方实现互利共赢。"习近平主席阐明这一新举措的深远意义。

如今，亚投行已从57个创始成员，发展壮大到106个成员，共批准了218个项目，融资总额超过410亿美元，带动资本近1400亿美元，惠及34个亚洲域内与域外成员。

当前，世界经济增长需要新动力，发展需要更加普惠平衡，贫富差距鸿沟需要有效弥合。

设立丝路基金，推动人民币正式纳入特别提款权货币篮子；面对疾病、贫困、气候变化等诸多发展难题，推进共建"一带一路"同联合国 2030 年可持续发展议程有效对接、协同增效……中国一直在行动。

正如习近平主席今年 8 月会见纳米比亚总统根哥布时所说："中国共产党领导中国人民走出了一条具有中国特色的社会主义道路，同时努力推动构建人类命运共同体，通过提出共建'一带一路'等一系列倡议，让发展中国家实现共同发展繁荣，为发展中国家争取更加平等的权利。"

推动共建"一带一路"高质量发展，共同谋划好人类的美好家园。

今年 5 月，陕西西安，习近平主席同中亚五国元首齐聚一堂、共商大计，擘画中国—中亚关系新蓝图。

10 年前，正是在出访中亚期间，习近平主席提出共同建设丝绸之路经济带倡议。

10 年来，中国同中亚国家携手推动丝绸之路全面复兴，倾力打造面向未来的深度合作，将双方关系带入一个崭新时代：中吉乌公路横跨天山，中塔公路征服帕米尔高原；中欧班列过境中亚，不断织密中国与中亚货物贸易运输网络；中国—中亚天然气管道、中哈原油管道穿越茫茫大漠向东而来……

"长安复携手，再顾重千金"。如今，双方更进一步：习近平主席同中亚五国元首一致同意，携手构建更加紧密的中国—中亚命运共同体。

命运与共，逐梦同行。

"我提出'一带一路'倡议，就是要实践人类命运共同体理念。"习近平总书记话语铿锵。

行动持续推进：中老命运共同体、中巴命运共同体等双边命运共同体越来越多，中非命运共同体、中阿命运共同体、中拉命运共同体等多边命运共同体建设稳步推进。

共识不断凝聚："一带一路"建设顺应各国人民渴望共享发展机遇、创造美好生活的强烈愿望，符合建设持久和平、普遍安全、共同繁荣、开放包容、清洁美丽的世界的内在要求，成为各方携手迈向人类命运共同体的康庄大道。

"中方将举办第三届'一带一路'国际合作高峰论坛，欢迎各方参加论坛活动，共同把这条造福世界的幸福之路铺得更宽更远"，习近平主席向世界发出新的"丝路邀约"。

又是一个金秋。

10月17日至18日，第三届"一带一路"国际合作高峰论坛将如约而至。这是对"一带一路"倡议提出10周年的隆重纪念，也将是总结经验、擘画蓝图，引领高质量共建"一带一路"持续向前发展的盛会。

新的一程即将开启。

向着中国式现代化宏伟目标，坚定不移推进共建"一带一路"高质量发展，中国将携手世界，共同书写国家互利共赢、人民相知相亲、文明互学互鉴的丝路时代新篇，为推动构建人类命运共同体作出新的更大贡献。（新华社北京2023年10月15日电，记者邹伟、安蓓、陈炜伟、郑明达、叶昊鸣、严赋憬、李德欣）

人间正道是沧桑

——习近平倡导的安全观为破解世界和平赤字贡献中国方案和智慧

天若有情天亦老，人间正道是沧桑。

放眼全球，欧洲大陆重燃战火，乌克兰危机牵动世界，大国关系面临挑战，和平与发展的时代主题面临严峻挑战，人类社会亟待通往持久和平和普遍安全世界的清晰路标。

越是风云变幻、明晦难定的时代，越彰显伟大思想拨云见日的力量。面对全球和平赤字不断扩大，习近平主席倡导的"共同、综合、合作、可持续的安全观"更加闪耀真理光芒，彰显时代价值，为各方共同推动历史车轮向着正确轨道前行提供宝贵指引。

为破解和平赤字贡献中国智慧

乌克兰危机爆发引发全球关注。对这一全球热点问题该怎么看？世界又该怎么办？从 2022 年 2 月 25 日同俄罗斯总统普京通电话，到 3 月 8 日同法国总统马克龙、德国总理朔尔茨举行视频峰会，再到 3 月 18 日应约同美国总统拜登视频通话，习近平主席多次指出问题关键所在——应坚持"共同、综合、合作、可持续的安全观"。

秉持这一安全观，解决乌克兰危机要"摒弃冷战思维，重视和尊重各国合理安全关切"，要"通过谈判形成均衡、有效、可持续的欧洲安全机制"，要"考虑全球稳定和几十亿人民的生产生活"，要"拿出政治勇气，为和平创造空间，为政治解决留有余地"。

客观公正、冷静理性，这就是中国态度！劝和促谈，心念苍生，这就是中国担当！

平衡公允的中国立场在世界范围内广受认同。南非总统拉马福萨、印度尼西亚总统佐科、柬埔寨首相洪森……多国领导人在和习近平主席通话时，一致对中方主张表示认可。英国政治评论员卡洛斯·马丁内斯对新华社记者说，作为负责任大国，中国在解决乌克兰危机方面发挥的建设性作用"令人钦佩"。

时光回到 2014 年。在亚洲相互协作与信任措施会议上海峰会上，习近平主席为促进亚洲和平与发展事业，提出践行共同、综合、合作、可持续的亚洲安全观。此后，习近平主席在诸多国际场合多次倡导并不断发展这一安全观。2017 年在联合国日内瓦总部、国际刑警组织第八十六届全体大会开幕式上的演讲、2019 年中法全球治理论坛、2020 年上合组织成员国元首理事会第二十次会议、2022 年中国同中亚五国建交 30 周年视频峰会……

如蓬勃的朝阳，照亮天空；又如和煦的春风，送暖人间。

习近平主席倡导的安全观为世界指引一条通往持久和平的康庄大道。

新加坡学者马凯硕说，中国提出的安全观对保持地区长远稳定"非常有利"。多国人士不约而同表示，这一理念为破解国际关系中广泛存在的"安全困境"提供了崭新思路。

它启迪世界，一个巴掌拍不响，解铃还须系铃人。"安全应该是普遍的"，不能一个国家安全而其他国家不安全，一部分国家安全而另一部分国家不安全；"安全应该是平等的"，各国都有平等参与地区安全事务的权利，也都有维护地区安全的责任；"安全应该是包容的"，应该把地区多样性和各国差异性转化为促进地区安全合作的活力和动力……

它启迪世界，君子务本，本立而道生。"既要着力解决当前突出的地区安全问题，又要统筹谋划如何应对各类潜在的安全威胁，避免头痛医头、脚痛医脚。"

它启迪世界，力量不在胳膊上而在团结上。"要坚持以和平方式解决争端，反对动辄使用武力或以武力相威胁，反对为一己之私挑起事端、激化矛盾，反对以邻为壑、损人利己。"

它启迪世界，"贫瘠的土地上长不成和平的大树，连天的烽火中结不出发展的硕果"。"发展是安全的基础，安全是发展的条件。"

乌兹别克斯坦新闻与大众传媒大学教授图尔苏纳利·库兹耶夫说，这是中国在安全领域为世界贡献的独特智慧，具有重要指导意义。埃及《今日埃及人报》董事长、国际问题资深专家阿卜杜勒－莫内姆·赛义德接受新华社记者采访时感慨："这样的安全观是国际社会迫切需要的。"

这是 2022 年 3 月 27 日在阿富汗首都喀布尔拍摄的中国南南合作援助基金同联合国难民署合作援助阿富汗的人道主义物资。

为凝聚和平力量践行中国担当

战火纷飞时，来自中国的儿童奶粉、棉被、睡袋等人道主义援助物资一批批送到流离失所的乌克兰民众手中；凛冽寒冬中，阿富汗的难民收到中国援助的粮食、毯子、衣物、药品……

作为负责任大国，中国坚守和平发展、合作共赢的人间正道，在全球范围内积极践行共同、综合、合作、可持续的安全观，树立起大国典范。

守护和平的中国强音铿锵有力。在阐释中国将如何与其他国家相处时，习近平主席表示："中国将始终高举和平、发展、合作、共赢旗帜，在和平共处五项原则基础上拓展同各国友好合作，积极推动构建新型国际关系"；在阐明中国和平发展的决心时，习近平主席指出："中国无论发展到什么程度，永远不称霸、不扩张、不谋求势力范围，不搞军备竞赛"；在阐述中国践行使命担当时，习近平主席强调："中国始终是世界和平的建设者、全球发展的贡献者、国际秩序的维护者"——中国的声音正气浩然、掷地有声！

履行国际责任的中国行动扎实坚定。从积极维护全球战略稳定，积极参与国际军控、裁军和防扩散进程，到坚定奉行自卫防御的核战略，再到积极参加国际维和行动，成为联合国第二大维和摊款国和联合国安理会常任理事国中派遣维和人员最多的国家，中国以实际行动为维护世界和平注入强大动力。联合国负责维和事务的副秘书长让-皮埃尔·拉克鲁瓦说，中国在提高维和影响力和绩效方面发挥着"极其重要的作用"。

推动热点问题政治解决的中国立场一以贯之。为推动解决乌克兰危机，积极劝和促谈，呼吁"克服困难谈下去，谈出结果、谈出和平"；对朝核问题，中国推动通过对话协商解决各自关切，聚焦推动半岛问题政治解决进程；在伊核协议恢复履约谈判关键阶段，中国协调各方保持定力，凝聚共识……

在卫生、气候、数字、反恐等多个非传统安全领域，中国贡献有目共睹。全力驰援多国抗疫，践行构建人类卫生健康共同体理念，迄今已向国际社会提供超过 21 亿剂疫苗；积极参与应对气候变化，提出碳达峰、碳中和目标，并制定相关行动方案；发起《全球数据安全倡议》，为全球数字治理规则制定贡献中国方案；积极推进国际反恐合作，提出坚持标本兼治、反对"双重标准"等原则。

在携手谋发展、一起向未来的道路上，中国不仅经过自身不懈奋斗，彻底摆脱绝对贫困，还积极参与国际减贫合作，中国的经验、技术、资金助力多国民众走上自强致富的道路；推动高质量共建"一带一路"，推出全球发展倡议，梦想成真的故事不断激励人心，互联互通的红利惠及千家万户；中国坚定不移扩大开放，为世界经济复苏提供更多动力，通过助力发展夯实世界和平之基。

秉持正确义利观、坚持亲诚惠容理念、构建新型国际关系、弘扬全人类共同价值、推动构建人类命运共同体……中国在人类实现持久和平和普遍安全的道路上镌刻下新路标，在动荡变革的世界中点亮和平的希望之光。

吉尔吉斯斯坦前总统萝扎·奥通巴耶娃说，习近平主席倡导的包括安全观在内的一系列倡议和主张"为人类的未来描绘了方向"。

为共建美好未来开辟人间正道

世界事务纷繁复杂。历史因素和现实状况的交织、意识形态和实际利益的纠葛，常常导致安全问题棘手难解。个别大国为了自身霸权私利，翻云覆雨、兴风作浪，让本来就问题缠身的世界雪上加霜。

编织谎言肆意抹黑他国、制造"莫名恐惧"，执意打造"小院高墙""平行体系"，热衷于搞排他性"小圈子""小集团"，把经济科技问题政治化……霸权势力的种种行径毒化国际关系氛围，加剧冲突紧张，为全球发展"挖坑""埋雷"。

追求自身所谓"绝对安全"，将全球化"武器化"，把小国当枪使，让小国民众承担地缘对抗的代价和伤害，自身隔岸观火，大发战争财……煽动分裂对抗、制造阵营对立的错误行径，动摇世界和平根基。

"我们的生产和生活完全被摧毁了！" "美国和北约借人权和自由的名义行动，但它们所做的一切都在侵犯人权和自由" "美国霸权声称'做善事'，实际上在剥削和掠夺"……叙利亚、阿富汗、古巴等世界多国人民发出的控诉与呐喊深刻表明，霸权逻辑不得人心！

时代呼唤新理念。如习近平主席所言："形势在发展，时代在进步。要跟上时代前进步伐，就不能身体已进入 21 世纪，而脑袋还停留在冷战思维、零和博弈的旧时代。"

事实证明，坚持遵循共同、综合、合作、可持续的安全观，坚持通过在平等与尊重基础上进行对话协商，有事多商量，有事好商量，往往能一步步化解危机，解纷止争。

在处理南海问题时，中国倡导并遵守以"平等相待、协商一致、照顾各方舒适度"为主要内涵的"亚洲方式"，推进与其他相关国家一起落实《南海各方行为宣言》，推动达成"南海行为准则"框架，使南海局势实现总体稳定。

对于中东问题，中方倡议设立海湾地区多边对话平台，探索由中东地区国家以中东的方式解决矛盾和纠纷。中国在中东地区从不谋求任何私利，不划分势力范围，不参与地缘争夺，愿同中东国家开展南南合作，中国主张和中国方案得到地区国家广泛认可和赞赏。

上合组织、亚信等区域组织或机制不断发展壮大，围绕热点问题管控、区域安全合作等加强政策协调，推动建立地区安全合作与对话机制，为维护地区安全稳定注入更多动力，为深化地区安全合作贡献强大力量。

实践表明，共同、综合、合作、可持续的安全观科学、公正、有效、管用。几内亚政治学会主席卡比耐·福法纳说，这一安全观必将有力促进国际和平稳定。

"物有本末，事有终始，知所先后，则近道矣。"习近平主席倡导的共同、综合、合作、可持续的安全观符合实现世界普遍、持久安全的内在深层逻辑，体现着天下一家、和衷共济的人间正道，顺应国际社会普遍的人心所向，必将随着时间的推移而绽放愈加耀眼的光芒，为保障世界和平发展注入愈加强大的动力。（新华社北京 2022 年 4 月 1 日电，记者记者韩冰、郑汉根）

为了万物和谐的美丽家园

——习近平生态文明思想的世界启示

"同心协力，共建万物和谐的美丽世界！"

2020 年 9 月 30 日，人民大会堂河北厅《金山岭晨光》巨幅壁画前，习近平向世界发出重要倡议。

万里之外，纽约联合国总部的生物多样性峰会现场，与会代表们凝神倾听；视频信号，把中国倡议传遍全球，在世界各地引发积极反响。

"万物并育而不相害，道并行而不相悖。"四季交错，日月升替。自古以来，中国人就在观察自然时思考天地运行的规律，体悟其中蕴含的哲理。

根植于中国传统文化的深厚底蕴，蕴含对生态治理需求的深刻观照，传递对人类文明走向的深邃思考，习近平生态文明思想不断丰富、发展、升华，为东方大地带来一场变革性实践，取得举世瞩目的突破性进展和标志性成就。中国实践创造了人类文明新形态，为全球生态文明建设注入"源动力"。

时代先声　激荡世界回响

2015 年 12 月，非洲东南部，津巴布韦野生动物救助基地的树荫下，习近平和夫人彭丽媛亲切地摸着小象的鼻子，给它们递喂食物。

这些画面令救助基地创始人罗克茜·丹克沃茨记忆犹新。她说，习近平"充满智慧、有领袖气质"。当丹克沃茨表达对中国"国宝"大熊猫的兴趣后，习近平特意向她介绍了中国正在开展的大熊猫繁育计划，并提到中国自然保护区的面积正逐年扩大，越来越多的动物得到有效保护。如今中国大熊猫野外种群数量达到 1800 多只，保护等级从"濒危"降为"易危"，成为中国生态环境持续改善、物种保护不断"升级"的生动写照。

这是大熊猫国家公园甘肃白水江片区的红外相机拍摄到的野生大熊猫活动画面（资料图片）。新华社发 甘肃白水江国家级自然保护区管理局供图

近年来，中国守护自然、保护生物多样性方面的暖心故事不断：云南野生亚洲象群在沿途居民一路呵护下北移又南归、极度濒危物种海南长臂猿喜添"新丁"……

全球荒野基金会主席万斯·马丁说："（中国）领导层支持地方社区，地方社区有意愿付诸行动，通过这些努力，物种从灭绝边缘被拯救回来。"

"要像保护眼睛一样保护生态环境，像对待生命一样对待生态环境。"对生态保护的高度重视，对人民福祉的深切挂念，习近平一以贯之。

中国长三角腹地，竹乡安吉，依山连绵的"大竹海"。2005年，"大竹海"附近的余村毅然关停了每年能带来300万元效益的3个石灰矿。时任浙江省委书记的习近平来考察时，在简陋的村委会会议室举行的座谈会上高度评价这一做法，并首次提出"绿水青山就是金山银山"的重要论述。

2021年6月7日在云南省昆明市晋宁区夕阳彝族乡拍摄的野象（无人机照片）。新华社发

"我们既要绿水青山，也要金山银山。宁要绿水青山，不要金山银山，而且绿水青山就是金山银山。"2013年金秋，从北京出发一路向西，习近平来到哈萨克斯坦的纳扎尔巴耶夫大学发表演讲。这是习近平首次在国际场合提出保护与发展相协调的"两山论"。

洱海湖畔、黄河岸边、秦岭深处……党的十八大以来，习近平的足迹遍及中国各地，所到之处始终强调环境保护的重要地位；在建设生态文明领域，习近平提出一系列新理念、新思想、新战略，让世界读懂美丽中国的"绿色密码"。

良好生态环境是最普惠的民生福祉。在习近平生态文明思想指引下，中国坚持"以人民为中心"的发展思想推进环境治理。

这是 2021 年 5 月拍摄的海南长臂猿 B 群幼猿。新华社发 海南热带雨林国家公园管理局供图

在美国国家人文科学院院士小约翰·柯布看来，谋发展，需要长远地考虑全体人民的未来与福祉，而非一时之利，"而这正是习近平的生态文明发展理念"。

联合国环境规划署亚太区域主任德钦次仁说，中国已将生态文明建设写入宪法，融入国家发展政策中。这树立了一个很好的榜样，可以作为指导全球战略方向的典范。

矢志不渝、踏石留印。中国生态文明实践成绩，获得越来越多的世界赞誉：

"三北"防护林工程被联合国环境规划署确立为全球沙漠"生态经济示范区"；塞罕坝林场建设者、浙江省"千村示范、万村整治"工程先后荣获联合国"地球卫士奖"……

凡益之道，与时偕行。习近平生态文明思想，激荡越来越广的理念共鸣：

2013 年，联合国环境规划署理事会会议通过了推广中国生态文明理念的决定草案；2016 年，联合国环境规划署发布《绿水青山就是金山银山：中国生态文明战略与行动》报告；"绿水青山就是金山银山"，成为老挝自然资源与环境部的座右铭……

曾任联合国副秘书长、联合国环境规划署执行主任的埃里克·索尔海姆说，中国环境治理经验可帮助其他国家更好地解决环境问题，而"最重要的经验，就是中国高层领导对环境治理的坚定决心和整体规划"。

大国担当　汇聚全球合力

在遥远的大洋洲国家巴布亚新几内亚，一种"神草"已经家喻户晓：它既能固碳，也可以绿化地面、改善水土流失，还可以代替树木栽培菌类，解决以往发展菌业的"菌林矛盾"难题——这就是中国传来的菌草。

"我到现在还记得第一次吃到菌草菇时的感受，和野外采到的普通蘑菇相比，味道更加鲜美。我们都很惊讶，觉得这种草太神奇了！"东高地省鲁法地区居民普里西利娅说。

在福建工作期间，习近平亲自推动菌草技术援助项目在巴布亚新几内亚落地，掀开菌草技术国际合作的序幕。

光阴荏苒，距首次落地巴布亚新几内亚整整 20 年，这种"神草"正给世界更多地方带去绿意和生机。在斐济，菌草技术被誉为"岛国农业的新希望"；在莱索托，因短时间就有收获，农民称菌草栽培菌菇为"快钱"；在卢旺达，有 3500 多户贫困农户参与菌草生产，现在每户每年收入增加了 1 到 3 倍。

2021 年 9 月，习近平特意向菌草援外 20 周年暨助力可持续发展国际合作论坛致贺信，称赞菌草合作紧扣"消除贫困、促进就业、可再生资源利用和应对气候变化"的发展目标。

中国菌草技术传播到中非共和国、斐济、老挝、莱索托等 100 多个国家和地区；非洲"绿色长城"建设有中国的技术支持；中国科技助力中亚国家"点荒变绿"；中东多国专家来中国学习在沙漠中筑起绿洲的固沙法……习近平生态文明思想引领的中国生态治理经验，在全球播下绿色种子。

埃及开罗大学经济与金融法教授瓦利德·贾巴拉说，习近平的绿色发展理念也影响了"一带一路"倡议沿线国家，中国努力帮助这些国家一起实现可持续发展目标。

从津巴布韦、肯尼亚、赞比亚等国的野生动物保护物资，到蒙古国"国熊"的相关保护设备，从缅甸的太阳能户用发电系统和清洁炉灶到埃塞俄比亚的微小卫星……习近平积极推动南南合作，引领中国为发展中国家保护生物多样性和应对气候变化提供力所能及的支持。

从海拔 1900 米月亮山上的望海楼望出去，满眼是塞罕坝绿意盎然的无边林海。半个世纪前塞罕坝还是飞鸟不栖、黄沙遮天的茫茫荒原，如今这里已是花的世界、林的海洋。

"塞罕坝成功营造起百万亩人工林海，创造了世界生态文明建设史上的典型。"2021 年 8 月，习近平在这里考察时说，"我国人工林面积世界第一，这是非常伟大的成绩。"

这是太空中都能见到的绿色奇迹。美国航天局卫星监测数据显示，从2000 年到 2017 年，中国为全球贡献了四分之一的新增绿化面积，居世界首位。而"中国贡献"中，42% 归功于规模浩大的人工造林工程。

近年来，中国在高标准履行国际义务的基础上，不断提出新目标，越来越多的"中国绿"给世界增添生态红利、发展红利。

2021 年 9 月，习近平以视频方式出席第七十六届联合国大会一般性辩论时宣示，中国将力争 2030 年前实现碳达峰、2060 年前实现碳中和，这需要付出艰苦努力，但我们会全力以赴。中国将大力支持发展中国家能源绿色低碳发展，不再新建境外煤电项目。

中方的庄严承诺极大提振了全球应对气候变化的信心。亚洲基础设施投资银行行长金立群表示，这是具有划时代意义的重要一步，展现了中国作为负责任大国的魄力和担当。世界经济论坛总裁博尔格·布伦德评价，中国在应对气候变化和保护生物多样性等领域"言出必践"。

2019年的北京世界园艺博览会，是中国向世界发出共建美好未来的一份"绿色邀请"。

"唯有携手合作，我们才能有效应对气候变化、海洋污染、生物保护等全球性环境问题""只有并肩同行，才能让绿色发展理念深入人心、全球生态文明之路行稳致远"……

2019年5月23日游客在北京世园会中国馆前游览。新华社记者 李欣 摄

习近平在北京世园会开幕式上发表重要讲话时提出的一系列主张，获得全场一次次热烈掌声。习近平共同建设美丽地球家园、共同构建人类命运共同体的主张在全球受到热烈关注。

联合国环境规划署执行主任英厄·安诺生说，世界需要更广泛的多边主义，而中国在推动多边主义方面正发挥积极作用。

这是 2021 年 4 月 25 日在哈萨克斯坦扎纳塔斯用无人机航拍的风电场的风机。新华社发 中国电建成都院供图

2021 年 1 月 3 日，在位于孟加拉国首都达卡郊区的利德成集团厂区，工人们在房顶组装光伏模组。从 2020 年开始，中资制衣类企业——利德成集团在其位于孟加拉国达卡的厂区内建设光伏电站，以降低对传统能源的依赖，减少碳排放，从绿色发展的角度助力"一带一路"建设。新华社发

中国正积极推进"一带一路"绿色发展国际联盟和生态环保大数据服务平台建设，和各国共同落实联合国 2030 年可持续发展议程。无论是中国 – 东盟环境合作、澜沧江 – 湄公河环境合作，还是中国 – 中东欧国家合作、中国 – 非洲环境合作，生态文明建设合作都是重要内容。

中国率先发布《中国落实 2030 年可持续发展议程国别方案》，设立中国气候变化南南合作基金，推动达成应对气候变化《巴黎协定》，承办联合国《生物多样性公约》第十五次缔约方大会……

在习近平生态文明思想的指引下，中国坚定践行多边主义，以实际行动推动完善全球环境治理，展现负责任大国的胸怀与担当。

东方智慧　启迪文明未来

2017 年新年伊始，阿尔卑斯山冰封雪飘。日内瓦汇聚了几百个国际组织，是除纽约联合国总部以外全球最重要的多边外交中心。在万国宫，习近平发表演讲《共同构建人类命运共同体》，让很多人至今都记忆犹新。

演讲中，习近平深刻、全面、系统阐述了人类命运共同体理念，倡导"建设一个清洁美丽的世界"。

这番话如同一股暖流，在冬日的阿尔卑斯山掀起热潮。美国外交学者网站评论说，中国领导人在联合国舞台"勾勒出中国对世界的愿景"，展现了中国在联合国和世界秩序中负责任角色的形象。

"纵观人类文明发展史，生态兴则文明兴，生态衰则文明衰。"习近平从自然生态在人类文明史上的作用出发，阐述二者间共存共荣的辩证关系，为处理人与自然关系提供核心理念指引。

人类的未来正面临艰难的调试关口：地球的生态环境在不断恶化，工业文明面临困境、文明形态面临转型，挑战前所未有严峻，各种技术、经济和社会要素需要全系统的根本性重组。

国际社会的应对却明显碎片化：一些有能力推动变革的发达国家，无意放弃工业文明阶段长期积累的优势地位，试图坐享"超额红利"；多数没有赶上工业化红利的发展中国家，却面临着如何统筹发展与保护的难题，导致全球的生态文明建设缺乏总体战略和统一架构。

2020 年 12 月 15 日，中国援巴布亚新几内亚菌草旱稻项目专家组组长林应兴（戴草帽者）在巴布亚新几内亚东高地省中国援助巴新菌草和旱稻技术项目第 9 期培训班上授课。新华社发

"先污染再治理"的老路已经走不通。习近平的话语清晰明确："我们不能吃祖宗饭、断子孙路，用破坏性方式搞发展。""我们应该遵循天人合一、道法自然的理念，寻求永续发展之路。"

4 月 22 日是世界地球日。2021 年的这一天，习近平以视频方式在领导人气候峰会发表重要讲话，全面、系统阐释人与自然生命共同体的理念。

"人与自然是生命共同体""共建地球生命共同体"，"生命共同体"理念，为人类文明的发展存续绘出清晰的绿色底色。

　　"要超越国家、民族、文化、意识形态界限，站在全人类高度，推动构建人类命运共同体，共同建设好我们赖以生存的地球家园。"2020年9月23日，习近平通过视频方式会见联合国秘书长古特雷斯时说。

　　《联合国气候变化框架公约》第二十六次缔约方大会气候行动高级别倡导者尼格尔·托平这样解读："人类命运共同体""生态文明"在某种程度上就好像用诗歌般的语言描述经济和科学，这是一份"独特的中国礼物"。

　　中国已成为全球生态文明建设的重要参与者、贡献者、引领者，主张加快构筑尊崇自然、绿色发展的生态体系，共建清洁美丽的世界。顺应自然、保护生态的绿色发展正昭示着人类文明发展路径。

　　在习近平生态文明思想的指引下，中国与全世界合作，探索人类文明新形态的发展方向，共同建设万物和谐的美丽家园。（新华社北京2021年10月9日电，记者葛晨、张忠霞、罗国芳）

激荡五洲四海的时代强音

——习近平新时代中国特色社会主义思想的世界性贡献述评

大年初五，万家灯火。北京人民大会堂东大厅，习近平总书记起身送走联合国秘书长古特雷斯，结束当天外事活动，已近晚上八点。

虎年春节期间，北京冬奥会如约而至。连日来，习近平总书记同来华外国元首、政府首脑、王室成员及国际组织负责人共同出席冬奥会开幕式，为他们举行欢迎宴会，同俄罗斯总统普京、国际奥委会主席巴赫等国际政要、国际组织负责人分别举行面对面密集会晤。

党的十八大以来，以习近平同志为主要代表的中国共产党人以一系列战略思想和创新理念回答中国之问、世界之问、人民之问、时代之问，创立习近平新时代中国特色社会主义思想，团结带领中国人民接续奋斗，创造人类文明新形态，推动构建人类命运共同体，弘扬全人类共同价值，矢志不渝促进人类和平与发展事业，在动荡变革的世界为人类文明进步作出重大贡献。

人间正道，文明新篇——以中国之治创造人类文明新形态，为人类社会通向现代化提供全新路径选择

2022 年 1 月 4 日，距冬奥会开幕刚好还有一个月，习近平总书记专题调研冬奥会、冬残奥会筹办备赛工作。

"历史会镌刻下这一笔，世界将对中国道路有全新的认识。"从百年前的"奥运三问"到今天的"双奥之城"，习近平总书记的目光和思索跨越历史长河，感慨系之。

当全世界运动健儿和友好人士相聚北京，当精彩、非凡、卓越的奥运盛况传遍全球，人们看到的是怎样的中国？成就这一切的，又是怎样的中国道路？

时光回溯到2012年11月29日。党的十八大闭幕后不久，习近平总书记一行专程来到国家博物馆，参观《复兴之路》展览。

抚今追昔，展望未来。习近平总书记深刻指出，实现中华民族伟大复兴的正确道路，"就是中国特色社会主义"。

9年多来，在习近平新时代中国特色社会主义思想指引下，坚持走自己的路的中国，物质文明、政治文明、精神文明、社会文明、生态文明协调发展。在世界百年未有之大变局中，中国式现代化道路优势愈加彰显，中国人民创造的文明新形态光芒愈发夺目，书写出人类文明新的篇章。

这是在不断推进伟大社会革命中形成，拓展发展中国家走向现代化途径、重塑人类文明格局的文明新形态。

回望历史烟云，当西方国家率先登上现代化列车，当欧美列强用坚船利炮打开别国大门，所谓"先进文明""落后文明"的论调、"现代化就是西方化"的迷思，就开始笼罩在地球上空。

面对各式交锋与争论，习近平总书记放眼中国发展大历史、世界变化大格局、人类发展大潮流，在对历史规律的深刻把握中，展现出马克思主义政治家、战略家的历史远见与自信：

"现代化不是单选题。历史条件的多样性，决定了各国选择发展道路的多样性。""每个国家自主探索符合本国国情的现代化道路的努力都应该受到尊重。"

历史反复证明，没有一个民族、一个国家可以通过依赖外部力量、照搬外国模式、跟在他人后面亦步亦趋实现强大和振兴。那样做的结果，不是必然遭遇失败，就是必然成为他人的附庸。

走自己的路，是党和人民艰辛奋斗得出的历史结论。在以习近平同志为核心的党中央坚强领导下，中国人民以坚定的道路自信、理论自信、制度自信、文化自信，排除种种干扰、战胜重重险阻，如期全面建成小康社会，开启全面建设社会主义现代化国家新征程。

"如果中国能够在社会和经济的战略选择方面开辟出一条新路，那么就会证明自己有能力给全世界提供中国与世界都需要的礼物。"英国历史学家汤因比曾预言。

越走越宽广的中国道路，让科学社会主义在中国焕发勃勃生机，在终结了"历史终结论"的同时，也深刻启迪和极大鼓舞着发展中国家人民；愈来愈耀眼的人类文明新形态，让古老的东方文明以充满活力的雄健姿态屹立于世界舞台，深刻重塑着人类文明发展的格局与趋势。

这是走和平发展、合作共赢新路，超越扩张掠夺、"国强必霸"旧逻辑的文明新形态。

2022 年 1 月 6 日，肯尼亚港口城市蒙巴萨阳光灿烂。中方承建的蒙巴萨油码头竣工仪式举行，肯尼亚总统肯雅塔亲临现场。

这是 2022 年 1 月 6 日拍摄的肯尼亚蒙巴萨油码头。新华社记者 李琰 摄

这一项目，是多年来中国真心实意帮助非洲国家发展的又一例证。

"总有一些人喜欢对我们指手画脚，而中国则是以实际行动帮助我们推进经济社会发展议程。"肯雅塔深有感触，"中国从不居高临下地告诉我们应该怎么做，这正是非中合作的独特之处。"

2013 年 3 月，作为中国国家主席首次访非，习近平总书记对非洲朋友说，"我们不把自己的意志强加给你们，你们也不把自己的意志强加给我们""中国将继续坚定支持非洲国家探索适合本国国情的发展道路""真诚希望非洲国家发展得更快一些，非洲人民日子过得更好一些"，赢得非洲国家领导人由衷钦佩。

拉美的朋友对此同样感受深刻。2015 年 1 月，在北京举行的中拉论坛首届部长级会议开幕式上，习近平总书记深入阐释中国同拉美合作的构想。"坚持平等相待的合作原则"一出口，现场立即爆发热烈掌声。

与通过对外扩张掠夺完成原始积累、长期沿袭"弱肉强食""丛林法则"定式的西方现代化老路不同，中国的现代化，从不输出殖民、战争和冲突，完全以和平、合作与共赢方式推进，彻底改写着大国崛起的陈旧叙事。

现实映照历史，历史启迪未来。"使用的不是战马和长矛，而是驼队和善意；依靠的不是坚船和利炮，而是宝船和友谊……"对于曾备受西方列强欺凌压迫的广大发展中国家而言，中国所展现的，是厚重而又崭新的"和合"文明。

这是为应对人类共同挑战开展创新实践、积累新鲜经验、贡献中国方案的文明新形态。

中国现代化不是西方现代化的"翻版"，这既是历史选择，也是时代必然。

14 亿多人口的体量，960 万平方公里的土地……如此"超大规模"的现代化，远非英国现代化的"千万级"、美国现代化的"上亿级"所能及，并没有现成经验可搬；

用几十年时间完成西方发达国家几百年完成的工业化历程，高度"时空压缩"的现代化，在人类历史上绝无仅有；

追求全体人民共同富裕、物质文明和精神文明协调发展、人与自然和谐共生，强调"以人民为中心""人的全面发展"的现代化，就要防止和克服西方传统现代化伴生的两极分化、物质主义膨胀、生态恶化等种种弊病。

全新的历史任务、全新的时空条件、全新的奋斗目标、全新的执政理念，注定了中国现代化必然走出全新的路径。而中国现代化的种种开创性探索、超越性实践，必定为破解人类共同面临的历史性、世界性难题提供极为宝贵的经验。

2012年12月，广东。党的十八大后首次出京考察，习近平总书记从推进中华民族永续发展、人类文明永续进步的高度，深刻阐述现代化进程中的生态文明：

"我们建设现代化国家，走美欧老路是走不通的，再有几个地球也不够中国人消耗。""走老路，去消耗资源，去污染环境，难以为继！"

生态衰则文明衰，生态兴则文明兴。

今天，当云南大象北上南归成为全世界津津乐道的"远方"故事，当奔腾不息的长江黄河奏响新的生态乐章，当世界最大发展中国家将以全球最短时间实现从碳达峰到碳中和的跨越……中国式现代化"人不负青山、青山定不负人"的勇毅笃定，树立起人类现代化新的文明标杆。

当代中国，"进行着人类历史上最为宏大而独特的实践创新"。一个有着5000多年历史的古老文明阔步迈向现代化，堪称这个蓝色星球上最精彩的奋斗故事、最引人注目的文明史诗。

开放融通，弄潮涛头——以高水平对外开放引领各国合作共赢、共同发展，为全球发展繁荣注入强劲动力

瑞士小镇达沃斯，因每年在此举行的世界经济论坛而闻名于世。

2017年1月，经济全球化"存废之争"愈演愈烈之际，首次来到达沃斯，习近平总书记以"海"作喻：世界经济的大海，你要还是不要，都在那儿，是回避不了的。

2022年1月，全球疫情延宕反复、世界经济复苏不确定性加剧之时，通过"云讲坛"再次亮相达沃斯，习近平总书记借"江"明理：经济全球化是时代潮流。大江奔腾向海，总会遇到逆流，但任何逆流都阻挡不了大江东去。

江海浩荡，风急浪陡。唯弄潮儿向涛头立。

当保护主义、单边主义逆流冲击侵蚀人类进步的根基，当开放还是封闭、拉手还是松手、拆墙还是筑墙成为影响人类未来的关键抉择，习近平总书记登高望远、把舵领航，引领新时代中国以开放促合作，以合作谋发展，为迷茫困顿的世界注入强大信心与动力。

2013年金秋，踏着古人对外友好交往的足迹，习近平总书记先后访问哈萨克斯坦、印度尼西亚。

"站在这里，回首历史，我仿佛听到了山间回荡的声声驼铃，看到了大漠飘飞的袅袅孤烟""满载着两国商品和旅客的船队往来其间，互通有无，传递情谊"……

在历史中汲取文明智慧，在担当中破解时代课题，习近平总书记郑重提出共建丝绸之路经济带和21世纪海上丝绸之路重大倡议。

9年，跨越不同地域、不同发展阶段、不同文明，140多个国家、30多个国际组织同中国签署200多份共建"一带一路"合作文件，世界上三分之二的国家和三分之一的国际组织同中国达成合作共识；

9年，事关天下苍生、谋求共同福祉的"一带一路"倡议，激发起各国互联互通、合作发展、创新发展的澎湃活力，在全球五大洲绘制出一幅共同追求和平、发展、合作、共赢的壮美画卷。

"历史上从来没有谁尝试通过一系列政策的实施，在经济领域将那么多国家和大洲连接起来。"未来学家奈斯比特夫妇在《世界新趋势》一书中如此写道。

俄罗斯总统普京评价，这是一个有益、重要且有前景的倡议；塞尔维亚总统武契奇说，"一带一路"倡议从精神层面和物质层面将不同的国家、文化和人民连接在一起，促进世界稳定；巴基斯坦总理伊姆兰·汗认为，这一倡议在未来几年将彻底改变世界。

2021 年 12 月 3 日，老挝全国上下洋溢着节日般的喜庆。"发车！"在两党两国最高领导人共同见证下，中老共建"一带一路"的旗舰项目——中老铁路正式开通运营。

2015 年，习近平总书记同老挝领导人一道，作出了共建中老铁路的重大决策。逢山开路、遇水架桥；山不再高、路不再长。一条 1035 公里的现代化铁路让天堑变通途，老挝"陆锁国"变"陆联国"的梦想终于成真。

中老铁路首发列车驶过中国云南省元江哈尼族彝族傣族自治县境内的元江双线特大桥（2021 年 12 月 3 日摄，无人机照片）。新华社记者 王冠森 摄

"中国不是第一个说要来老挝修铁路的，但却是唯一实实在在来老挝修好了铁路的。"沧桑巨变面前，老挝人民感慨万千。

"改变一切不需要太多时间。"法国文豪雨果曾说。

因为"一带一路"，东部非洲有了第一条高速公路，马尔代夫有了第一座跨海大桥，白俄罗斯第一次有了自己的轿车制造业，不少地方的人们第一次喝上干净的水、用上安全的电、乘上现代交通工具……

2021 年 11 月，上海，又一届中国国际进口博览会如约而至。这一由习近平总书记亲自谋划、部署和推动的全球首个以进口为主题的国家级展会，被外界誉为中国开放的"金色大门"。

连续 4 年，习近平总书记在进博会开幕式上发表主旨演讲。不畏保护主义、单边主义逆流汹涌，不惧新冠肺炎疫情来势汹汹，习近平总书记的讲话，向世界传递出自信的中国"开放的大门只会越开越大"的清晰信号。

"一个国家、一个民族要振兴，就必须在历史前进的逻辑中前进、在时代发展的潮流中发展。"这是纵观天下大势的眼界；

"中国愿同各国一道，共建开放型世界经济，让开放的春风温暖世界！"这是把握历史大势的主动。

从统筹推进 21 个自贸试验区建设到高质量高标准建设海南自由贸易港，从颁布实施外商投资法到连续五年缩减外资准入负面清单，从积极推动区域全面经济伙伴关系协定正式生效到正式申请加入全面与进步跨太平洋伙伴关系协定……开放，成为当代中国的鲜明标识。

一个在开放中不断发展进步的中国，始终是各国共同发展的强劲引擎、人类文明进步的中坚力量。

2022 年伊始，中国经济"成绩单"让世界眼前一亮：过去一年，中国外贸额首破 6 万亿美元关口，经济总量同比增长 8.1%。

在世界经济的大海中练就过硬本领，连年对世界经济增长贡献率超过30%，中国经济展现强大"韧实力"，成为全球经济发展的主要稳定器和动力源。

"中国已成为教科书般的案例，证明全球市场一体化推动了发展。"世贸组织总干事奥孔乔－伊维拉说；"世界需要中国，全球经济增长离不开中国的持续发展。"国际货币基金组织前总裁拉加德由衷感叹。

曾几何时，全球经济治理的话语权被牢牢把持在西方个别国家手中，发展中国家要想获得国际援助或贷款，不仅需要层层"闯关"，还要答应苛刻的政治条件，局面相当被动。

2016 年 1 月 16 日，北京，钓鱼台国宾馆。在习近平总书记见证下，57 个代表团团长共同按下按钮，由中国倡议成立的亚洲基础设施投资银行正式启动。

"倡议成立亚投行，就是中国承担更多国际责任、推动完善现有国际经济体系、提供国际公共产品的建设性举动，有利于促进各方实现互利共赢。"习近平总书记的话，阐明了这一举世瞩目新创造的深远意义。

全球经济治理的天平，不应长期向富国一方倾斜。伴随着新兴市场国家和发展中国家群体性崛起，全球治理体系变革已是人心所向、大势所趋。

从在国际货币基金组织中的份额和投票权跃居第三位，到发起成立亚投行、金砖国家新开发银行，设立丝路基金，再到人民币正式纳入特别提款权货币篮子……中国已从全球金融体系的普通参与者，转变为公共产品的提供者和变革的"发动机"。

"中国人民不仅希望自己过得好，也希望各国人民过得好。"在时代潮头引领航向的中国，始终不忘自身作为世界最大发展中国家的底色。

2016 年秋，钱塘江畔，大潮涌动。二十国集团领导人杭州峰会期间，习近平总书记全面阐释中国的全球经济治理观：以平等为基础、以开放为导向、以合作为动力、以共享为目标……发展，在此次峰会上第一次被置于全球宏观政策框架突出位置。

面对疫情对全球发展进程造成的严重冲击，着眼于不让任何一个人掉队、不让任何一个国家掉队，习近平总书记在"云外交"场合提出全球发展倡议，强调"不论遇到什么困难，我们都要坚持以人民为中心的发展思想"……

天下一家，和衷共济——以命运与共理念同世界各国友好往来、携手并进，引领人类前进的正确方向

"青山一道同云雨，明月何曾是两乡。"

当未来的人们回望当下这段历史，一定不会忘记中国人民同世界各国守望相助、携手抗疫的非凡历程。

一场世纪疫情,既是对各国应对能力的考验,也是对人类团结精神的考验。然而遗憾的是,共同挑战面前,世界上以邻为壑、隔岸观火的有之,污蔑抹黑、甩锅推责的有之,恃强凌弱、抢夺疫苗的有之……

"团结合作是战胜疫情最有力的武器""任何国家都不能从别国的困难中谋取利益,从他国的动荡中收获稳定""流行性疾病不分国界和种族,是人类共同的敌人。国际社会只有共同应对,才能战而胜之。"从双边通话,到多边"云会议",习近平总书记利用各种场合,呼吁世界各国团结抗疫,推动构建人类卫生健康共同体。

发起新中国成立以来规模最大的全球人道主义行动,向发展中国家抗疫和恢复经济社会发展提供援助,推动疫苗成为发展中国家用得上、用得起的公共产品……独善其身不是中国选择,同舟共济、共克时艰才是制胜之道。一项项实打实的举措,让世界看到了风雨来临时的中国担当、中国力量。

仅 2021 年,中国就向 120 多个国家和国际组织提供超过 20 亿剂新冠疫苗,成为对外提供疫苗最多的国家。全球使用的疫苗中,每两支就有一支是"中国制造"。

"在全球性危机的惊涛骇浪里,各国不是乘坐在 190 多条小船上,而是乘坐在一条命运与共的大船上。小船经不起风浪,巨舰才能顶住惊涛骇浪。"疫情海啸中,世界更能领会这句话的深刻内涵。

"大船"之喻,道出人类命运与共的现实逻辑,也折射出新时代中国特色大国外交的前进方向。

这是对"建设一个什么样的世界、如何建设这个世界"这一关乎人类前途命运重大课题的深邃思考,是对破解治理赤字、信任赤字、发展赤字、和平赤字给出的中国方案。

"人类生活在同一个地球村里,生活在历史和现实交汇的同一个时空里,越来越成为你中有我、我中有你的命运共同体。"2013 年 3 月,俄罗斯莫斯科国际关系学院,习近平总书记面向世界提出人类命运共同体理念。

从此，人类在审视自身命运与未来时有了一种全新的视角。

恩格斯说："一个民族要想站在科学的最高峰，就一刻也不能没有理论思维。"新时代是中国从大国走向强国的时代，也是中国理论更加自信自强的时代；新时代是中国不断向世界舞台中央挺进的时代，也是中国理论不断走向世界的时代。

传承中华文化"天下大同"的理想追求，赓续马克思主义"自由人联合体"的思想光辉，人类命运共同体理念代表着人类先进的世界观，是对一国一域的狭隘范畴，对西方现实主义国际关系理论全面的、革命性的超越，成为马克思主义中国化时代化一项最新理论成果。

这样的理念不仅是指引中国外交的旗帜，也在纷繁复杂的世界引领着人类前进的方向。

在国家层面，中国正与老挝、柬埔寨等越来越多的友好伙伴构建起双边命运共同体；

在地区范围，推动打造中国同周边国家、亚太、中国—东盟、中国—中亚、中非、中阿、中拉命运共同体；

在全球领域，中方倡议构建网络空间、核安全、海洋、卫生健康等命运共同体得到积极呼应。

认识一旦形成，就会反作用于实践，指导实践。

从相互尊重、公平正义、合作共赢的国家间交往原则，到共同、综合、合作、可持续的全球安全观，从"五位一体"的总体路径到建设"五个世界"的总体布局，从写入党的十九大报告，载入党章和宪法，到多次写入联合国、上海合作组织等多边机制重要文件……在新时代中国特色大国外交伟大实践中，人类命运共同体理念的内涵不断丰富完善，展现出强大的生命力、感召力，凝聚起日益广泛的国际共识。

"我们不能因现实复杂而放弃梦想，不能因理想遥远而放弃追求。"推动构建人类命运共同体，是仰望星空，更是脚踏实地。

这是北京冬奥会开幕式次日习近平总书记的一份日程表。

9:30，会见埃及总统塞西；9:58，会见塞尔维亚总统武契奇；10:35，会见哈萨克斯坦总统托卡耶夫；11:04，会见土库曼斯坦总统别尔德穆哈梅多夫……一天 11 场外事活动，时间安排精确到分钟。

类似的情形，这些年在中国元首外交场合一次又一次出现。党的十八大以来，作为国家主席，习近平总书记 41 次出访，足迹遍及五大洲 69 国，在国内出席和主持一系列重大主场外交活动，接待来访的国际政要数百位。以元首外交为引领，新时代中国特色大国外交阔步向前，走出一条"对话而不对抗、结伴而不结盟"的国与国交往新路。

"走四方固然辛苦，但收获是'朋友圈'越来越大。"习近平总书记说。

"志同道合是伙伴，求同存异也是伙伴。""从'本国优先'的角度看，世界是狭小拥挤的，时时都是'激烈竞争'。从命运与共的角度看，世界是宽广博大的，处处都有合作机遇。"

世界观不同，观世界的方式也就不同。

推进大国协调与合作，构建总体稳定、均衡发展的大国关系框架；按照亲诚惠容理念和与邻为善、以邻为伴的周边外交方针，深化同周边国家关系；秉持正确义利观和真实亲诚理念，加强同广大发展中国家团结合作……中国已同 181 个国家建立外交关系，同 110 多个国家和国际组织建立不同形式的伙伴关系。在习近平外交思想指引下，中国不断推进和完善全方位、多层次、立体化的外交布局，合作伙伴遍布全球各地。

2021 年 8 月，世界共同目睹了美军仓惶撤离阿富汗的"喀布尔时刻"——盘踞阿富汗 20 年的美军离开了，留给当地民众的是处处凋敝的烂摊子。

"大家是命运共同体，也是安全共同体。关键时刻应该共同发挥作用，共同维护比金子还珍贵的和平稳定。"2021 年 9 月出席上海合作组织和集体安全条约组织成员国领导人阿富汗问题联合峰会，习近平总书记就阿富汗问题提出 3 点意见建议：推动阿富汗局势尽快平稳过渡，同阿富汗开展接触对话，帮助阿富汗人民渡过难关。

10 多天后，中国首批紧急人道主义援助物资运抵阿富汗。接下来几个月里，一批批粮食、越冬物资、新冠疫苗接踵而至，为寒冬中的阿富汗人民带来温暖。

"站在历史正确的一边，站在人类进步的一边"，这是坚定的中国承诺，也是坚实的中国行动。

不同于个别大国动辄从所谓"实力地位"出发、在国际上推行霸权霸道霸凌，新时代中国坚守国际公平正义，坚持共商共建共享，坚持为广大发展中国家仗义执言，旗帜鲜明地宣示我们坚持什么、反对什么，让世界看到一个勇毅担当的"大国的样子"。

针对"一国独霸""几方共治"倾向与论调，明确指出"国际规则应该由各国共同书写，全球事务应该由各国共同治理""任何国家都没有包揽国际事务、主宰他国命运、垄断发展优势的权力"；

针对打着多边主义旗号搞拉帮结派"小圈子"的行径，明确指出"多边主义的要义是国际上的事由大家共同商量着办，世界前途命运由各国共同掌握"，倡导践行真正的多边主义；

针对标榜所谓"基于规则的秩序"、把自己的"家规"强加给国际社会的行径，明确指出"世界只有一个体系，就是以联合国为核心的国际体系。只有一个秩序，就是以国际法为基础的国际秩序。只有一套规则，就是以联合国宪章宗旨和原则为基础的国际关系基本准则"……

沧海横流，方显英雄本色；青山矗立，不堕凌云之志。

历史正在见证并将继续见证：构建人类命运共同体，新时代中国不仅是积极倡导者，更是坚定推动者、践行者。

推动构建人类命运共同体，不是以一种制度代替另一种制度，不是以一种文明代替另一种文明，而是不同社会制度、不同意识形态、不同历史文化、不同发展水平的国家在国际事务中利益共生、权利共享、责任共担，形成共建美好世界的最大公约数。

法国巴黎第八大学教授皮埃尔·皮卡尔认为，构建人类命运共同体理念是"人类历史上最重要的哲学思想之一"；英国学者马丁·雅克说，中国提供了一种"新的可能"，开辟了一条合作共赢、共建共享的文明发展新道路，"这是前无古人的伟大创举，也是改变世界的伟大创造"；第七十一届联合国大会主席彼得·汤姆森指出，构建人类命运共同体，是"人类在这个星球上的唯一未来"。

"一个国家、一个民族对世界和人类作出的贡献，不仅在于创造了多少物质，还在于提出了什么理念。"希腊前总统帕夫洛普洛斯说。

构建人类命运共同体理念，作为习近平新时代中国特色社会主义思想在外交领域的集中体现，为破解人类共同难题、推动世界和平发展提出中国方案，是新时代中国共产党人为人类思想宝库贡献的智慧瑰宝。

共同价值，指引未来——在和而不同、谋求大同中凝聚全球共识，为人类文明进步提供精神引领

2015 年 9 月，联合国成立 70 周年之际，习近平总书记到访联合国总部。"和平尊"，中国赠与联合国的礼物，贯通历史与现实，意蕴厚重而深远。

"和平、发展、公平、正义、民主、自由，是全人类的共同价值，也是联合国的崇高目标。目标远未完成，我们仍须努力。"在联合国讲坛，习近平总书记首次面向世界提出"全人类共同价值"。

"共同价值"意义何在？与西方一些人推行的"普世价值"有何不同？

就在这一年，一幅反映"3 岁小难民之死"的照片，深深震撼着整个世界。来自叙利亚的男童艾兰·库尔迪在随家人逃难途中不幸溺亡，"卧眠"地中海海滩，成为令人心碎的一幕。

从旷日持久的"中东之乱"，到各种处心积虑的"颜色革命"……接连不断的悲剧和乱象警示人们：试图借"普世价值"之名，用单一价值标准"衡量"他国、用单一制度模式"改造"世界，只会带来动荡不安、民不聊生。

"战争起源于人之思想，故务需于人之思想中筑起保卫和平之屏障""让和平理念的种子在世界人民心中生根发芽，让我们共同生活的这个星球生长出一片又一片和平的森林""我们必须作出努力，让战争远离人类，让全世界的孩子们都在和平的阳光下幸福成长"……

2014 年 3 月，巴黎联合国教科文组织总部，习近平总书记在演讲中引用大楼前石碑上的名言，深刻阐释人的思想之于现实世界的深远影响。

民主、自由、平等……这些美好的词汇，本是世界各国人民的共同追求。然而，相当长一个时期以来，西方某些国家政客试图将这些价值曲解、私用、滥用，将自身对这些价值的单一理解包装成"普世价值"强加于人。

"价值向往"与"路径迷失"之间，错的从来不是对价值本身的追求，而是实现价值的方式。习近平总书记本着对人类前途命运高度负责的态度，从思想认识的角度为全人类对美好价值的追求正本清源——

"各国历史、文化、制度、发展水平不尽相同，但各国人民都追求和平、发展、公平、正义、民主、自由的全人类共同价值""以宽广胸怀理解不同文明对价值内涵的认识，尊重不同国家人民对价值实现路径的探索""多样性是人类文明的魅力所在，更是世界发展的活力和动力之源"……

以所谓"普世价值"划分"小圈子"、拼凑"小集团"，只会让世界四分五裂；而以全人类共同价值凝聚最大公约数、画出最大同心圆，带来的才是世界各国人民的大团结。

各美其美，美美与共；和而不同，天下大同。新时代中国共产党人所倡导的全人类共同价值，从不谋求千篇一律、千人一面，彰显着"不同"与"大同"的辩证智慧。在寻求"共同"中包容"不同"，在尊重"不同"中谋求"大同"，正是"共同价值"超越"普世价值"的进步意义所在。

植根于中华文明历史厚土，全人类共同价值的提出，将中华民族鲜明的价值追求延展至世界维度，实现中外话语体系在价值观领域的开创性对接；

着眼人类共同长远利益，全人类共同价值以中国智慧为促进人类文明永续进步、为创造人类美好未来提供正确的精神指引。

弘扬全人类共同价值，就要承认和尊重文明多样性，以平等和欣赏的眼光看待不同文明。

2019 年 5 月，亚洲文明对话大会在北京举行。大会由习近平总书记亲自倡导举办，不仅覆盖亚洲所有国家，还向世界各大洲开放。

这是 2019 年 5 月 13 日晚拍摄的国家会议中心。2019 年 5 月 15 日至 22 日，亚洲文明对话大会在北京举行。新华社记者 陈建力 摄

"认为自己的人种和文明高人一等，执意改造甚至取代其他文明，在认识上是愚蠢的，在做法上是灾难性的！" "我们应该秉持平等和尊重，摒弃傲慢和偏见，加深对自身文明和其他文明差异性的认知，推动不同文明交流对话、和谐共生。" 习近平总书记掷地有声的话语，赢得各国与会代表如潮掌声。

宾朋满座、济济一堂，缘于新时代中国对世界各国创造的不同文明始终如一的真诚尊重。

"我访问过世界上许多地方，最喜欢做的一件事情就是了解五大洲的不

同文明，了解这些文明与其他文明的不同之处、独到之处"。在墨西哥，漫步于奇琴伊察玛雅文明遗址；在希腊，参观雅典卫城博物馆；在埃及，走进古老的卢克索神庙……在一场场别具韵味的"文化外交"中，习近平总书记对推动文明交流互鉴身体力行。

在不同国际场合，习近平总书记多次强调，要树立平等、互鉴、对话、包容的文明观，以文明交流超越文明隔阂，以文明互鉴超越文明冲突，以文明共存超越文明优越。这是一位大国领袖对不同文明的欣赏和尊重，更是一位世界级领导人胸怀天下的格局与担当。

弘扬全人类共同价值，就要起而行之，以自身探索实践不断为实现全人类共同价值贡献力量、夯实基础。

为了捍卫和平，中国坚持走和平发展之路，积极在国际地区热点问题中劝和促谈；

为了促进发展，中国倡导"大家一起发展才是真发展"，一以贯之帮助发展中国家提高自主发展能力；

为了维护公平，中国积极引领全球治理体系变革，推动经济全球化更加平衡包容；

为了追求正义，中国坚定不移站在国际公理一边，坚定不移维护广大发展中国家共同利益；

为了实现民主，中国探索和发展全过程人民民主，矢志不渝推进国际关系民主化；

为了保障自由，中国以实际行动尊重不同国家自主选择发展道路的权利，始终致力于实现人的自由而全面的发展……

如山如海，守护和平正义，涵养发展动力；如旗如炬，洞察人类未来，引领前行方向。

百年变局中的世界，因新时代中国而不同，因习近平新时代中国特色社会主义思想而更加光明。

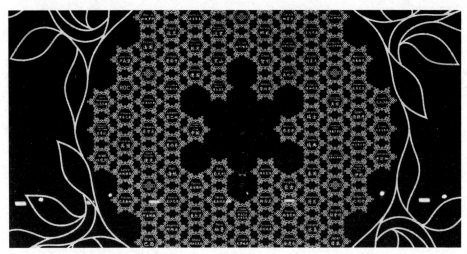

2022 年 2 月 4 日晚，第二十四届冬季奥林匹克运动会开幕式在北京国家体育场举行。这是主火炬。新华社记者 丁旭 摄

2022 年 2 月 4 日晚，从奥林匹克运动发祥地——希腊伯罗奔尼撒半岛采集来的火种，"点燃"了北京冬奥会主火炬。

连接东西方文明的奥运盛会，再次见证不同地域、不同文化、不同信仰的人们，为了"更快、更高、更强——更团结"的共同目标而拼搏奋斗。百年变局叠加世纪疫情的时代背景下，这样全球性的聚会，更具重大而特别的历史意义。

"同一个世界，同一个梦想"。2008 年，首次举办奥运会的中国，以开放胸怀拥抱世界，以共同梦想感召世界；

"一起向未来"。2022 年，奥运圣火再次在北京燃起，凝聚着来自五洲四海的团结力量。

一起向未来！新时代中国将继续高举构建人类命运共同体旗帜，同各国一道，为人类文明进步的崇高事业燃起更加炽烈的奋进之火，点亮更加闪耀的希望之光。（新华社北京 2022 年 2 月 6 日电，记者刘华、韩墨、杨依军、郑明达、温馨、潘洁）

延伸阅读

多国人士高度认同构建人类命运共同体理念

当今世界正经历百年未有之大变局，全球治理体系面临深刻调整。习近平主席高瞻远瞩提出构建人类命运共同体理念，为"共建美好世界"贡献中国方案，彰显中国共产党为中国人民谋幸福、为中华民族谋复兴、为人类谋进步、为世界谋大同的使命担当，赢得世界日益广泛的赞同与支持。

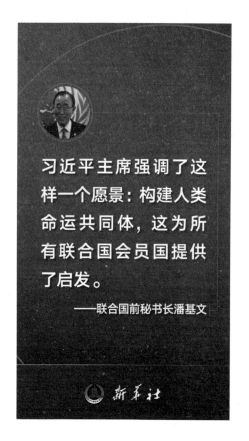

习近平主席强调了这样一个愿景：构建人类命运共同体，这为所有联合国会员国提供了启发。

——联合国前秘书长潘基文

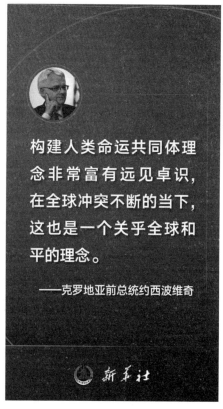

构建人类命运共同体理念非常富有远见卓识，在全球冲突不断的当下，这也是一个关乎全球和平的理念。

——克罗地亚前总统约西波维奇

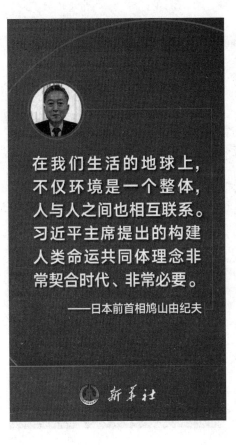

在我们生活的地球上，不仅环境是一个整体，人与人之间也相互联系。习近平主席提出的构建人类命运共同体理念非常契合时代、非常必要。

——日本前首相鸠山由纪夫

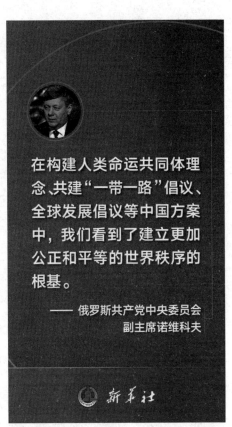

在构建人类命运共同体理念、共建"一带一路"倡议、全球发展倡议等中国方案中，我们看到了建立更加公正和平等的世界秩序的根基。

—— 俄罗斯共产党中央委员会
副主席诺维科夫

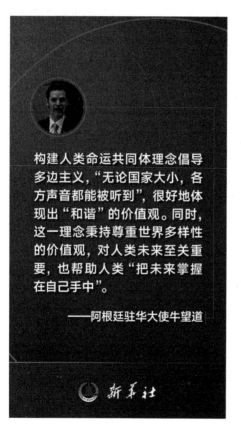

构建人类命运共同体理念倡导多边主义，"无论国家大小，各方声音都能被听到"，很好地体现出"和谐"的价值观。同时，这一理念秉持尊重世界多样性的价值观，对人类未来至关重要，也帮助人类"把未来掌握在自己手中"。

——阿根廷驻华大使牛望道

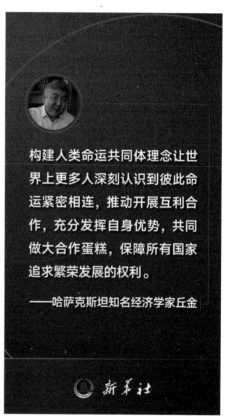

构建人类命运共同体理念让世界上更多人深刻认识到彼此命运紧密相连，推动开展互利合作，充分发挥自身优势，共同做大合作蛋糕，保障所有国家追求繁荣发展的权利。

——哈萨克斯坦知名经济学家丘金